THE BiG HiSTORY SHOW

L'EMISSION

De la même autrice :

Chez Marathon Editions
The Big History Show – L'Émission spéciale Ados

Chez Anne Carrière
Les Insoumis – Tome 1 : Le château des Ducs (2009)
Les Insoumis – Tome 2 : Le royaume de Naples (2011)

Chez Les Archives Dormantes
Que tombent les étoiles (2017)

Chez Rageot
Finisterrae – Tome 1 : Tu garderas le secret (2014)
Finisterrae – Tome 2 : Pour qui bat mon cœur (2015)
Survivre (2016)

Chez Scrinéo
Mille Lions (2020)

Jeanne Bocquenet-Carle

The Big History Show

L’Émission

Marathon Éditions

Marathon Éditions
5 rue Aldebert
13006 Marseille
marathoneditions@gmail.com
www.marathoneditions.fr

ISBN 978-2-492966-04-0
Dépôt légal juillet 2022

Pour Edgar et Stan

Cette histoire est inspirée de faits réels.

L'Émission

Chapitre 1 – Coline

On sonna et tambourina à la porte. Coline enfonça sa tête dans son oreiller. Dormir. Dormir encore. Dormir toujours. Se transformer en femme édredon, en femme plume, en femme coussin. Devenir moelleuse. Qui donc pouvait venir lui gâcher sa grasse-mat du dimanche matin ? Qui prétendait lui faire regretter les quelques verres en trop de la veille ? Qui osait frapper ainsi alors que son crâne pesait une tonne et que ses pieds n'avaient pas eu le temps de redevenir des pieds après tant d'heures sur la piste de danse de cette boîte dont elle ne se souvenait plus le nom ?

– Coline ! Coline ! Ouvre ! C'est moi !

Coline décolla ses paupières et fit un effort pour se redresser. Elle se sentait plus femme vodka que femme coton. Elle avait reconnu la voix. Il n'y avait que sa sœur Lana pour la tirer du lit sans ménagement. Avec regret, elle descendit l'escalier de son minuscule duplex du vieux Tours qu'elle habitait depuis un an. Depuis qu'Hugo l'avait quittée. Non, ne pas penser à Hugo ! Surtout pas avec la gueule de bois ! La journée risquait d'être définitivement gâchée. Elle ouvrit la porte, enroulée dans sa couette telle une reine flanquée de son manteau d'hermine.

– Brunch ! lança Lana en guise de bonjour en lui tendant un panier débordant de fruits, de pain et de viennoiseries.

– Quelle heure il est ?

– Et aussi médoc ! rajouta-t-elle en agitant un tube d'aspirine devant le nez de Coline.

– Lana, je me suis couchée à six heures !

– Tu transportes ton lit sur ton dos ! Ça tombe bien, tu n'as pas besoin d'en sortir, je m'occupe de tout. Tu n'as qu'à te vautrer dans ton canap' ! J'ai même rapporté les œufs du poulailler du centre équestre !

– Tu sens le cheval…, maugréa Coline en obéissant.

– Je suis passée par les boxes avant de venir. Tiens ! fit-elle en lui offrant un verre d'eau dans lequel elle jeta deux cachets blancs.

Coline capitula. Elle n'était absolument pas en état de lutter. Elle n'était en état de rien d'ailleurs.

– T'as faim ? Moi, j'ai la dalle. J'ai pris des oranges et un pamplemousse. Tu veux un jus ? enchaîna Lana.

– Ok.

– Alors, t'es sortie avec qui, hier soir ? se renseigna la tornade blonde de vingt-et-un ans qui s'activait dans la kitchenette.

– C'est la Gestapo ou quoi ? T'es venue juste pour ça ? J'étais avec Julie et Mel. On a bu des coups, c'est tout.

– Pas de mec ?

– Pas de mec.

Coline fixa sa cadette qui tranchait du pain avec un couteau mal aiguisé. La version claire d'elle-même. Depuis toujours, elles formaient une équipe, un mini-gang de deux sœurs. La brune et la blonde.

– Pourquoi tu es là ? On devait se voir ce soir ! Pas à onze heures du matin !

– J'ai eu un coup de fil, répondit-elle, la moue mystérieuse, en lui tendant un verre d'oranges pressées.

– Vas-y, balance.

Le jus frais reconstitua l'estomac harassé de Coline.

– En fait, je ne te l'ai pas dit, mais j'ai envoyé notre candidature à un jeu télé et on m'a rappelée. Ils veulent nous voir au casting !

Elle souriait de toutes ses dents. Coline réalisa qu'elle allait devoir émerger plus vite que prévu. Lana avait fait quelque chose dans son dos.

– Tu as postulé pour quoi ?

– Pour *The Big History Show* ! Tiens, regarde la copie du formulaire que j'ai envoyé.

Coline extirpa un bras de son cocon de nuit et examina avec effarement le papier que lui tendait sa sœur.

Lana l'avait rempli à sa place : son âge, vingt-trois ans, son métier, salariée d'une agence de tourisme à Tours, son état civil, célibataire. Mais également ses hobbies, ses études, ses goûts musicaux, son plat préféré, son numéro de sécurité sociale… Tout. Toute sa vie détaillée sur la feuille qu'elle tenait entre ses doigts.

– Tu as même mis une photo !

Un cliché d'elles en maillot de bain sur un rocher, pris l'année dernière dans les calanques de Cassis. On distinguait la trace de bronzage de son débardeur.

– Mais Lana, t'as fait quoi ?

– On est sélectionnées pour les castings. S'ils nous gardent pour le jeu, on peut gagner un million d'euros.

Elle paraissait sûre d'elle. Comme si elle avait bien pensé à tout. Comme si tout était sous contrôle.

– Mais je n'ai pas envie d'aller faire ce jeu pourri et de risquer ma vie, même pour un million d'euros ! Ni la tienne d'ailleurs !

– Je voulais te faire une surprise ! Ne sois pas rabat-joie ! Tu tournes en rond ici à Tours. Il est plus que temps que ta vie change !

– Ce n'est pas ça, Lana… Tu aurais dû m'en parler.

– Tu n'aurais jamais rempli le formulaire.

– Non, c'est vrai, parce que c'est un jeu affreux ! Des gens meurent pour de l'argent ! Ils sont filmés et matés par des millions d'abrutis devant leur télé !

– Peut-être, mais ils voyagent dans le temps ! C'est le truc le plus dingue qui existe ! Tu n'as pas envie de voir l'époque des Romains ou les années soixante-dix ?

– Je n'ai pas envie de me faire croquer par un lion ou de crever d'une overdose à Woodstock juste pour te faire plaisir. Je te rappelle que l'année dernière un mec a fait une crise cardiaque dans un château crasseux et moyenâgeux !

– C'était pendant l'époque de Charlemagne.

– Justement, il n'y avait pas de défibrillateur !

Lana éclata de rire. Coline se joignit à elle. Impossible de se fâcher pour de vrai et de se mettre en colère. Il en avait toujours été ainsi. Elle allait céder comme d'habitude. Lana obtenait à chaque fois ce qu'elle voulait.

– Je vais prendre une douche, abandonna-t-elle.

– Je savais que tu dirais oui ! Tu vas voir, on sera une super équipe, les meilleures candidates. On va gagner, c'est sûr ! Bon, allez, je prépare les tartines. Tu voudras des œufs brouillés ou à la coque ?

L'eau chaude coula le long du visage de Coline. Les traces de mascara et de poudre suivirent le cours de milliers de rigoles le long de son corps et tombèrent en cascade dans le bac avant de disparaître en tourbillon dans le siphon.

La veille encore, elle avait aperçu la pub pour *The Big History Show*. « Soyez le héros de la deuxième saison ! » annonçait une voix échappée d'un blockbuster américain. « Vivez l'aventure de votre vie, le rêve de chacun ! Partez explorer des époques mythiques ou inconnues. Transformez votre existence à jamais et gagnez un million d'euros ! » Puis, après une série d'images exposant les candidats de l'année précédente fondre en larmes, se prendre dans les bras ou bien lever les mains en signe de victoire, Emmanuel Ducas, le présentateur de l'émission, apparaissait, cheveux au vent, regard de braise et clamait : « Le prochain survivant de l'Histoire, c'est peut-être vous ! ».

Coline attrapa une serviette. Elle accompagnerait Lana au casting pour lui faire plaisir. Elle pourrait toujours faire marche arrière et surtout elles avaient très peu de chance d'être retenues, des milliers de personnes rêvaient de participer à l'émission.

– Tu sais, Coline, avec un million d'euros tu pourras enfin faire le tour du monde au lieu de continuer à vendre des voyages miteux *all inclusive* en République dominicaine ou des croisières tourista à bas prix en Égypte !

Lana avait décidé de la maltraiter ce matin.

– Et toi, tu as enfin pris ton rendez-vous pour vérifier ton œil qui baisse et tes migraines ? Parce qu'une binoclarde chez Astérix, ça craint ! riposta-t-elle.

Lana ne répliqua pas, elle se contenta de sourire. Pourtant Coline eut l'impression qu'il y avait quelque chose de triste dans son sourire, quelque chose qui n'avait rien à faire là.

L'Émission

Chapitre 2 – La tour de verre

Ce n'était pas la première fois qu'Édouard Delorge contemplait Paris depuis le trente-deuxième étage de France 1er. Comme à chaque fois, la vue du vivant à ses pieds lui parut spectaculaire. Il contemplait une civilisation. Des générations d'hommes s'étaient succédé afin de bâtir cette cité. Et lui, depuis le ciel, tel un dieu ou un roi, admirait un empire. Le trente-deuxième étage du groupe audiovisuel contenait la salle de réunion. Une pièce circulaire avec vue à 360°. Le centre du monde.

Édouard vérifia sa montre. Dix-sept heures trente. Il était bien le seul à être ponctuel. Que Franck Boulard se fasse espérer, normal, il était chez lui, il imposait la cadence, il réclamait des comptes, mais Édouard détestait cela. Cette manie de se faire désirer. Débarquer à la bourre pour ne pas être celui qui attend les autres. Arriver en retard pour se croire en avance sur les autres.

Les portes de l'ascenseur s'ouvrirent et Franck Boulard apparut, flanqué de son assistante à lunettes, Vania, qui prenait tout en note plus vite qu'un greffier de tribunal.

– Désolé pour le retard, lança-t-il en lui tendant la main. Café ?

Ils s'installèrent autour de l'immense table capable de réunir au moins une quarantaine de personnes. Franck déboutonna sa veste tandis que Vania grattait frénétiquement son bloc-notes. Allait-elle rendre compte des moindres gestes des participants ? Édouard l'imagina exécutant des exercices pour se détendre les doigts chaque soir. Elle devait être une sorte de fétichiste des post-its.

– Alors ? s'enquit le directeur des programmes jeux de la chaîne France 1er.

Édouard glissa son dossier. Un énorme pavé relié. Deux mois de travail de son équipe d'historiens et de techniciens audiovisuels que Franck Boulard se contenta de laisser tomber sur les genoux maigres de son assistante.

– Je le lirai en détail plus tard, fais-moi le topo.

– On a étudié les vingt propositions historiques que tu souhaitais et on t'en suggère quelques-unes qui nous semblent intéressantes et traitables.

– Alésia, c'est traitable ? le coupa-t-il.

– Il y a toujours le problème de comment introduire les femmes dans les batailles. En général, les femmes du front étaient des prostituées. Si on fait ça, on aura toutes les assos féministes sur le dos.

– Il nous faut une bataille ! s'énerva Franck Boulard. Il nous faut une vraie bataille française ! Une bonne vieille guerre que chaque péquenot de France connaît. On ne peut pas faire le programme sans une bonne bataille ! Il faut que le téléspectateur vive l'Histoire en même temps que les participants.

– Alésia est surtout un siège. On peut sans problème mêler les candidats à la population. Il faut juste qu'on s'y prenne assez tôt.

– Non, ça ne marche pas. Les sièges, c'est pas télévisuel. Les sièges, c'est chiant ! Il faut de l'action. Pas de temps mort. Du rythme, du rythme !

Édouard arrondit les angles.

– Alésia reste possible en fonction des candidats et de la phase de jeu. S'il n'y a plus de femmes à ce moment-là du programme, ça marche. On se la garde sous le coude.

– Mais tu t'es rendu sur place ?

– C'était un vrai merdier.

Un silence s'installa. Vania suspendit sa plume. Chacun imagina l'enfer des hommes mourants sous les coups des armées romaines. L'odeur ichoreuse du sang prit Édouard à la gorge. Il supportait mal la barbarie des époques passées. Il n'encaissait pas la distance, ne parvenait pas à faire semblant.

L'année dernière, lors de la première émission, il avait réalisé le repérage de Waterloo, la chaîne France 1er ayant exigé une grande fresque napoléonienne. Il n'en était pas rentré indemne. Physiquement si, mais psychologiquement il avait eu du mal à tourner la page. Il se sentait hanté par les morts et le froid. Comme s'il avait ramené avec lui des milliers de fantômes. Il n'arrivait pas à oublier les visages.

– Bon, d'accord, on verra pour Alésia, capitula Franck Boulard qui ne tenait pas tant que ça à se faire narrer un massacre.

De toute façon, le CSA censurait dès qu'il y avait trop de sang. Les morts étaient tolérés, mais pas les tripes à l'air. Difficile de suggérer les actes sans montrer les combats. Ce fut Vania qui changea de sujet.

– Et pour les foreign rights ?

« Quand on porte un nom de serviette hygiénique, on ne devrait pas la jouer première dame des États-Unis ! » se retint de répliquer Édouard qui détestait les gens utilisant des mots anglais alors que le français fournissait un équivalent.

– Nulle part. Avec les droits étrangers, on touche à la charte internationale, lui rappela-t-il. Chaque pays demeure souverain de sa propre histoire dans la limite de son territoire. Alors, l'assassinat de Kennedy, oubliez ! On ne pourra jamais envoyer des candidats là-bas. D'autant plus qu'on n'est pas les seuls à le vouloir. Imaginez s'il y a au même moment douze équipes de tournage étrangères sur le spot. Impossible de rester invisible et de ne pas modifier le cours des évènements. La production israélienne aussi veut Kennedy, et les Irlandais, sans compter les Russes, mais ce n'est pas possible. Idem pour les Chinois qui rêvent de venir en France. Des Pékinois à Chambord, en plein seizième siècle ? Irréalisable ! C'est la limite du programme. Chacun chez soi. La seule possibilité reste les ponts historiques. Si l'on veut les États-Unis, c'est soit avec l'immigration, genre traversée de l'Atlantique et arrivée à New York, soit avec la guerre d'indépendance, genre La Fayette en 1780. Et en plus, pour obtenir ces droits-là, il faudrait mettre un sacré billet sur la table. Non, on a assez avec notre propre histoire. Il y a suffisamment de matières en France. Ce qu'il faut, c'est la bonne période avec les bons candidats. C'est ça qui fait le programme !

– Justement, on en est où, dans le casting ? intervint Franck Boulard qui n'aimait pas que quelqu'un s'exprime plus longtemps que lui.

– On dépouille les candidatures. On en a déjà reçu cent mille. Dans une semaine, elles seront closes. On en retiendra six mille pour les castings.

– Oui, on devrait facilement battre les records d'audimat, jubila Franck Boulard. On va faire plus fort ! L'idéal, cette année, serait de trouver un boulanger ou un agriculteur. Un métier ayant évolué avec le temps. Un chasseur même. Et attention aux minorités ethniques, le reubeu de l'année dernière faisait trop reubeu, il a été pris pour un Sarrasin. Trop dangereux en plein Moyen-Âge. Il nous en faut un qui s'appelle Mohamed, mais avec une tête de Jean-François. Et enfin, ça manquait un peu d'accent l'année dernière. Trouvez-moi des cagoles.

– Ok, je verrai ça avec Fabienne, consentit Édouard.

– Ah Fabienne, super directrice de casting ! Bon, je crois que c'est tout. Je vais étudier en détail les repérages et on se rappelle.

Franck Boulard se leva en tendant la main afin de prendre congé. Il avait développé très tôt la faculté de faire les choses par anticipation. Il ne se levait pas puis serrait la main. Il n'exécutait qu'un seul mouvement. Tout était question de coordination.

L'Émission

Chapitre 3 – Jean

Fabienne Dias inspecta l'homme qui se tenait debout devant elle. Il était beau. Depuis douze ans qu'elle effectuait des castings pour des émissions : chanson, jeu ou télé-réalité, elle avait vu défiler la France entière. Une faune variée d'hommes et de femmes de toutes conditions, de toutes origines et de tous aspects physiques. Mais celui-ci était vraiment beau. Vraiment beau parce qu'il n'affichait pas l'assurance de ceux qui veulent être là. Il ne possédait pas l'arrogance de ceux qui cherchent absolument à passer à la télé. Il ne suintait pas le mépris de ceux qui rêvent de célébrité et d'argent.

Fabienne consulta rapidement le trombinoscope. Un homme qui venait de la montagne. Pourquoi descendre des sommets pour se retrouver aux auditions de *The Big History Show* ? Pourquoi quitter le grand air des Alpes et l'ataraxie du ciel pour s'échouer dans la pollution et les gargarismes de Paris ? Il ressemblait à un dieu grec, en un peu plus bronzé. Sa peau conservait la marque des lunettes de soleil. Fabienne lut : guide de haute montagne. Annecy. Vingt-neuf ans. Le topo habituel. La fiche d'identité établie pour les castings. Sa base de travail. Son job consistait à lire entre lignes. Faire ressortir l'essence d'une personne. Ce qu'elle était et ce qu'elle n'était pas. Ses forces et ses faiblesses. Ses fêlures et ses espoirs. Ses rêves cachés et ses regrets inavouables.

– Bonjour Jean, commença-t-elle en prenant l'option du sourire.

Elle n'allait pas lui rentrer dedans. Pas tout de

suite. D'expérience, elle savait qu'il en avait dans le ventre.

– Bonjour.

Sa voix résonna, grave et posée. Fabienne discerna un écho, une profondeur émanant de la roche et des glaciers. Elle se répéta qu'il était vraiment beau et que cela n'allait pas durer. Avec la télé, il allait s'en rendre compte et tout gâcher.

– Alors, Jean, êtes-vous là pour faire plaisir à votre mère ?

Chercher la faille, le talon d'Achille.

– Oui, c'est elle qui souhaite qu'on fasse équipe.

Fabienne se demanda s'il l'avait vue venir. Elle comprit qu'il était honnête, un peu trop droit. Pour répondre sans sourciller, il ne faut avoir rien à se reprocher. Il ferait un bon compétiteur. Fair-play et chevaleresque. Les princes charmants sont nécessaires dans toutes les histoires. Elle devrait dénicher un autre roublard.

– Avez-vous vu la première saison de *The Big History Show* ?

– Non, je ne regarde pas la télévision. J'ai d'autres passe-temps. Ma mère, en revanche, est passionnée d'histoire. Elle veut absolument tenter sa chance avant d'être trop âgée.

– Pourquoi avec vous ?

– J'imagine qu'avec moi elle a plus de chance d'aller loin dans l'émission qu'avec l'une de ses copines de soixante ans.

Fabienne utilisa son rire de poche, celui qui lui permettait de paraître sympathique ou de meubler des blancs. La confiance de cet homme serait difficile à gagner. Si France 1er le retenait, elle en aurait besoin.

– Mais vous, pourquoi avez-vous accepté ?

Il marqua un temps. Il ne s'agissait pas d'une hésitation. Cet homme ne doutait pas. C'était un regard. Il l'évaluait.

– Ma mère a consacré sa vie aux autres : à sa famille et à son travail d'aide-soignante. Elle n'a jamais rien demandé pour elle-même jusqu'à aujourd'hui. Sauf que cette aventure-là, elle ne peut pas la faire seule. Pour participer, il faut être deux.

Le fils exemplaire et dévoué. Fabienne s'interrogea : Franck Boulard se montrerait-il emballé par cet homme ? Non, elle allait le vendre comme le fils aimant et sportif. Le beau gosse courageux de l'émission qui ferait fantasmer les ménagères de moins de cinquante ans.

– Que connaissez-vous de l'histoire ?

– Rien.

Il répondait du tac au tac. Elle aima cela. Hormis une poignée de vieux profs agrégés en lettres classiques ou spécialisés en archéologie échappés de leur bureau poussiéreux, tous les autres tentaient de se faire passer pour des férus d'histoire alors que seuls la célébrité et l'argent les motivaient.

– Ne trouvez-vous pas que participer à un jeu qui va vous envoyer dans des périodes passées sans rien y connaître est risqué ?

– Non, ma mère est calée pour deux. C'est sa passion.

– Que savez-vous du programme ?

– Des équipes de deux s'affrontent dans différentes époques et à la fin il n'en reste qu'une. Il y a un million d'euros à la clef.

– La dernière équipe doit se départager dans un final. Il n'y a qu'un seul gagnant. Si vous arrivez jusqu'au bout, ce sera vous ou votre mère.

Fabienne lut dans son regard que cela importait peu. L'argent ne le motivait pas.

– Si vous empochez un million d'euros, qu'en ferez-vous ? enchaîna-t-elle.

– Je ne sais pas. Pour moi, ça ne changera rien.

– Même sans gagner, votre quotidien sera bouleversé. Des millions de personnes vous regarderont et vous connaîtront. Vous serez accosté dans la rue.

Il ne la croyait pas. Il se pensait au-dessus de la célébrité, simplement parce qu'elle ne l'intéressait pas. Il ne comprenait pas qu'il n'aurait pas le choix. Fabienne se retint de lui expliquer que sa vie ne lui appartiendrait plus, qu'elle serait donnée en pâture aux téléspectateurs. Elle le voulait dans l'émission. Il ne demeurait qu'un point à vérifier.

– Vous serez parfois mis en danger. L'année dernière, un homme a fait une crise cardiaque et nous n'avons pas pu intervenir à temps pour le réanimer. Pareil, dans le programme espagnol, une femme a attrapé la lèpre et dans la version japonaise, un jeune homme a été transpercé d'un coup de sabre. Ne redoutez-vous pas de faire courir des risques inutiles à votre mère ?

Il n'y aurait aucun sommet inexpugnable où se réfugier.

– Oui, je sais que c'est dangereux. C'est justement pour ça que j'y vais. Sans moi, elle n'a aucune chance.

Bingo. Fabienne tenait son héros. Un homme au cœur aussi pur que les neiges éternelles. Un preux chevalier, un noble gladiateur, un pirate romantique et loyal. Jean allait cartonner.

Chapitre 4 – Craquement de cœur

Coline ne pouvait plus bouger. Elle s'était réfugiée derrière son bureau, cachée par son ordinateur. Elle s'agrippa à la table. Devant elle, sa salade de riz qu'elle ne finirait pas. Son ventre s'était noué, enroulé comme un scoubidou.

Il aurait fallu qu'elle détache ses yeux des deux silhouettes enlacées dans la rue, mais elle n'y parvenait pas. Ils s'étaient transformés en crochets de souffrance. Ils ne voulaient pas lâcher le visage et les bras de l'homme collé contre une femme qu'elle ne connaissait pas. Hugo.

Heureusement, à midi, l'agence de voyages était déserte et la porte fermée à clef. Coline échappait au moins au ridicule ou à la compassion de clients qui la prendrait pour une cinglée.

Elle n'y pouvait rien, elle ne pouvait pas lutter contre le tsunami qui lui ravageait la poitrine dès qu'elle pensait à Hugo ou, pire, dès qu'elle le croisait.

Tours était une ville trop petite. Lana l'avait prévenue. « Tu finiras par le croiser et ce jour-là tu ne seras pas préparée. » Non, en effet, elle n'était pas assez solide pour affronter le spectacle qui s'imposait à elle, juste devant la vitrine.

Une vague de larmes vint à son secours et lui brouilla le regard. Il y a quelques mois, elle avait été à la place de cette fille. Comment pouvait-on passer de déesse adorée à vieux mouchoir usé en un claquement de cils ?

Coline glissa sur la moquette de l'agence. « Il ne t'a jamais aimé, tout le monde le voyait sauf toi » lui avait répété Lana pour qu'elle passe à autre chose.

Mais malgré l'humiliation, Coline ne parvenait pas à refaire surface. Depuis qu'Hugo l'avait larguée, elle se sentait laide et inintéressante. Il n'avait pas seulement repris son corps et son affection, il avait aussi volé son assurance et sa joie. Elle s'était sentie dépouillée. Elle ne retrouvait pas la Coline d'avant.

Elle demeura le plus longtemps possible par terre, jusqu'à quatorze heures afin d'être certaine de ne pas les recroiser. Quand elle se redressa, ses jambes s'étaient tétanisées et des hordes de fourmis invisibles lui mordillèrent les mollets. Tenir debout lui fit mal. Cependant la peine qui lui remontait depuis les chevilles n'était rien en comparaison de celle qui lui empoignait le cœur.

Elle boita jusqu'à la porte et la déverrouilla. Le trottoir était désert. Elle ralluma l'enseigne et jeta sa salade dans la poubelle.

La sonnette tinta et une vieille dame entra. Elle avança vers Coline avec sa canne.

– Je cherche des voyages pour personne sénior seule, fit-elle d'une voix chevrotante.

Coline déglutit. Si elle ne se ressaisissait pas, elle avait devant elle la Coline de quatre-vingts ans, seule et au bout de sa vie.

Chapitre 5 – Deus ex machina

Édouard prit ses marques au studio 108 de La Plaine Saint-Denis. Là où avait été transportée la machine et où les décorateurs s'affairaient à monter le plateau. Il faudrait affronter quinze jours de direct et un prime time chaque soir. Comme l'année dernière, Emmanuel Ducas, présentateur vedette de la chaîne France 1er, assurerait le show en continu.

Rémi, le chef décorateur, les accueillit. Qu'il vente, qu'il neige ou qu'il fasse 45 °C, Rémi portait un débardeur, un débardeur crasseux. Rémi collait, sciait, soudait, peignait. Rémi avait les ongles noirs, la peau tannée comme du vieux cuir et mille idées à la minute. Rémi fumait des roulées avec ses doigts de fée aussi noirs que ceux d'un garagiste.

– Salut, marmonna-t-il depuis une étrange citerne qu'il poinçonnait.

Sa voix résonna contre le métal.

– Salut, lança Édouard. C'est quoi, ce truc rouillé ?

– Ce n'est pas un truc rouillé, c'est une œuvre d'art ! On va la découper et elle ressemblera à un immense paravent en fer. Avec les projos, la lumière créera des formes incroyables, une sorte de lanterne magique géante !

Le bruit du maillet reprit. Édouard se dirigea vers le fond du studio, la partie isolée du plateau où était installé l'objet sans lequel le jeu n'existerait pas, sans lequel il ne serait rien.

D'aspect extérieur, le sas temporel possédait l'allure d'un long cylindre en métal poli. Rien ne laissait présager de sa complexité et de son pouvoir. « La machine », ainsi nommée en référence à la machine à remonter le temps, ressemblait à un gros tube. Pourtant ce qui comptait réellement n'était pas l'enveloppe argentée et brillante, mais le vide qu'elle contenait. C'était le trou qui possédait tant de valeur.

Il avait fallu qu'un simple livre tombe entre les mains de Ravi Anand, magnat audiovisuel mondial, pour que celui-ci décide de réaliser le plus grand casse scientifique de tous les temps. Un véritable hold-up d'astrophysique, un magistral push de prix Nobel de physique quantique. Il avait fallu que ce multimilliardaire indien découvre et se passionne pour la théorie des trous de ver de Stephen Hawking pour qu'il détrône les scientifiques du monde entier à coup de milliards de dollars afin de recréer une faille spatio-temporelle permettant la téléportation quantique. L'œuvre de sa vie. Chaque dollar encaissé par ses studios et ses productions y fut consacré durant cinquante ans. Ravi Anand débaucha les meilleurs et investit sans compter. Puis, lorsque la machine fonctionna, il la breveta, privant ainsi les historiens, les archéologues, les physiciens et les scientifiques de tous les pays de leur plus grand fantasme : voyager dans le temps, connaître la vérité. Car Ravi Anand avait un autre projet : en faire de la télé. Un grand show à la hauteur de la découverte dont il revendit les droits en millions de dollars. Évidemment, les gouvernements et les pays s'insurgèrent face à cet emploi abusif. Il fallait protéger l'Histoire et les civilisations !

Peine perdue, l'Indien resta indétrônable. La machine était son jouet, son bébé chéri qu'il revendait à prix d'or. Les Nations Unies obtinrent tout de même que le nouveau maître du temps signe une charte morale limitant son utilisation. Pas de modification de l'Histoire, pas de sauts dans le futur. Pas plus de dix personnes par voyage, pas de trace de leur passage. Pas de secrets d'État dévoilés et pas touche aux religions. Rien qui puisse provoquer le chaos ou une troisième guerre mondiale.

Et aujourd'hui, lui, Édouard Delorge exploitait la franchise française du jeu et sa machine dupliquée qui avait chamboulé sa vie à jamais. On ne revient pas le même d'un voyage dans le temps.

La première fois qu'Édouard avait testé le sas, c'était pour son premier repérage, un dépucelage quantique en plein XIXe siècle sous Louis Philippe. Imaginer que les gens qu'il côtoyait étaient morts depuis longtemps l'avait perturbé. Il n'avait pas pu s'empêcher de penser qu'il connaissait l'avenir et pas eux. Il s'était senti extraterrestre sur sa propre Terre. Mais le plus dur fut de retrouver son présent, celui auquel il appartenait alors que tout se mélangeait : avant et maintenant. Un décalage horaire historique, un jet lag qui ne se comptait plus en fuseaux horaires, mais en siècles ou en millénaires. Sans compter les effets indésirables causés par un tel voyage : les nausées, les pertes d'équilibre, les vomissements. Une gueule de bois sans alcool provoquée par cette centrifugeuse à neurones et cellules humaines. Il fallait avoir le cœur et les tripes bien accrochés.

Une tête ébouriffée émergea du caisson attenant.

– Ah, c'est toi ! marmonna Jeff, une carte mémoire à la bouche. J'ai bientôt fini de relancer l'energisor. Tu veux voir ?

Encore cette manie des mots anglais ! Comme si l'appellation américaine représentait un gage de qualité. Mais comment expliquer cela à un geek belge ayant passé son master de physique nucléaire aux États-Unis ? Édouard entra dans la minuscule pièce, le cœur névralgique de la machine. Il s'agissait du cockpit du voyage dans le temps. Tout partait de ces deux mètres carrés. Depuis cette cellule, Jeff commandait une énergie fabuleuse. Créer un trou de ver demandait beaucoup de puissance. Une force venue du fin fond de l'univers. Il s'agissait du tour de force de Ravi Anand : avoir pu donner à une bombe atomique la taille d'un pétard.

– Je vais la réinitialiser et ce sera bon. Depuis ce matin, les curseurs sont stables. Elle ronronne comme un gros matou. Quand est-ce que France 1er valide les destinations ?

– Mardi.

Édouard pria pour que Franck Boulard ne fasse pas d'Alésia un caprice. Il n'avait franchement pas envie d'y envoyer une équipe de techniciens. Encore moins d'y remettre les pieds. L'année dernière, la Révolution française avait failli tourner au désastre. Pas la peine de risquer sa tête. Pas même pour un million d'euros.

Chapitre 6 – Homo Sapiens

De la lumière s'échappait du café, mais il n'était pas ouvert. Chris mit la machine à expresso en route. Huit heures du matin. Aujourd'hui ne serait pas comme d'habitude. Il avait conscience que sa vie risquait de changer. Une sorte de coming-out allait se jouer. Une aventure qui le transformerait à jamais. Il n'avait pas peur, juste le trac. Être jugé, regardé, il en avait l'habitude. Il avait appris à faire la part des gens et à assumer qui il était. Qui il était vraiment. Pourtant ce matin, il éprouvait cette sensation intense qu'il remettait tout en jeu, tout ce qu'il avait mis son existence à bâtir.

Il contempla l'intérieur feutré de l'*Homo Sapiens*, son café-galerie littéraire ouvert huit ans auparavant dans le Marais. Une parfaite métaphore de lui-même. Les coussins de velours rouge, la bibliothèque bien ordonnée, les tables en fer forgé et en bois veinuré comme des rides profondes, les tableaux hyperréalistes d'un artiste rencontré lors d'une soirée et avec qui il avait passé la nuit, la seule. Tout y était propre et bien rangé. Tout y était moelleux et coloré. Tout y était stylisé et à sa place. Tout y était vide au petit matin.

Il détourna les yeux et disposa deux tasses sur le comptoir. Mathilde ne tarderait pas. Il se versa un expresso. Il pourrait toujours en boire un deuxième avec elle. Un seul ne suffirait pas pour la journée. Il aimait le bon café italien. Celui qui diffusait l'odeur du petit jour et de la *bella vita*. Pour patienter, il feuilleta les livres abandonnés la veille sur le zinc immaculé. *Les grandes dates de l'histoire de France.*

L'histoire de France pour les nuls. De la préhistoire à nos jours. Il révisait pour mettre toutes les chances de son côté. Aujourd'hui, il passait une sorte d'examen.

On frappa. Le panneau *Fermé* rebondit sur le verre de la porte d'entrée. Chris se leva et accueillit une Mathilde aux pieds mouillés qui laissa tomber son immense parapluie aux couleurs de l'arc-en-ciel.

– Salut ! Je suis en retard ? s'inquiéta-t-elle en l'embrassant quatre fois.

– Ça va, tu as le temps d'avaler un café.

– Tu as des croissants ?

– Tu devais les amener.

– J'ai complètement oublié ! Je suis désolée.

Chris se retint de rire. Mathilde était sans doute la pire coéquipière, mais c'était Mathilde.

– J'ai des craquottes.

– J'aurais dû emporter le pot de pâte à tartiner de la nounou. Je dois récupérer Chloé à seize heures, tu crois qu'on sera sortis ?

Chris lui servit une tasse fumante. Il ne put s'empêcher de remarquer que son manteau gouttait sur le bar.

– Tu veux un sèche-cheveux ?

– Pas le temps pour une mise en beauté, je préfère déjeuner !

Mathilde avait tenté de coiffer sa tignasse. Elle avait attaché ses boucles noires avec une pince en un chignon improbable qui ne tiendrait jamais jusqu'au soir. La jungle reprend toujours ses droits.

– Et Patrick, il ne peut pas aller la chercher, pour une fois ?

Mathilde se dissimula derrière sa minuscule tasse de porcelaine.

– Je ne lui ai pas parlé du casting.

Chris leva les yeux au ciel.

– Si on est pris, il va devoir s'occuper de Chloé

pendant un mois !

– Je sais, je sais… Bon, t'as bachoté ? s'enquit-elle en ouvrant un des livres d'histoire au hasard.

– Et mémé, elle a eu le temps ?

Il s'agissait de leur jeu. Mathilde travaillait pour une entreprise qui commercialisait des bas de contention.

– Pas vraiment, mon boss est parti au Bangladesh pour six jours. Je dois tout gérer.

Ils se regardèrent et éclatèrent de rire en même temps.

– On sera l'équipe la plus nulle.

– C'est justement pour ça qu'on va être sélectionnés !

Ils vidèrent leurs tasses. Mathilde se sentit revigorée. De toute façon, avec Chris, elle n'avait jamais froid. Il était sa bouillotte, son radiateur d'appoint qui réchauffait sa vie comme on réchauffe sa salle de bain les matins d'hiver.

– Craquottes ? proposa-t-il

– On trouvera bien une boulangerie avec des pains au chocolat gavés de beurre ! On les mangera là-bas, je suis sûre qu'on va poireauter toute la matinée.

– C'est clair ! Et c'est pas la journée des régimes ! Allez, on y va !

Ils prirent la ligne dix du métro vers Boulogne. La foule des travailleurs de l'aube s'était évaporée. Ils purent s'asseoir côte à côte sur deux sièges libres et gras. Mathilde avait fourré les viennoiseries dans son immense sac à main qui contenait le kit de survie de la mère célibataire débordée. Elle ne parvenait pas à manger dans le métro, tout y était trop sale, trop étouffant. La nourriture en perdait sa saveur, contaminée par l'environnement de termite qui l'entourait. Dans le métro, les choses et les hommes devenaient fades, insipides et huileux.

– On nous fera passer ensemble ou séparément ? s'inquiéta-t-elle.

– Sans doute les deux. J'imagine qu'ils vont nous poser des questions. On est censé former une équipe.

– On forme une équipe !

– On est plus qu'une équipe, on est un couple !

Mathilde soupira, il disait vrai. Chris était son meilleur ami. L'homme de sa vie. Patrick, comme tous les autres, ne représentait qu'une erreur, une de plus. Heureusement qu'il y avait Chloé. Chloé la rendait meilleure et rééquilibrait la donne. Sans sa fille, sa vie ressemblerait à une succession de ratés. Sans Chloé et Chris. Avec eux deux, elle pouvait aller jusqu'au bout de monde, ils étaient sa famille.

Lorsque Chris avait évoqué *The Big History Show*, elle avait accepté tout de suite, sans réfléchir. Parce qu'il s'agissait de lui, parce qu'il pouvait lui demander de l'aider à enterrer un cadavre ou de traverser l'Atlantique en bateau gonflable. Elle ne savait pas très bien dans quoi elle s'engageait, elle n'était pas celle qui avait les idées, c'était lui. Elle, elle n'était qu'une assistante commerciale en vente de bas de contention. Elle s'y connaissait plus en nylon qu'en histoire. Et le nylon n'avait été inventé qu'au vingtième siècle…

Chapitre 7 – Prime time

Vert clair, vert kaki, vert sombre, vert bleu, vert vert, vert ver de terre… Emmanuel Ducas contemplait les chemises que Pia, son assistante, étalait dans sa loge du studio 106. Il trouva l'ensemble moche. Pourquoi les couleurs de l'histoire étaient-elles sombres ? Pourquoi ne pouvait-on pas imaginer le néolithique en rose bonbon, la troisième république en jaune poussin ou Marignan en rouge *Babybel* ?

– Franchement, les couleurs, ça fait agent des douanes en Guyane.

– Il y aura plus de quarante émissions, il faut des nuances, lui rappela Pia qui prenait avec lui un ton maternel pour quoi que ce soit.

– Choisis, toi. Tu sais ce qui me va.

Emmanuel se reposait entièrement sur elle quant à son aspect extérieur. Il ne laissait personne d'autre que Pia l'habiller, le coiffer, le maquiller avant chaque prise d'antenne. Pas seulement parce que Pia avait bon goût, mais parce qu'elle était continuellement de bonne humeur et qu'elle ne l'emmerdait pas comme les assistants réal stressés ou les directeurs photo à l'égo surdimensionné jamais satisfaits. Pia le calmait. Pia le cajolait. Pia le rassurait sur ses cheveux bouclés impossibles à coiffer. Elle trouvait des solutions et ne s'énervait jamais. Elle possédait un effet relaxant. Sans doute son côté naturel. Pia était arrivée de Suède sept ans auparavant et avait conservé un accent tout doux. Elle mettait très peu de maquillage ainsi que des tenues élégantes et confortables. Pia avait les cheveux courts et ne portait pas de soutien-gorge. Elle possédait des petits seins minuscules et une peau soyeuse à la lumière, dorée avec un fin duvet blond qu'on apercevait quand on la contemplait de profil. Emmanuel avait été tenté de la mettre dans son lit, mais il s'était vite rendu compte qu'il voulait la garder. Sans Pia, il ne serait pas aussi bon sur les primes. Il avait besoin d'elle. Il se contentait donc de regarder ses seins pointer à travers ses t-shirts, à l'instar de tous les techniciens.

On frappa à la porte. Édouard apparut, son énorme dossier de repérages sous le bras.

– Pia, tu peux sortir, s'il te plaît ?

À partir d'aujourd'hui, *The Big History Show* se métamorphosait en bunker. Aucune info ne devait filtrer. Le programme devenait top secret. Et en premier lieu, les destinations historiques. Un minimum de personnes était mis dans la confidence.

Les deux hommes s'installèrent sur le canapé qui se dépliait en lit les fois où Emmanuel était contraint de rester dormir.

– Alors ?

– Ils n'ont pas retenu Alésia.

Édouard souriait. Il avait ferraillé dur. Alésia représentait son cheval de bataille. La période sur laquelle il refusait de céder.

– La réunion a duré quatre heures, poursuivit-il. Je suis lessivé.

– Et Jeanne d'Arc ?

– Oui, mais à cause de la charte, on ne peut pas traiter le moment où elle entend des voix, on toucherait aux secrets religieux. On va faire classique, simple, efficace : le bûcher en 1431. Ce sera assez dépaysant pour le téléspectateur. Les candidats débarquant dans de grandes villes boueuses, ça marche bien.

– Ils vont chopper la tourista.

– Ouais, même gavé d'*Immodium*, le Moyen-Âge retourne les boyaux. Ils passeront plusieurs jours là-bas et se taperont la plus grosse diarrhée de leur vie !

Emmanuel Ducas éclata de rire. Pour rien au monde, il ne participerait à un tel jeu. Il fallait être inconscient pour accepter de s'en prendre plein le corps et la tête ainsi.

Édouard le laissa finir de se tordre le ventre. Facile de trouver ça drôle quand on n'y avait jamais mis les pieds ! C'était précisément ce que cherchait le téléspectateur au chaud avec une bonne pizza devant sa télé : voir des mecs souffrir et se dire « Qu'est-ce qu'ils en bavent ! »

– Je dois y aller. Je te laisse le dossier pour que tu puisses le consulter et je le récupère ce soir. Surtout, ne laisse pas Pia mettre son nez dedans. C'est secret Défense !

– À vos ordres, mon général.

Édouard sortit et se rendit à la machine. Jeff appartenait également à la cellule de confidence. Comme d'habitude, Édouard le trouva aux commandes et, comme à chaque fois, il se demanda s'il avait changé de tenue depuis sa dernière visite. Il ne s'agissait peut-être que d'une illusion. Rien ne ressemblait plus à un t-shirt *Star Wars* qu'un t-shirt *Star Treck* ou un t-shirt de *Retour vers le futur*.

– On peut faire chauffer ? s'excita le Belge en l'apercevant.

– Tu as le feu vert.

Édouard s'assit dans le fauteuil pour contempler la bête sur le point de s'éveiller, ronronner et rugir. Pour admirer le monstre qui bientôt les dévorerait et les enverrait dans une autre dimension.

– On va loin ?

– Non, commence par diriger le curseur sur le vingtième siècle. Je me méfie des démarrages en trombe !

La machine représentait un condensé d'univers, une force venue du fond des âges. Édouard redoutait les bombes atomiques et les big bang. Certainement pas des époques à visiter. Il imagina que peut-être la vie avait commencé ainsi : Dieu tel un savant fou aurait fait exploser sa machine à remonter le temps.

– Préchauffage lancé ! s'enthousiasma Jeff.

Édouard se leva. Il se sentait fatigué alors que le programme démarrait à peine. Il avait besoin d'un bon café. Il allait mettre cela en tête de liste du régisseur : du vrai café italien et non du pipi de chat américain. Une substance qui lui tienne au corps, un breuvage qui lui prouve qu'il était bien là où il se trouvait.

Chapitre 8 – Marseille

Juliette décrocha un coup de coude à Adem. Un homme tenant une guitare sortait de la salle de sélection.

– Je ne savais pas qu'on passait une audition pour la *New Star* !

Juliette et Adem ricanèrent. Sur l'instrument, il était écrit « Pepe » au marqueur noir. L'homme avait une allure de gitan, basané, les cheveux longs.

– C'est peut-être Assurancetourix ! renchérit-elle.

Ils gloussèrent de plus belle. L'homme disparut et Juliette recommença à s'ennuyer. Depuis plusieurs heures, ils lanternaient sur la banquette de l'hôtel Royal de Marseille qui accueillait les castings de *The Big History Show*. Elle regrettait d'avoir poussé Adem à se rendre aux castings du Sud plutôt qu'à ceux de Paris. Elle avait pensé que ce serait plus cool parce que plus près d'Arles où elle suivait des études d'Histoire de l'Art, mais elle regrettait. Ras le bol de faire antichambre !

– Tu fais quoi ? s'impatienta-t-elle en arrachant une feuille à son classeur.

– Juliette, non ! Tu saccages mes notes, fais gaffe ! Je révise. Je suis en deuxième année de médecine au cas où tu l'aurais oublié !

– Nan, je n'ai pas oublié ! C'est d'ailleurs pour ça que tu viens avec moi. Un médecin, ça marche à n'importe quelle période de l'histoire.

– Je ne suis pas encore interne, je suis étudiant.

– Pareil, tu en sais déjà plus que le premier gueux venu de l'an quinze !

Juliette lui rendit sa feuille. Elle s'était inscrite pour

gagner et avait l'impression de perdre son temps alors que l'émission n'avait pas encore débuté. Avec Adem, ils étaient la meilleure équipe. Elle possédait les connaissances historiques et artistiques tandis que lui pourrait soigner n'importe quel pouilleux. En plus, à dix-neuf et vingt-et-un ans, ils étaient plus jeunes que les autres croûtons qui participeraient. Sans compter leur style, ils passeraient super bien à la télé. Ils allaient déchirer.

– Mademoiselle Blandin Juliette et monsieur Abd…

– C'est nous ! bondit Juliette en tirant Adem par le bras.

De toute façon, personne ne parvenait à prononcer le nom de famille d'Adem.

– Ok, passez dans la salle d'à côté. Vous serez reçus un par un. Avez-vous rempli les décharges et la cession de droits audiovisuels ?

– Ouais, ça fait trois heures qu'on les a signés !

Juliette fut satisfaite d'être admise la première. Adem pouvait étudier derrière la porte si cela l'amusait, elle, elle avait besoin de passer à l'action et de montrer qui était Juliette. La figuration, très peu pour elle !

Lorsqu'elle pénétra dans la salle, un technicien lui ordonna de se placer sur une petite croix indiquée au sol afin de se positionner dans la lumière des projecteurs. Un tissu noir faisait office de toile de fond et devant elle plusieurs personnes étaient attablées. L'homme régla un caméscope sur pied.

– Bonjour. Je suis Fabienne Dias, la directrice du casting et responsable candidats, commença une petite dame grassouillette. Juliette, je me trompe ?

Juliette pensa aussitôt qu'elle devait se décolorer la moustache.

– Non, c'est moi ! répondit-elle fort et clair.

Fabienne rajusta ses lunettes en signe d'intérêt. Tiens, tiens, un beau spécimen de peste. Depuis trois jours, elle avait vu défiler bon nombre de cagoles subsistant de pensions alimentaires, de mères de famille siliconées au maquillage permanent, et de femmes plus âgées qu'elle portant des vêtements identiques à ceux de leurs petites-filles.

– Vous n'avez pas l'accent du Sud, enchaîna Fabienne.

– C'est marqué dans ma fiche : je suis originaire de Paris, mais je fais des études d'Histoire de l'Art à Arles.

Une bonne dose d'arrogance. On était sur la bonne voie.

– Très bien, cela peut être utile.

– Plus que serveuse dans un fast-food !

Une jolie fille bizarrement habillée. Fabienne mit cela sur le compte de sa personnalité, artiste égocentrique et midinette. De toute façon, les candidats ne partaient pas avec leurs propres vêtements.

– Jusqu'où êtes-vous prête à aller pour gagner ? l'interrogea-t-elle en la fixant droit dans les yeux.

Juliette s'illumina. Enfin, on la prenait au sérieux ! Si elle répondait correctement, elle serait prise.

– Jusqu'à sacrifier Adem.

Fabienne se sentit dévoilée. La petite était plus fine qu'elle n'en avait l'air. Elle la trouva parfaite. Les jolies garces s'avéraient être celles que les téléspectateurs aimaient le plus détester.

Lorsque les étudiants furent relâchés, ils croisèrent dans la salle d'attente deux filles identiques, mais l'une brune et l'autre blonde. Juliette les trouva vraiment fadasses. Elles paraissaient totalement cruches. Y avait pas photo, entre elles et eux pas la peine de réfléchir cent ans pour savoir qui retenir ! Juliette sortit, certaine de son succès. Elle avait fait comprendre à la p'tite grosse qu'en ce qui la concernait, la fin justifiait les moyens.

Lana fut appelée la première et Coline tenta d'écouter à la porte. Avant d'entrer, elles avaient dépassé un couple mal assorti et la fille l'avait toisée. Elle regrettait d'être venue. Il s'agissait certainement de la plus grande erreur de sa vie.

Comme elle n'avait pas pu poser de journée pour venir à Paris, elles avaient fait le déplacement jusqu'à Marseille. Coline n'avait pas osé avouer à sa chef pourquoi elle avait besoin de congés. Elle avait envie de tout arrêter, de rentrer chez elle et de regarder une comédie romantique emmitouflée dans sa couette avec une tablette de chocolat blanc.

Lana réapparut et Coline remarqua sur le champ ses yeux rougis.

– Lana..., souffla-t-elle sans avoir le temps, on la poussait déjà à l'intérieur.

Lana avait pleuré. Pourquoi Lana avait-elle pleuré ? Coline ne parvint pas à se concentrer sur le décor qui l'entourait et les personnes qui lui faisaient face. Elle ne pensait qu'à sa sœur.

– Je vais ressortir, murmura-t-elle en reculant.

– Non, non, attendez ! Approchez, n'ayez pas peur, enchaîna aussitôt une minuscule dame portant des chaussures à talon pointu.

Elle se leva et vint à elle. Coline eut un mouvement de repli.

– Je dois retrouver Lana.

– Votre sœur a été formidable. Elle a très envie de faire l'émission. Ne la laissez pas tomber, susurra la femme en lui prenant la main pour la ramener sous les projecteurs.

Coline se laissa faire. Elle ne maîtrisait rien. Elle se trouva faible.

– Venez, ne gâchez pas vos chances d'être sélectionnées. Lana serait déçue.

Mais qui était cette minuscule fée brune qui semblait connaître sa sœur aussi bien qu'elle ? Lisant dans ses pensées, Fabienne Dias se présenta. Plus elle parla et plus Coline se détendit. Cette femme l'envoûta de ses mots et de sa voix. Elle lui posa quelques questions et lui sourit. Enfin, elle lui souhaita bonne chance et l'invita à retrouver sa moitié. Coline se précipita.

Dehors, son double blond patientait sur la banquette en velours carmin de l'hôtel. Coline scruta ses yeux et sonda son regard.

– Qu'est-ce qui s'est passé ? l'interrogea-t-elle aussitôt.

Lana paraissait plus joyeuse.

– Je crois que j'ai bien répondu, et toi ?

– Tu as pleuré !

– Oui, j'ai été émue en parlant de Tours, de notre vie, de toi…

– Ce n'est pas vrai.

– Mais si, c'est assez intense, j'étais stressée. J'espère que tu n'as pas tout fait capoter !

Elle mentait. Lana mentait aussi effrontément qu'un dictateur africain. Coline s'offusqua. Quelle mascarade ! Que faisait-elle là, aux castings de ce jeu débile avec sa sœur qui lui racontait des bobards ?

– Franchement Lana, j'espère qu'on ne sera pas prises. Allez, viens, on s'en va !

Coline bouda tout le trajet du retour. Elle en était sûre, Lana lui cachait quelque chose. Lana n'était pas émotive. Lana n'était pas une mauviette comme elle. Lana ne pleurait jamais. Lana dissimulait un secret qui avait à voir avec ce jeu pourri.

Chapitre 9 – Swimming pool

Jean se déshabilla et plia soigneusement ses affaires avant de les ranger dans le casier des vestiaires *Homme* de la piscine. Un papier tomba de la poche de son jean. Sa convocation aux tests physiques. Il n'avait pas de doutes sur ses chances de réussir. Il était en meilleure forme que la plupart des hommes qu'il avait croisés. Par exemple, le grand maigre là-bas.

Seulement, une inquiétude ne le quittait pas. Il ne s'agissait pas du trac ou de la peur d'échouer, mais d'une sensation qu'il connaissait bien. La même appréhension que celle qui faisait hésiter les alpinistes à partir à l'assaut des sommets certains matins. Une petite voix, un murmure dans le corps qui lui soufflait de ne pas y aller.

Il ne s'agissait pas de superstition, juste le sentiment que la montagne aurait finalement raison de lui et que ce jour était peut-être arrivé. Il ressentait un picotement provoqué par le fil ténu de la vie qui se raidissait en entendant le chant silencieux de la neige qui craque et le soupir des avalanches.

Jean replia la feuille et la garda à la main afin de la présenter avec sa carte d'identité. Pour le moment, il n'incarnait qu'un numéro à vérifier et à valider.

Il trouva une place devant le bassin près du grand maigre. Il remarqua qu'il portait de fines cicatrices sur le torse.

Une centaine d'hommes avait été convoquée. Jean faisait partie d'un panel multicolore. Il y en avait des gros et des secs, des nerveux et des mous, des poilus et des à peine majeurs, des tatoués et des mal à l'aise, des transparents et des inévitables. Leur seul point commun : ils étaient tous en slip de bain.

– J'espère qu'on aura droit au jacuzzi, lui lança son voisin efflanqué en désignant la salle de spa à l'étage.

Jean se demanda si l'homme, légèrement plus âgé que lui, faisait de l'humour ou s'il espérait vraiment faire un tour de bulles avant de partir. Il souriait. Il lui tendit gracieusement la main.

– Salut, je m'appelle Chris.

– Jean.

On ne leur laissa pas le temps de faire plus ample connaissance. Un assistant affublé d'un casque-micro les aligna. Jean pensa qu'on reconnaissait les techniciens audiovisuels au fait qu'ils étaient systématiquement branchés et pressés.

– Bonjour. Je vais vous appeler par lignes de huit. À mon signal, vous plongez et nagez jusqu'à l'autre bord. Dès que vous arrivez au bout de la piscine, vous sortez de l'eau et vous vous rendez dans la pièce à droite. Un médecin vous y recevra pour le reste du check up. Il prendra votre tension et vous examinera.

Il portait des claquettes en plastique. Jean se demanda si l'assistant lui-même serait capable de passer les tests.

Chris se retrouvait dans la première fournée. Jean le regarda sauter en se bouchant le nez et nager la longueur. Pas très sportif. Il se débrouillait. Que faisait ici cet homme si mince et si délicat ? Il n'avait rien d'un prof d'histoire. Et les petites stries sur sa peau ?

Chris émergea de l'eau, revigoré. Il attrapa sa serviette et suivit les premiers qui quittaient le bassin. Dès qu'il pénétra dans la salle d'examens, une infirmière lui scratcha un brassard autour du bras qui se gonfla et le tensiomètre rejeta un ticket qu'elle lui tendit en déclarant :

– Pour le docteur, quatrième porte au fond du

couloir.

Chris se sentit comme un rat de laboratoire. Tout nu, tout blanc et sans identité. Il fut accueilli par un homme en blouse immaculée. Son dossier reposait sur la table.

– Vous pouvez vous asseoir, l'invita le médecin.

Chris s'exécuta en pensant que ce n'était pas très hygiénique, son maillot étant humide. Il s'enroula dans sa serviette.

– Comment allez-vous ? La piscine s'est bien passée ?

– Oui.

Toujours répondre prudemment. Chris se méfiait des gens qui semblaient le connaître alors qu'ils le voyaient pour la première fois, blouse blanche ou pas.

– Je vois que votre tension est bonne. Faites-vous beaucoup de sport ?

– Je me déplace à vélo dans Paris.

– Très bien, très bien. Vous fumez ?

– Non.

– Très bien, très bien.

Le médecin avait marmonné deux fois « très bien » sans le regarder. Lorsqu'il leva les yeux, Chris sut qu'il allait aborder le sujet sensible.

– Et depuis votre sortie de l'hôpital ? Comment ça va ?

– Je vais bien.

– Vos cicatrices ont l'air sur la bonne voie. Votre dernier scanner ne signale rien de spécial. Vous vous en tirez parfaitement.

Et voilà qu'il souriait. Chris le détesta.

– Oui, tout est rentré dans l'ordre.

Il n'allait certainement pas lui affirmer le contraire et lui avouer que depuis le soir où on l'avait laissé pour mort devant le bar d'un de ses amis, il n'était plus le même.

L'homme se leva et posa son stéthoscope sur son torse. Il ne le regardait plus.

– Avez-vous repris le travail ?

– Depuis plusieurs mois.

Le temps n'avait cependant pas fait son œuvre. Les blessures extérieures et intérieures ne guérissent pas au même rythme.

– Bon, je crois que c'est tout. Ne reste que la prise de sang. Vous me semblez en parfaite santé.

– Tout à fait.

Depuis l'enfance, il avait appris à mentir pour faire plaisir aux autres. Leur faire croire qu'il était ce qu'ils voulaient qu'il soit.

Lorsqu'il regagna les vestiaires et qu'il boutonna sa chemise, il demeura un moment à fixer son image dans le miroir. On distinguait une fine cicatrice boursouflée près du col. Heureusement que la lame ne s'était pas enfoncée profondément, il ne serait plus là aujourd'hui. Oui, il allait participer à ce jeu et même le gagner ! Il montrerait qu'il n'avait pas cessé d'exister. Quand on survit à autant de coups de couteaux et de coups de pied dans le crâne, on peut affronter les croisades ou le gaz moutarde. Il était un survivant. Le skinhead qui l'avait roué de coups à la sortie d'une boîte gay n'avait pas eu raison de lui. Il tenait encore debout. Pas tout à fait pareil. Son âme avait changé, mais elle n'avait pas migré, elle était toujours là. Oui, il serait l'un des candidats de *The Big History Show* parce que l'émission avait fait plus pour lui que les médecins du CHU.

Pendant qu'il gisait dans son lit, le caillou en miette et le cœur vidé de sa substance, la télé de son austère chambre avait diffusé le programme. Il avait vu des gens pleurer et rire. Il avait vu des gens avoir peur et se surpasser. Il avait vu des gens rencontrer d'autres gens et effacer les barrières du temps, des classes sociales, des générations. Il avait vu des hommes et des femmes redevenir des hommes et des femmes. Il avait contemplé l'histoire de l'humanité. Il s'y était confronté depuis son sanctuaire aseptisé où il lui avait fallu choisir entre vivre ou mourir. Oui, il ne s'agissait que d'un jeu de télé-réalité, mais il était devenu son jeu à lui, son but à atteindre.

L'Émission

Chapitre 10 – Candidat

Les portes de l'ascenseur s'écartèrent. Vania pénétra la première dans la salle de réunion, dossier sous le bras et bic multicolore au poing, façon de montrer son importance. Elle ne comptait pas pour du beurre, elle valait plus qu'une assistante. Édouard et Fabienne la laissèrent prendre la direction des opérations. Après tout, c'était son job de s'occuper du vidéoprojecteur.

– Vous avez votre fichier ?

Fabienne lui tendit sa clef USB sur laquelle se trouvait le montage vidéo des candidats présélectionnés. Ce minuscule morceau de plastique renfermait le destin de dix personnes. Édouard posa la pile des dossiers individuels et se retourna pour admirer la vue.

Fabienne contempla Vania remuer ses bras de sauterelle. Les dossiers furent disposés méticuleusement à la façon d'une table de palace, la vidéo fut testée et retestée et le café et les bouteilles d'eau furent agencés aussi scrupuleusement qu'à la Maison-Blanche. La réunion au sommet, au sommet de la tour, pouvait débuter.

Fabienne essuya ses lunettes. Elle n'en avait pas vraiment besoin. Aujourd'hui, aucun candidat à passer au microscope. Il s'agissait uniquement d'une protection, elle occupait ses mains en cas de danger. Elle appréhendait les rendez-vous avec Franck Boulard. Elle détestait son ton et sa façon de traiter les candidats, ses candidats, tels de vulgaires péquenots, de la piétaille espérant passer à la télé. Certains étaient ainsi, oui, mais pas tous.

Depuis longtemps, Fabienne Dias discernait la complexité des êtres, leurs sensibilités, leurs différences. Franck Boulard cherchait des stéréotypes pour s'en souvenir. Un candidat perdait son identité : une Katia Lafarge devenait la brune avec les gros seins, un Jérôme Masanovic devenait monsieur gras du bide, un Christophe Chanoine devenait le mécano du Gers. Oui, Fabienne détestait son mépris pour ceux qui n'atteindraient jamais les derniers étages de la tour de verre. Parce qu'au fond d'elle-même, elle aimait chacun d'entre eux. Elle se muait en bergère soignant ses bêtes tout en sachant qu'elles finiraient à l'abattoir. Malheureusement, Fabienne Dias ne s'entendait pas avec le boucher.

Elle décapsula une bouteille d'eau sous l'œil réprobateur de Vania qui n'approuva pas qu'on touche à sa préparation de salle. Fabienne avait déjà soif alors qu'elle n'avait pas prononcé un mot.

Le bonsoir du seigneur des lieux retentit avant même que les portes de l'ascenseur ne soient entièrement ouvertes. Toujours réaliser deux choses à la fois. Efficacité, gain de temps, productivité. Fabienne se leva et Édouard mit un terme à son vol plané dans la lumière déclinante sur les toits de Paris. Tous deux enfilèrent leur sourire professionnel et tendirent leurs mains à Franck Boulard. Diligent, le directeur des programmes jeux de France 1er les serra en s'asseyant et lança à l'intention de Fabienne :

– Alors, on a des pépites cette année ?

Vania s'empressa de lui glisser un dossier puisqu'il n'avait pas respecté l'organisation de la table.

– Oui, je crois qu'ils vont vous plaire. Par qui on commence ? Les équipes mixtes, les hommes ou les femmes ?

Franck Boulard feuilleta le dossier comme s'il

s'éventait.

– Montrez-moi les rushs des castings, c'est plus parlant.

Édouard saisit la télécommande et lança un signe d'encouragement à Fabienne. Le grand oral commençait.

Un premier visage apparut, celui d'un homme charpenté et buriné.

– Serge Thomas, cinquante-et-un ans, marin pêcheur à l'île d'Oléron.

– Ah très bien, la coupa Franck Boulard. Il a une bonne gueule. Nous avons besoin de tronches ! Si on n'a pas de chasseur ou de paysan, on prendra le pêcheur. Vas-y, envoie la sauce, Édouard !

Fabienne regarda la séquence et s'écouta poser les questions habituelles. Elle avait bien aimé ce type, un peu bourru, mais authentique. Un homme façonné par les tempêtes et la vie. Un homme qui savait apprécier un petit verre de blanc avec les copains après la criée. Édouard appuya sur pause tandis que Vania aidait son patron à trouver la fiche signalétique de Serge dans le dossier.

– Il fait équipe avec qui, le pêcheur ? interrogea-t-il.

– Son ami d'enfance, Pépé, un guitariste de flamenco qui habite La Rochelle quand il n'est pas en tournée. Ils ont passé les castings de Marseille.

– Faut pas qu'il fasse romanichel… Y'avait pas de guitare au Crétacé ! Bon, balance la séquence.

La vidéo démarra. Le visage souriant et basané de Pépé apparut. Fabienne laissa opérer la magie. Lorsqu'à la fin des questions, Pépé se mit à jouer et à chanter, Franck Boulard fit un geste de la main.

– Pas la peine de se taper les Gipsy Kings ! Pas mal, il est marrant. Il faut toujours un type drôle.

Surtout qu'ils finissent par pleurer. Tous les rigolos sont des cœurs d'artichaut. À voir si on n'en trouve pas d'autres un peu moins colorés. Mais le pêcheur, il me plaît bien. Allez, suivant !

– On continue les castings du Sud : Juliette Blandin, dix-neuf ans, étudiante en histoire de l'art à Arles, enchaîna Fabienne.

– Ah oui, la garce qui fait équipe avec le reubeu ?

– Ils sont amis depuis le lycée.

– Et lui, un reubeu qui ne fait pas reubeu parce qu'il a des yeux clairs. Il ne se ferait pas lyncher à Marignan ! Et surtout, il suit des études de médecine. Très bien, on ne nous taxera pas de faire dans les stéréotypes.

– Il a hérité des yeux de sa grand-mère. Sa famille est originaire du nord de l'Algérie, poursuivit Fabienne en sachant que ce détail n'intéressait pas le directeur des jeux de France 1er.

– Ok, ok. Je veux voir la fille. Parfait, en plus elle est mignonne, ça compte ! Allez, les rushs !

Les hommes et les femmes sélectionnés se succédèrent sur l'écran au rythme des commentaires et des questions de Franck Boulard. Assise à ses côtés, Vania avait déjà pratiquement noirci la totalité des feuilles de son dossier. Édouard songea que s'il y avait un QCM sur les candidats à la fin de la réunion, elle aurait vingt sur vingt. Elle avait dû être première de la classe toute sa vie, elle jouait probablement au sudoku chaque dimanche.

Au bout de deux heures, il décrocha. Il y avait obligatoirement un moment, pendant que Franck Boulard voulait voir et revoir les extraits, où il ne parvenait plus à se concentrer. Il flotta, le regard perdu au-dessus de la fiche signalétique d'une femme âgée en doudoune fuchsia. Il devint le mauvais élève qui dort en cours, les yeux ouverts. En face de lui, Franck parlait et parlait encore comme un acouphène dans sa tête, un ronronnement incessant qui berçait ou rendait fou.

– Bon, la vieille et son fils, on garde. La garce et le reubeu en médecine aussi. Par contre, j'ai un doute sur les deux amis parisiens, la divorcée et le gay. Elle ne fait pas assez mère de famille.

– Elle a une fille de deux ans, répondit Fabienne en se demandant à partir de combien d'enfants on devenait mère de famille. Quel était le quota ?

– Mouais… C'est quoi, son métier déjà ?

– Assistante commerciale dans une société spécialisée en bas de contention et textile médical.

– Un job de rêve ! Bon, ça fait un peu usine, la France qui se lève tôt. Pas élitiste, quoi… Lorsqu'on tournera les portraits, il faudra la voir sur son lieu de travail.

– Si on sélectionne le pêcheur et le guitariste, il nous faut une équipe avec deux femmes en plus, rappela Fabienne qui voyait bien qu'Édouard n'en pouvait plus.

– On a qui, déjà ?

Fabienne refit son topo sur les candidates sélectionnées. Elle évita de penser qu'elle répétait la même chose pour la centième fois. Elle acheva son exposé par Coline et Lana.

– Et en dernier, les sœurs de Tours. Souvenez-vous, la cadette qui a inscrit son aînée sans lui avouer les vraies raisons.

– Oui, oui, je m'en souviens. Elles sont canon. Allez, vendu pour elles deux ! Les tragédies font exploser l'audimat. Il faut juste qu'on se blinde si elle clamse pendant le programme. Vania, tu gères avec le service juridique.

Ils se félicitèrent en se séparant dans le grand hall déserté avec la nuit. Sous l'écran géant allumé en permanence et qui projetait les programmes en continu, ils se serrèrent la main, satisfaits d'eux-mêmes. Cette deuxième saison serait explosive, le cru était bon. *The Big History Show* tiendrait une nouvelle fois ses promesses.

Fabienne Dias se laissa tomber sur le siège arrière du taxi qui l'attendait. Elle avait hâte de rentrer chez elle et de prendre un bain. Elle avait besoin de se détendre. Le poids de sa responsabilité lui tomba dessus. Elle n'était pas toujours la bonne fée espérée. Le programme allait bouleverser à jamais la vie de dix personnes et certaines ne s'en tireraient pas.

Chapitre 11 – Le gâteau

Coline quitta l'agence furieuse. Femme dragon, femme rage, femme colère. Les reproches de sa chef lui restaient en travers de la gorge. Elle frappa les pavés avec ses bottines alors que la ville ne lui avait rien fait. Oui, elle était bordélique, oui, ce n'était pas la première fois qu'elle égarait un fichier client. Elle inspira profondément parce qu'elle ne pouvait pas hurler en pleine rue. Pourtant un bon cri de femelle l'aurait soulagée. Elle détestait sa patronne, elle détestait son agence de voyages, elle détestait son job qui ne la faisait plus rêver puisque ce n'était jamais elle qui partait. Tout foutre en l'air, tout balancer. Sa vie ressemblait à un papier gras sans chichis dont elle aurait léché le sucre depuis longtemps. Son existence se résumait en une fête foraine déserte sous la pluie.

Dix-neuf heures trente. Elle passa devant une boulangerie et y entra. Il ne restait plus de baguettes, seulement des gros pains qu'elle hésita à acheter afin de s'étouffer avec. Au lieu de cela, elle désigna l'énorme gâteau gorgé de crème et de fruits qui trônait au centre du comptoir réfrigéré, rescapé solitaire du carnage journalier des gourmands. Elle comptait l'engloutir en entier. De toute façon, elle se fichait de son poids maintenant que l'épreuve piscine des castings était passée.

Elle y avait accompagné Lana. Pour faire équipe, elles avaient enfilé le même maillot de bain. Dans l'eau, les cheveux mouillés, elles paraissaient être jumelles, des nageuses synchronisées. Bien sûr, Lana était plus élancée puisqu'elle nettoyait les boxes, déchargeait du foin, nourrissait les bêtes et montait à cheval, tandis qu'elle, Coline, posait ses fesses sur sa chaise à longueur de journée pour vendre des séjours low cost.

Elle arriva chez elle et prit le risque d'ouvrir la porte en tenant le gâteau. Pas la peine d'en faire de la bouillie et d'avoir, par-dessus le marché, l'impression d'avaler du vomi de pâtissier.

Tout était la faute d'Hugo. C'était à cause de lui qu'elle se sentait ainsi, comme la vieille chaussette qu'il avait laissé tomber.

Elle posa le précieux carton sur la table basse et alluma la télé. Elle accrocha sa veste dans l'entrée, retira ses bottines avec les pieds et se lava les mains dans le lavabo de sa kitchenette. Elle balança sa jupe et ses collants pour enfiler son jogging qui traînait puis s'adressa à la petite cuillère qui allait se compromettre avec elle.

– Salut ! T'es prête ? Allez, go !

Elle n'eut pas le temps de passer à l'acte que son téléphone sonna. Numéro inconnu. Elle hésita à répondre. Elle appuya sur haut-parleur à contrecœur.

– Allô.

– Allô, puis-je parler à Coline ?

– C'est moi.

Elle se mira dans la petite cuillère qui déformait son visage.

– Bonsoir, Fabienne Dias de *The Big History Show* à l'appareil. Je vous appelle pour une bonne nouvelle. Vous et Lana avez été retenues pour *The Big History Show* ! Allô ? Vous êtes toujours là ?

– Oui.

– Vous avez compris ce que je viens de vous dire ?

– Oui.

– Ça n'a pas l'air de vous faire plaisir ! D'habitude, les gens explosent de joie ! J'appelle au mauvais moment, peut-être ?

Coline fixa son gâteau. Impossible de décider s'il s'agissait d'une bonne ou d'une mauvaise nouvelle.

– Merci, c'est super, s'excusa-t-elle. Vous avez prévenu Lana ?

– Oui, c'est elle qui souhaitait que je vous appelle. Elle est enchantée. Ça compte beaucoup pour elle.

Lana obtenait toujours ce qu'elle voulait.

– Hum, je vais lui téléphoner. Merci de m'avoir prévenue.

Coline appuya lentement sur la touche de son écran tactile. Pourquoi n'était-elle pas comme tout le monde ? Pourquoi ne parvenait-elle pas à s'enthousiasmer pour autre chose qu'une pâtisserie ? Parce que tu as peur. Elle regarda la cuillère à café comme si elle venait de parler. Oui, elle avait peur. Elle avait peur depuis qu'Hugo était parti. Il avait emporté avec lui son insouciance et sa confiance en elle. Maintenant, elle redoutait les autres et ses propres choix. Elle appréhendait son existence étriquée et les jours qui passaient.

Elle remercia Lana en silence. Ce jeu n'était peut-être pas une mauvaise idée. Elle n'en pouvait plus de stagner dans cet espace-temps où elle ne devenait personne.

Elle tomba sur le répondeur de sa sœur, laissa un message bref, pleura un bon coup, discuta avec sa petite cuillère et s'empiffra de crème.

L'Émission

Chapitre 12 – Jackie Kennedy

La montagne scintillante fondait. Dernières neiges et premiers rayons. La fin d'une saison et le début d'une autre. Bientôt les pistes fermeraient et la nature reprendrait ses droits sur l'hiver et les hommes. Nicole portait sa doudoune rose et se prélassait au soleil. Les yeux fermés, elle écoutait les skieurs et le bruit du ciel. Jean allait bientôt arriver.

Elle avait rejoint la station pour lui annoncer la nouvelle. Ils étaient retenus pour l'émission. Elle n'avait pas pu rester chez elle, dans son petit appartement douillet d'Annecy. Elle tournait en rond, ne parvenait pas à se calmer et s'agitait dans ses cinquante mètres carrés. Son cœur battait à tout rompre, aussi fort que celui d'une jeune fille amoureuse avant un rendez-vous.

Les contrats des castings possédant une clause de confidentialité, elle n'avait pu en parler à personne à part Frida, son chat qui se prélassait entre les géraniums de sa terrasse couverte.

Jusqu'à ce jour, les conversations à sens unique avec Frida l'avaient contentée. Mais aujourd'hui, ce n'était plus assez, elle débordait. Un flot nouveau coulait en elle. Un torrent jaillissait entre ses vieux os parce que jamais rien de tel ne lui était arrivé. Parce qu'à soixante ans, son existence risquait d'être bouleversée. Bien sûr, elle en avait vu des vertes et des pas mûres en tant qu'aide-soignante et son divorce l'avait malmenée, mais au final sa vie avait continué avec son chat, ses antiques copines, ses géraniums et parfois les visites de Jean le week-end. Pourtant, là… Là, elle s'apprêtait à sauter dans le vide, telle une cascade se jetant dans un précipice. Elle allait s'offrir le grand bol d'air qu'elle n'avait jamais pris.

En attendant de rejoindre les studios à Paris, elle skierait et respirerait le bleu des altitudes pour le soir, s'endormir comme une masse. Pas besoin de livres afin de trouver le sommeil et tromper la solitude du coucher. La fatigue aurait raison de son énervement tout neuf. Le seul ouvrage qu'elle avait emporté relatait l'histoire d'un riche Américain à la découverte des peuples des Andes. Chez elle, une grande bibliothèque couvrait deux des murs du salon. Elle s'était entourée des livres lus pendant sa vie, mieux qu'un cocon, mieux qu'une galerie de portraits de famille. En prédatrice, elle avait tout dévoré, rongé et rogné jusqu'à l'os. Pas un seul roman historique ne lui avait échappé. De Cléopâtre à Lucie Aubrac, en passant par Marie Curie, la reine Margot, Mata Hari, Mary Stuart, Jackie Kennedy, Calamity Jane ou Aliénor d'Aquitaine. Et aujourd'hui, elle se préparait à les rencontrer et à plonger dans l'une de ces périodes de l'histoire où elle avait vécu par procuration.

– Salut.

Nicole ouvrit les yeux. Jean se tenait devant elle et retirait ses skis. Il portait son blouson orné de l'écusson de la compagnie des guides de Chamonix. Comme à chaque fois qu'elle le retrouvait, elle se sentit fière de lui. Jean était parfait.

– Bonjour chéri. J'ai une bonne nouvelle. Madame Dias a appelé, on est pris !

Jean contempla sa mère et son sourire aussi grand que le domaine skiable. Elle était enthousiaste pour deux. Il s'agissait de son projet, il ne jouait que l'accompagnateur.

Ce qui tracassait Jean, c'était la sensation bizarre qu'il ne devait pas y aller. Un ressenti qui planait et dont il ne pouvait faire part à sa mère. De toute façon, impossible de faire marche arrière.

– On va déjeuner au Mont-Blanc pour fêter ça ? proposa-t-il.

– Allez, va ! Surtout qu'on ne risque pas de manger aussi bien si l'on est envoyés au Néolithique ou à l'époque de la peste noire !

Jean réalisa qu'il n'était pas préparé à être transporté dans une autre ère, se retrouver nez à nez avec des chevaliers ou des sans-culottes. *The Big History Show* ressemblerait-il à un mélange de films et de tiers monde ?

Ils prirent le chemin du restaurant. Jean demeura silencieux. Les participants, peu importe leur âge ou leur condition physique, ne seraient pas ménagés. Les plus faibles risquaient d'être éliminés les premiers. Le programme consistait en un jeu de survie. Survivre au temps et survivre aux autres. Tenir le plus longtemps possible et ne pas se laisser griser par l'odeur du million d'euros ou par un ménestrel dans un jardin de roses.

– Peut-être qu'on devrait se préparer un peu ? suggéra-t-il.

– Comment ça ? se froissa Nicole en poussant la porte de l'auberge.

– Je ne sais pas. Se renseigner sur les époques... Une table pour deux, s'il vous plaît.

On les installa près d'une grande cheminée où semblait brûler un feu éternel. Nicole reprit le cours de la conversation.

– Tu sais, j'ai beaucoup lu sur l'histoire. Je n'imagine pas comment on pourrait apprendre autant en quelques jours.

Il l'avait vexée. Pour elle, ils formaient une équipe. Il représentait la jeunesse et elle possédait les connaissances. Elle ne souhaitait pas être la vieille qu'on traîne comme un boulet.

– Pas sur l'histoire, plutôt sur la survie. Connaître des choses utiles à n'importe quelle période. Par exemple, savoir faire des pièges pour chasser, lire les étoiles pour se repérer ou se soigner avec les plantes… Ce genre de trucs.

– Je ne crois pas que cela s'apprenne dans les livres.

Ils commandèrent deux fondues et de la salade verte en menu classique.

– Maman, je sais que tu es calée. Seulement, on sera en compétition avec d'autres équipes. Probablement des gens passionnés d'histoire et préparés. Je pense juste que des scouts de douze ans auraient plus de chance que nous de survivre en plein Moyen-Âge en construisant des pièges à lapins.

– Des pièges à lapins ?

Nicole éclata de rire. Jean l'imita. La faim le rendait ronchon. Le ventre plein, il se sentirait plus sûr de lui.

Jean calma son anxiété par un festin. Il occupa son ventre pour empêcher son esprit de s'échapper vers des contrées inhospitalières.

Chapitre 13 – La valise

Mathilde avait hurlé et dansé de joie avec Chloé dans les bras après avoir eu la directrice de casting au téléphone. Elle participait à *The Big History Show*. Non : ELLE PARTICIPAIT À *THE BIG HISTORY SHOW* !!!!! Son cœur battait un peu plus fort à chaque fois qu'elle y pensait.

Le soir de la nouvelle, elle avait laissé Chloé se gaver de fromage à tartiner et papoté au téléphone avec Chris la nuit entière. Chris. Ensemble, ils avaient tout imaginé, réinventant l'histoire et leurs vies. Le lendemain au travail, avec la fatigue et l'énervement, elle avait failli se tromper dans les bons de commande. Elle n'était plus vraiment elle-même, une métamorphose s'amorçait. Fini la larve, un papillon s'apprêtait à s'envoler, même pour un seul jour.

Elle contempla la grande valise qu'elle tentait désespérément de remplir depuis une bonne heure. Enlevant et reposant des vêtements sans parvenir à se décider. Chloé n'aidait pas : vider les tiroirs et la penderie se révélait être un jeu des plus amusants. Sucer les boutons de veste aussi, ainsi qu'enfiler les chaussures que Mathilde ne parvenait pas à sélectionner afin de déambuler dans l'appartement. Plus le temps passait et plus le fouillis empêchait Mathilde d'y voir clair. Le jeu fournissait les vêtements d'époque, mais il lui fallait des tenues pour la semaine de préparation, des habits qui ne lui donneraient pas l'air d'une cruche lors des interviews et des photos… et des photos… Mince, le maquillage ! Et le fer à lisser, oui, très important le fer à lisser quand on possédait une tignasse de lionne.

Quoi d'autre ? Des médicaments, au cas où ? Des chaussettes et un collant ? Son chargeur ? Un pyjama ou une chemise de nuit ? Une pince à épiler ? Son collier préféré en turquoise ? Le téléphone sonna.

– Salut, c'est Chris ! Tu en es où ?

Mathilde lui envoya en photo de sa chambre.

– Une tornade est passée ?

– Je ne sais pas quoi apporter et Chloé dérange tout.

– Tu as encore deux jours et ils nous ont conseillé de prendre le minimum. Contente-toi de suivre la liste fournie par la production.

– J'ai l'impression de partir en colo.

Chris éclata de rire. Mathilde laissa tomber une paire de bottes sur la montagne surgissant de sa valise. Un volcan crachant des jeans et des jupes.

– Tu as rempli les contrats, au moins ? Il fallait le faire pour hier.

– Oui, oui. Je n'ai rien compris aux clauses.

– En gros, on abandonne nos droits à l'image et la boîte de production se blinde pour qu'on ne puisse pas la poursuivre en justice.

– J'ai eu assez avec mon divorce en ce qui me concerne.

Mathilde regretta aussitôt ses dernières paroles. Tourner sept fois sa langue dans sa bouche.

– À ce propos, tu as parlé à Patrick ? C'est bon, pour Chloé ?

Elle hésita à répondre. Les foudres de Chris risquaient de s'abattre sur elle.

– Non, je ne l'ai pas encore mis au courant.

Elle avait parlé d'une minuscule voix de souris. Chris rugit.

– DEUX JOURS, mémé, on part dans DEUX JOURS !!!

– Je sais, je n'y arrive pas.

– Passe-moi son numéro.

– Non.

– Passe-moi son numéro, je te dis !

Mathilde capitula. Sans doute parce qu'au fond d'elle-même, elle savait que Patrick refuserait et qu'il signerait la fin de ce rêve dans lequel elle baignait depuis une semaine.

– Qu'est-ce que tu vas lui raconter ?

– Prépare les affaires de Chloé. Je passerai la prendre demain soir pour l'amener chez son père. Rédige un mot pour la nounou aussi.

– Mais tu vas lui dire quoi ? insista Mathilde.

– La vérité.

– Il ne me laissera jamais partir.

– La vérité qui est que : oui, je suis une tapette comme il me l'a balancé l'autre fois et que ça ne m'empêchera pas de lui casser la gueule s'il ne garde pas sa fille pendant quatre semaines.

Mathilde eut les larmes aux yeux. Elle serra fort le combiné contre son oreille.

– Je t'aime, souffla-t-elle.

– Moi aussi, petite mémé. Allez, boucle ta valise. On doit dormir tôt parce que demain, ils filment nos portraits. Je ne veux pas avoir des cernes sous les yeux. Je veux faire fantasmer tous les hommes de France et de Navarre !

Chris raccrocha et demeura pensif un moment avant de passer son coup de fil à Patrick. Il était vraiment temps que les choses changent pour Mathilde et lui. S'ils gagnaient un million d'euros, promis, ils immigreraient à Wallis et Futuna.

Le lendemain, il se lança dans un grand ménage avant l'arrivée de l'équipe de tournage. Il n'avait pas fermé l'œil de la nuit à cause de l'insomnie provoquée par la discussion avec Patrick. Il lui avait fait comprendre que Mathilde partirait qu'il le veuille ou non et qu'elle serait injoignable pendant plusieurs semaines. C'était à prendre ou à laisser. Patrick avait rétorqué que de toute façon, il avait une nouvelle copine qui adorait les enfants et qu'elle se montrerait ravie de s'occuper de Chloé. Cette dernière partie de la conversation, Chris se garderait de la relater à Mathilde.

Le reste de la nuit, il s'était tourné et retourné dans son lit, tel un loup solitaire. Il avait eu trop chaud et trop froid. Il avait eu envie de boire puis d'aller aux toilettes. Il avait tenté de lire, mais avait confondu le Paléolithique avec le Néolithique. Il avait tenté d'écouter de la musique classique, mais n'avait déniché qu'un album de Wagner. Enfin, par sa fenêtre, il avait admiré la nuit cesser d'être la nuit et les formes de la rue réapparaître. Alors, il s'était levé et avait mis en route sa machine à café. Seule odeur qui l'apaisait. Il pensa qu'elle allait lui manquer pendant *The Big History Show.* Il avait cherché sur internet, le café n'était apparu en France qu'au XVIIe siècle. Du moka débarqué au port de Marseille puis produit de luxe proposé par un ambassadeur turc à la cour de Louis XIV. Autant dire que ses chances d'en consommer pendant l'émission semblaient quasi nulles à moins de tomber en pleine contrebande. Il allait devoir se satisfaire de jus d'ortie ou de lait de chèvre.

Vers neuf heures, une jeune femme très jolie se présenta accompagnée d'un cadreur taciturne et d'un ingénieur du son aphasique.

– Bonjour, je m'appelle Flavie. Je suis journaliste pour *The Big History Show.* Nous venons réaliser votre portrait.

– Bonjour, bienvenue chez moi. Puis-je vous offrir un café ?

– Oui, merci. Si j'ai bien compris, nous nous trouvons à la fois sur votre lieu de vie et de travail ?

– Oui, j'habite au-dessus.

– On va tourner ici. Mathilde, votre partenaire nous rejoindra dans l'après-midi pour l'interview à deux.

– Parfait. Sucre ?

On lui installa un « micro-cravate » dont on glissa le boîtier dans la poche arrière de son jean. Flavie inspecta le café et décida que la première séquence serait enregistrée près du comptoir. Chris se laissa manipuler et interroger. Il eut l'impression d'être quelqu'un d'important. Il s'étonna qu'une inconnue se passionne pour son quotidien et son existence de fourmi parisienne. Lorsqu'ils s'installèrent dans le salon de son appartement, la jeune femme lança :

– Évoquons votre accident. Racontez-moi ce qui s'est passé.

– Je n'y tiens pas.

Il avait appris à dire non avec le sourire depuis longtemps. Cela faisait partie du kit de survie des minorités indésirables. Flavie le scruta, perplexe, puis réagit en journaliste.

– Comment avez-vous eu ces cicatrices ?

L'interview se muait en négociation. Il allait devoir lâcher du lest pour avoir la paix et lui donner un os à rogner s'il voulait s'en tirer à bon compte.

– Une bagarre, un soir, dans un bar. Du passé. Nous avons tous nos histoires de jeunesse.

– Cela fait environ un an, ce n'est pas si vieux.

– Je suis tourné vers l'avenir et gagner *The Big History Show* représente l'avenir.

– Vous pensez remporter le jeu ?

– J'espère.

– Que ferez-vous avec un million d'euros ?

Il s'attendait à cette question. Il avait préparé une réponse formatée.

– Je finirais de payer les traites de mon café et j'aiderais Mathilde qui élève seule sa fille.

Sa voix intérieure cria ce qu'il n'avoua pas : je ferais des implants capillaires forcés à tous les skinheads du monde, je tatouerais un arc-en-ciel sur les fesses de mon agresseur, j'achèterais une île pour en faire la première République démocratique gay et j'y deviendrais torréfacteur afin de finir ma vie dans les effluves de café.

Chapitre 14 – Dans les boxes

Au détour du chemin, le château apparut, vêtu de pierres blanches, flottant sur la brume du petit matin. Il faisait frais et les chênes séculaires étaient silencieux. La petite voiture rouge de Coline troubla la paix de l'aube lorsque ses pneus crissèrent sur les graviers de la grande allée. Elle s'immobilisa devant les bâtiments des jardiniers du parc, face au bureau du centre équestre. Elle pria pour que Lana porte des chaussures de villes et non des bottes de cheval.

De la lumière filtrait des écuries. Coline resserra son écharpe en sortant de la voiture. Un sac à dos reposait contre la porte d'entrée. Rien à voir avec la valise carmin à roulette de Coline qui n'avait voyagé qu'en avion et séjourné dans des chambres de groupes hôteliers. Un sac à dos de marche, un bagage d'aventure et de belle étoile. Une besace de randonnée à cheval et de gîtes ruraux qui fleurait le foin, l'écorce, la liberté et le crottin.

Coline trouva Lana dans le box de sa jument. Les bras autour de l'encolure et les yeux clos. En silence, Lana et l'animal communiaient. De la tristesse émanait de cette séparation pareille à une dernière étreinte. Coline n'osa pas pénétrer dans le box, elle n'appartenait pas à cette lente caresse entre l'homme et l'animal. Elle contempla la scène en retrait, sans y être invitée. Les cheveux blonds de sa sœur, brillant contre la robe sombre de la jument. Le cheval frissonna et Lana releva la tête. Elle lui sourit, passa sa main sur son museau, lui murmura à l'oreille, puis se retourna vers sa sœur.

– Mes affaires sont dehors.

Coline acquiesça. Elle ne saisissait pas bien cet attachement aux animaux plus qu'aux hommes. Lana avait dit au revoir aussi sobrement que si elle ne revenait jamais.

Elles éteignirent la lumière, fermèrent la porte et enfournèrent le sac à dos dans le coffre. Coline se hâta de faire demi-tour, il y avait une sorte d'urgence à ne pas rester là. Au bout d'un moment, quand l'allée fut loin, elle osa parler.

– Les journalistes sont restés longtemps au château après l'interview ?

– Un peu, fit Lana. Ils m'ont filmée en train de nettoyer les boxes et de faire du manège.

– Dire qu'on ne verra rien parce qu'on sera déjà dans le jeu.

– Tu découvriras les images au retour, ce sera la surprise.

– Ouais, il faudra qu'on se fasse une séance spéciale, une projection pop corn !

Coline réalisa qu'Hugo aussi la verrait à la télé. Ce serait sa revanche. Une façon de lui crier à la figure : « Tu vois, je n'ai pas besoin de toi ! J'ai une vie beaucoup plus excitante sans toi. Je ne suis pas une looseuse. » Elle chassa son ex-petit copain de sa tête. Pour ne pas devenir folle, elle s'interdisait de penser à lui et bâtissait des remparts dès que son image surgissait. Pourtant, bien souvent, ses murs s'effondraient, telles des piles de biscottes. Elle n'était pas encore totalement débarrassée d'Hugo.

Elle changea de sujet.

– Tu crois qu'ils vont nous envoyer où, en premier ?

Lana parut soulagée de parler d'autre chose.

– On prend les paris ? fit-elle.

– Qu'est-ce qu'on parie ?

– Un million d'euros !

– Trop facile ! Mais bon, d'accord. On se donne un créneau d'une période. Tu mises sur quoi ?

– Le Moyen-Âge. Je parie un million et une bouteille de champ.

– Trop généreux ! Moi, je pense que ça va plutôt être un truc, genre la Renaissance. Je vois bien un château du côté de chez nous, style Langeais.

– Pari tenu. Tope là !

Elles se tapèrent dans les mains.

– Et si on se retrouvait dans un endroit qu'on connaît, mais plusieurs siècles en arrière ? enchaîna Coline. Imagine, on tombe sur un ancêtre, quelqu'un de notre famille !

Lana éclata de rire.

– On va voir si notre arrière-arrière-arrière-arrière-arrière-grand-mère avait ta tronche !

L'Émission

Chapitre 15 – Tambouille

Les chambres étaient réparties dans cinq îlots isolés des studios de tournage de La Plaine Saint-Denis. Entre le plateau, la machine, la régie, les loges, les salles de préparations, le studio déco, l'atelier couture pour les vêtements, les parkings et les espaces techniques, *The Big History Show* s'étendait sur cinquante hectares coupés du monde. Un sous-marin où chacun avait une tâche précise à effectuer et un rôle à tenir. Les candidats et les techniciens n'en émergeraient qu'à la fin du tournage.

Mathilde et Chris découvrirent deux lits jumeaux et une salle de bain compressés dans une pièce identique à une cabine de bateau.

– Pas vraiment une chambre nuptiale, commenta Chris en posant sa valise à côté de la penderie.

– J'ai envie de rentrer…

Mathilde était déjà toute décoiffée. Chris s'assit à côté d'elle. Tant qu'ils restaient ensemble.

– Tu as vu, parmi les autres candidats, un des types tenait une guitare.

– Je crois qu'il s'appelle Pépé.

– Pépé et mémé, les deux font la paire !

Ils gloussèrent.

– Pitié, ne m'appelle pas comme ça devant la France entière ! Déjà que, pendant les portraits, ils m'ont filmée en train de tester des mi-bas !

Mathilde se remémora cette journée étrange où des individus qu'elle ne connaissait pas avaient décortiqué son existence. L'équipe de tournage l'avait suivie au travail, chez elle et chez la nounou. Elle avait eu l'impression de jouer sa propre vie. On l'avait priée de discuter varices et rétention d'eau avec un commercial de la boîte puis couches et pipi-caca avec l'assistante maternelle. Elle avait tenté de dompter ses cheveux chaque seconde et d'avoir l'air sûr d'elle alors qu'elle redoutait l'image qu'on donnerait d'elle.,

Elle avait évoqué Chloé comme jamais, comme si elle avait huit ans au lieu de deux. Elle avait troqué les « Cloclo » pour des « ma chérie » et remplacé les chocos sous-marque à moitié écrasés du fond de son sac par une pochette goûter colorée de pub télé que sa fille avait fixée sans comprendre. Heureusement que Chris ne verrait pas les portraits.

Il la prit dans les bras.

– Promis p'tite mémé. Dans quelle galère, on s'est fourrés !

– Si ça se trouve, il y en aura vraiment une de galère, un vrai bateau romain.

– J'ai du mal à réaliser.

– Je suis contente d'être avec toi.

Dans une chambre similaire, Lana feuilletait le règlement du jeu compilé en une bible plastifiée comme si la production craignait qu'elle ne prenne l'eau.

– *The Big History Show* est un jeu composé de cinq équipes de deux, lut-elle à haute voix tandis que Coline rangeait ses vêtements. Chaque épreuve se déroule dans une période temporelle différente. À l'issue de chacune des quatre manches, une équipe est éliminée. Lors de la phase finale, les deux membres de l'équipe victorieuse se départagent. Il n'y a qu'un seul gagnant qui empoche un million d'euros.

– Ou gagnante ! lança Coline depuis le fond du placard.

– À chaque manche, les candidats participent à un jeu, dit de « confort », qui leur permet de remporter un indice ou un objet améliorant leur condition de voyage, ainsi qu'à un jeu d'élimination qui consiste en une épreuve ou un but à atteindre.

– Moi, j'aimerai bien savoir pourquoi la petite maigre a été sélectionnée !

– C'est clair, je ne peux déjà pas la piffrer ! Attends, je continue : au début de chaque manche, chaque équipe bénéficiera de l'équivalent de plusieurs euros par jour. Soit en troc soit en monnaie d'époque. Les participants seront vêtus de façon locale dans le sas temporel. Chaque participant est relié au sas temporel par un bracelet en fibres de verre, imitation cuir. Si ce bracelet est rompu, l'équipe est immédiatement éliminée. Toute élimination est définitive. Attention, si l'histoire risque d'être modifiée par un participant, la production se réserve le droit d'extraire son équipe sur le champ.

– Ça veut dire quoi ?

– Si tu couches avec le roi de France et qu'il vire la reine, tu sors du jeu !

– Très drôle.

Lana reposa le manuel sur la table de chevet.

– Je ne peux plus lire, j'ai trop mal à la tête.

– Je t'ai répété cent fois de consulter un docteur. Des migraines aussi fortes, ce n'est pas normal !

Lana s'allongea et ferma les paupières.

– De toute façon, pas de paracétamol chez la reine Margot.

L'Émission

Chapitre 16 – Starting blocks

Jean contempla le long cylindre immaculé qui se dressait devant lui et perdit le fil des explications de cet homme qui ressemblait plus à un ado attardé qu'à un physicien. Il allait mettre sa vie entre les mains de ce type avec un t-shirt de E.T.. À nouveau, la sensation qu'une avalanche se préparait l'envahit.

Il jeta un coup d'œil à sa mère. Depuis leur arrivée, Nicole ne quittait pas son sourire. Elle chantonnait pendant sa toilette du soir comme quand il était enfant. Seul son bonheur à elle le maintenait là parce que, jusqu'à présent, il avait tout détesté : la chambre qui ressemblait à une cellule, le plateau à la déco surchargée bardé de projecteurs, le producteur avec son air dédaigneux et les autres candidats, surtout la petite étudiante qui se la ramenait tout le temps.

Il avait tout de même été content de découvrir que le grand type de la piscine avec les cicatrices était de la partie. Il ne le connaissait pas et n'avait échangé que quelques mots, mais s'être rencontré en maillot de bain leur avait donné de l'avance sur les autres. Il se souvenait de son nom : « Chris ».

Chris contemplait la machine en silence. À ses côtés, son binôme paraissait complètement à l'ouest. Jean pensa qu'ils étaient sans doute l'équipe la plus mal assortie et celle avec le moins de chances de gagner. Certainement à cause de la jeune femme dont les cheveux débordaient de partout.

– Voici les bracelets, annonça le maître du temps en sortant un plateau sur lequel étaient disposés des ronds, imitation cuir. Ils sont votre cordon ombilical avec le présent. Ils sont une sécurité. En cas de danger, arrachez-le et vous serez automatiquement rapatriés dans les studios.

– Et si on le coupe sans faire exprès ? se renseigna la peste en histoire de l'art.

– Il n'y a pas de deuxième chance. Vous ne pourrez plus repartir dans le passé.

– Alors, on peut éliminer un autre candidat en lui arrachant son bracelet ?

Jean songea qu'en plus elle était vicieuse. Il se retint de lui dire que ce qui était valable pour les autres l'était aussi pour elle. Ce n'était pas son bracelet qu'il avait envie de lui arracher, mais la tête. Nul doute qu'en pleine invasion barbare, cela ne poserait aucun problème.

– Je ne sais pas si le règlement l'autorise, répondit prudemment le geek en réajustant ses lunettes.

Cela ne rassura pas Jean. Ce jeu en était encore au stade expérimental. Il risquait bel et bien d'en faire les frais.

– Bon, prenez-en un chacun pour qu'on vous le fixe et qu'on le connecte au sas. On les testera cette semaine. Vous devez vous habituer à les porter.

L'illusion d'un lacet de cuir roux et brun se révéla parfaite. Il ne s'agissait que de son aspect extérieur. Au toucher, il était dur et semblait aussi résistant qu'un câble d'acier. Pouvait-on l'arracher tel un vulgaire fil de coton ?

– Comment tu le trouves ? minauda Nicole en agitant son poignet.

– Très élégant.

Elle rit à la façon d'une jeune fille et Jean se sentit prisonnier. Le bracelet ne représentait pas leur bouée de sauvetage, plutôt une menotte. Il était enchaîné à *The Big History Show* et au bon vouloir de ses producteurs. Il était devenu leur jouet.

Chris admira Jean et sa mère. La complicité qui se dégageait de leurs échanges lui fit envie. Ni lui ni Mathilde n'avaient connu une telle osmose en dehors de leur couple mal assorti. Famille bricolée, amis non fiables, petits copains exigeants et fantasques, collègues instables et névrosés. Quand il contemplait des gens s'aimer simplement, il se trouvait bancal. C'était pour cela qu'il allait gagner *The Big History Show* : quitte à se sentir seul au monde, autant aller vivre sur une plage de sable blanc à l'autre bout de la planète.

– Il gratte, souffla Mathilde.

– Ça serait bête d'être éliminé à cause d'une allergie !

– De toute façon, je crois que je vais être allergique à tout : aux gilets en poil de mouton, au lait de bique et aux oreillers en paille.

– Pauvre mémé !

L'Émission

Chapitre 17 – Photoshop

Emmanuel Ducas évalua l'étudiante en minijupe venue se frotter à lui. Il admira ses jambes. Que cherchait-elle exactement ? Sans doute rien de précis. Minauder pour se faire remarquer, se tortiller pour attirer l'attention. Il eut à la fois envie de la mettre dans son lit et de lui lancer qu'il ne pourrait pas la pistonner. Elle parlait de ses cours d'histoire de l'art, Boticelli et compagnie… Elle ne haussait qu'un seul sourcil, c'était charmant. Il pensa que sous l'occupation, elle aurait su tirer son épingle du jeu. Le genre de femme qui ne crevait jamais de faim. Il devina qu'elle voulait des infos sur les destinations. Une vraie garce. Il fut tenté de la lancer sur de fausses pistes, juste pour rire.

– Vous avez signé des clauses de confidentialité et moi aussi, lâcha-t-il.

– Mais à qui voulez-vous que je raconte quoi que ce soit ? On est enfermé dans ce bunker ! Fabienne Dias garde mon smartphone !

– Je vais vous donner un conseil. Décrochez les jeux de confort et vous irez jusqu'au bout. Sans les conforts, vous n'y parviendrez pas.

C'était gratuit et ça ne l'engageait en rien. Elle fit la moue et se dégagea de lui.

– Ma loge restera toujours ouverte.

Elle fronça les sourcils, les deux cette fois et tourna ses talons de ballerine.

– Fumier ! lança Juliette quand elle fut de retour dans sa chambre.

Adem vomissait dans les toilettes.

– Débris !

Adem émergea en s’essuyant la bouche avec une serviette.

– Désolé. À cause de la chaise rotative et de l’entraînement temporel, j’ai le bide en vrac.

– Je ne parle pas de toi, mais de l’autre : Emmanuel Ducas. Un croûton de quarante ans qui se prend pour un bogosse alors qu’il pue le vieux !

– J’ai la gerbe.

– Moi aussi.

Juliette s’allongea sur son lit et leva les jambes. Elle contempla ses mollets galbés et ses genoux fins. Si on la transportait à l’époque du french cancan, elle saurait mettre ses atouts en valeur.

– Je me sens super mal.

– Trouve un truc, toubib, au lieu de te plaindre !

– Je vais avaler un cachet, fit-il en regagnant la salle de bain.

– Super, je fais équipe avec un tocard !

On frappa à la porte. Un assistant entra, talkie-walkie à la main.

– Interview et photos pour la presse Programme Télé !

Juliette se redressa sur le champ.

– Adem, grouille-toi !

– Il est toujours malade ? s’étonna l’homme.

– Non ! Non ! Il est au top ! Adem dépêch’ !

Adem parut, le teint blafard. Sa belle couleur dorée avait disparu, il était gris.

– Allez, on y va ! Vous avez Photoshop ?

Chapitre 18 – Mousseline et toile de jute

Plus de bruit. Ici, tout était doux et moelleux. Un utérus de tissus et de matières duveteuses. Une matrice de taffetas, de laine, de coton, de cuir et de lin. Un écrin de femme, secret, coupé de la suractivité du plateau et de la régie. L'endroit où Édouard se réfugiait, l'atelier de couture au bout de la ligne Maginot.

Des plumes, des jupons, des toiles, des draps et des rubans pendaient du plafond. De multiples rouleaux aux motifs colorés et des bocaux gorgés de boutons, braguettes, fermetures à glissière, fils à coudre et galons tapissaient les murs. Il fallait avoir tout sous la main pour confectionner les costumes des candidats.

– Cigarette ! ordonna Geneviève, souveraine des lieux, à Rémi dès qu'il passa la porte.

Le chef déco s'exécuta. Édouard se demanda si elle allait aussi lui demander de se récurer les mains au savon noir.

– Bonjour Geneviève. Je viens faire le point et vérifier qu'on est raccord avec Rémi. Le jeu démarre dans quarante-huit heures.

– Les tenues seront prêtes.

Elle arborait un porte-épingle au poignet et un mètre-ruban sur l'épaule. L'année dernière, elle avait réalisé des merveilles en créant des uniformes napoléoniens plus vrais que nature. Entre ses doigts reposait une partie de la survie des candidats. Il ne fallait rien laisser au hasard, confectionner des tenues d'époque avec les techniques d'aujourd'hui.

– Le bac à teinture est prêt, annonça Rémi en dissimulant ses doigts derrière son dos. Alors on teinte aujourd'hui, car il faut que ce soit sec pour la deuxième manche. Les couleurs sont les plus difficiles à obtenir. Tu as la solution de chlorure ferrique et le prussiate rouge ?

– Pour du bleu ?

Édouard était perdu. Il s'agissait d'un dialogue d'alchimistes.

– Oui, bleu de Prusse pour des fibres végétales parce que sur les fibres animales, ça ne tient pas.

– Je ferai des essais pour les dosages.

Édouard connaissait suffisamment Rémi pour savoir qu'il y en aurait partout et suffisamment Geneviève pour savoir qu'elle le rabrouerait. Pourtant, entre eux la magie opérait, ensemble, tel un couple improbable, ils réalisaient des miracles.

– As-tu besoin de reprendre les mesures des candidats ?

– Faire des costumes sans essayage, c'est pareil que marcher sur un fil en plein vent !

Son cheval de bataille. Geneviève avait exigé que les candidats essayent leurs tenues au moins une fois les yeux bandés. Mais Édouard avait refusé. Conserver le secret des destinations demeurait primordial. À la moindre fuite, le jeu s'effondrait et ils étaient déjà trop nombreux dans la confidence.

– Comme l'année dernière, chaque équipe est envoyée à quelques minutes d'intervalle. Tu n'auras pas plus de temps pour les habiller.

– Et entre les manches ?

– Idem. Ce n'est pas moins qu'à un défilé de mode ou un changement de tenue au Crazy Horse.

– Enfiler une crinoline est beaucoup plus long qu'un string !

Rémi éclata de rire. Édouard se laissa désarmer.

– Tu n'auras pas ce souci, cette année.

Chapitre 19 – ON AIR

– Mesdames et messieurs, bonsoir ! Je suis ravi de vous accueillir en direct de la Seine Saint-Denis pour cette deuxième saison de *The Big History Show* !

Musique. Vague d'applaudissements lancée sur mesure. Cri du public surexcité et trié à l'entrée. Emmanuel Ducas affichait son sourire des grandes occasions. Pia lui avait massé la tête avant de lui appliquer le gel qui dompterait ses boucles pour ce premier prime time. Il se sentait tel un torero pénétrant une arène, prêt à en découdre avec la poussière, la bête et le soleil.

Dans l'oreillette, la scripte lança le décompte pour la diffusion du mix sur l'année précédente.

– Mais tout d'abord, souvenez-vous !

« Lancement sujet un. 45 secondes avant retour antenne » entendit-il comme si Dieu venait subitement de se mêler de sa vie.

« Raccord maquillage ! » hurla à son tour Laurent Filipetti, le réalisateur, qui avait avalé une demi-douzaine de cafés depuis le matin.

Pia accourut afin de repoudrer son nez. Il transpirait malgré la clim. Il se concentra sur le prompteur. À nouveau le décompte résonna contre son tympan et Pia s'envola.

Il lut les mots qu'il répétait depuis la veille. Il s'agissait du passage vantant les chiffres censés donner de la crédibilité au programme. Des millions de téléspectateurs, des milliers de candidatures… Une aventure extraordinaire, la célébrité, l'argent, autant de promesses de bonheur.

– Vous les attendez, voici les candidats de cette

deuxième saison !

Public debout, hurlements, applaudissements assourdissants et roulements de tambour. Les projecteurs furent braqués sur l'escalier de verre conçu par Rémi qui imitait les marches d'un Panthéon audiovisuel.

« Trop de fumigène ! » fulmina Filipetti dans son oreille.

– Ils nous viennent d'Arles, ils sont étudiants et amis : Juliette et Adem ! Ils nous apportent le grand air des Alpes et participent en famille : Nicole et Jean ! Ils sont amis depuis l'enfance, aiment la musique et la mer : Pépé et Serge ! Elles sont sœurs, habitent Tours et sont inséparables : Coline et Lana ! Enfin, les Parisiens qui seront sans doute très dépaysés : Mathilde et Chris !

Coline s'accrocha à Lana pour ne pas glisser en descendant l'escalier luminescent. On lui avait préconisé de porter des talons et une jupe de la largeur d'une écharpe. Hors de question de se retrouver les quatre fers en l'air devant l'ensemble de l'Hexagone !

Les répétitions avaient duré toute la journée. Les deux sœurs devaient rejoindre un mini-divan pourpre, imitation chauffeuse du dix-neuvième siècle, et s'asseoir à droite. Cela avait semblé facile à Coline, mais à cet instant, dans le bruit, la fumée, les caméras, les lumières braquées sur elle, elle se sentait vulnérable. Elle ne savait plus comment sourire ou se tenir ni où poser ses mains. Elle serra les genoux, les cuisses, les bras, la bouche.

Devant elle, Emmanuel Ducas rappelait les règles du jeu aux millions des personnes qu'elle ne connaîtrait jamais et qui la regardaient depuis leur salon, leur lit, ou leur cuisine. Coline se colla à Lana en se disant que de toute façon, c'était toujours elle qu'on admirait et non l'inverse.

Emmanuel Ducas poursuivit :

– Vous le savez, la tradition dans *The Big History Show* est de procéder à un tirage au sort pour désigner l'ordre de départ des équipes ! Il y aura bien un tirage au sort, mais cette année, nouveauté, les équipes vont être reformées et c'est le hasard qui va s'en charger ! Car n'oubliez pas : dans *The Big History Show*, il n'y a qu'un seul survivant de l'Histoire !

Coline cessa de respirer, s'agrippa à sa cadette et regarda les autres candidats pour vérifier qu'ils comprenaient la même chose. Juliette avait un air outré. Jean fronçait les sourcils, Mathilde semblait sur le point de pleurer.

– T'inquiète, ça va aller, murmura Lana dans un frémissement de lèvres.

Une assistante apporta une sorte d'amphore grecque dans laquelle on avait glissé leurs noms gravés sur des billes. Une bande-son, façon battement de cœur, envahit le plateau. Emmanuel Ducas prit son temps. Il plongea, touilla et ressortit lentement sa main. Il contempla le nom inscrit et lança un regard circulaire à l'assemblée. Coline flottait ailleurs, dans une autre époque, dans d'autres jeux du cirque où on la jetterait aux lions.

– Coline !

Elle ne réagit pas. Elle ne pouvait pas.

– Coline, venez me rejoindre ! On va tout de suite savoir qui va faire équipe avec vous !

Lana la poussa et elle se retrouva debout à côté du présentateur qui, lui, souriait sous un centimètre de fond de teint à la limite de l'orange. Elle se sentit nue. Elle ne quitta pas sa sœur des yeux, autant pour y chercher du courage que pour lui dire : tu me le paieras. Mais Lana affichait une expression triste et la contemplait telle une mère abandonnant son enfant en lui murmurant « Ça va aller, ça va aller… ».

– Jean ! Jean, merci de nous rejoindre ! Jean et Coline, vous êtes la première équipe ! *The Big History Show* démarre pour vous ! Allez rejoindre le sas temporel ! On les applaudit bien fort !

Coline fut aspirée par le bruit, happée par un assistant et dirigée vers le sas. À l'entrée, une femme arborant un chignon et un porte-épingle au poignet ressemblant à une montre avec mille aiguilles l'attendait.

– Deuxième équipe !

Emmanuel Ducas remua les billes.

– Adem !

La petite peste se mordit la lèvre inférieure et il eut envie de lui lancer un clin d'œil. Laurent Filipetti avait ordonné de la cadrer en gros plan.

– Chris !

Emmanuel Ducas le contempla embrasser sa copine qui possédait des cheveux pires que les siens, avant de rejoindre l'étudiant et de lui donner une poignée de main. Tous deux prirent la direction du sas. Emmanuel Ducas continua à sceller les destins.

– Mathilde ! Et… Nicole !

« C'est pas gagné pour elles ! » commenta Filipetti en régie.

– Serge ! Et… Pépé.

Les deux hommes se serrèrent dans les bras en riant. La chance leur souriait, elle avait choisi de ne pas les désunir. Avant de sortir, ils saluèrent le public.

– Plus de suspens… Je tire les billes par souci d'équité, mais on connaît la dernière équipe : Lana et Juliette !

Juliette ignora superbement la grande fille blonde. Elle la détestait déjà. Elle se força à sourire et garda la tête droite. Lana avait intérêt à assurer. Hors de question qu'elle sorte du jeu à cause de la princesse tocarde ! Elle garda ses distances en prenant le même chemin que les autres candidats. Les effusions, très peu pour elle…

« Plan large, caméra quatre ! Plan large ! Bordel, caméra quatre ! Plan large ! Il faut qu'on voie leurs culs ! » beugla Filipetti.

L'Émission

Chapitre 20 – Le grand plongeon

– Déshabillez-vous ! leur ordonna la costumière.

Ils se regardèrent. Coline rougit.

– On n'a qu'à se mettre dos à dos, proposa Jean en se retournant.

Il aurait préféré l'autre sœur. Celle-ci, il l'avait à peine remarquée. Elle paraissait moins sûre d'elle. En temps normal, il aimait bien les filles comme ça, mais dans cette vie parallèle, il avait besoin de quelqu'un sachant prendre des initiatives et garder son sang-froid. Il pensa à sa mère. Avec qui faisait-elle équipe ? Devant qui allait-elle se mettre à nu ?

Il retira le pantalon et la chemise blanche qu'on avait exigé qu'il porte pour le prime time. Il se retrouva en boxer et en chaussette.

– Tout ! Le slip aussi ! commanda la femme en lui tendant une pile de vêtements.

Il s'étonna de ne pas voir de fourrure ou d'armure. Il tenait entre les mains des habits qui ressemblaient étrangement aux siens. Un pantalon marron, une chemise, un pull en laine avec un col en V et une paire de chaussures paraissant échappées d'un film de Jean Gabin.

– Un jupon ? s'étonna Coline.

Elle n'en avait jamais porté. Elle s'y glissa tandis que la costumière lui attachait un soutien-gorge passé de mode.

– La jupe et la chemisette ! Vite, sinon, nous n'aurons pas le temps pour les cheveux !

Coline eut l'impression d'être habillée comme sa grand-mère. Les manches ballons ne se faisaient plus depuis… Elle chercha à remonter le temps. Une assistante lui enfila un gilet tricoté et lui donna un petit panier en guise de sac à main. On était loin des soieries de Marie-Antoinette.

Lorsqu'elle se retourna, elle trouva que Jean avait l'allure de quelqu'un d'autre. Une coiffeuse lui avait peigné une raie sur le côté et gominé les cheveux. Il tenait un chapeau en feutre entre ses doigts. Il lui sourit et dit :

– De quoi j'ai l'air ?

– D'Indiana Jones !

Un assistant réal vérifia leurs bracelets et la coiffeuse lui attacha les cheveux en arrière avec deux peignes. Ils étaient prêts. Le sas se vida et ils se retrouvèrent seuls. La séance d'habillage n'avait duré qu'une poignée de minutes. Jean lui offrit sa main.

– Prête ?

Elle acquiesça et serra ses doigts dans les siens. Le décompte résonna. Dans trois secondes, quelqu'un appuierait sur le bouton qui les précipiterait dans le temps.

Lorsque Coline ouvrit les yeux, elle fut immédiatement prise de vomissements. Son corps tremblait et elle peina à se mettre debout. Une main et un bras vinrent à son aide. Elle découvrit le visage de Jean auréolé de soleil, elle se rendit compte qu'il faisait chaud. Ils se trouvaient dans un pré.

– Ça va ? s'inquiéta-t-il.

Elle fit oui de la tête de peur d'ouvrir la bouche et de se remettre à rendre ses tripes. Elle s'accrocha à lui, ses jambes ne la portaient toujours pas complètement.

– Il faut attendre les autres, continua son homme-béquille. Viens, on va à l'ombre. Je ne sais pas où on est.

Les informations concernant la destination et le jeu étaient remises à la dernière équipe afin de ne pas donner d'avantages à la première. Pour Coline, cela ne changeait rien, elle se sentait incapable de prendre de l'avance et surtout, elle voulait attendre Lana.

Jean la porta sous un grand chêne à l'orée d'un bosquet. Il la déposa délicatement et elle se sentit mieux. Elle put commencer à inspecter son nouvel environnement.

Ils se situaient dans la campagne. Aucun bâtiment visible, rien que des champs et des arbres. Jean suivit le cours de ses pensées.

– Je crois que nous sommes en été, peut-être dans les années cinquante.

Il ne put poursuivre sa réflexion, un bruit de moteur se fit entendre dans le ciel. Sans un mot, ils scrutèrent le bleu lumineux et les nuages. Quelque chose venait…

Soudain, à l'endroit même où ils avaient atterri quelques minutes auparavant, deux corps apparurent. Un duo d'hommes se mit à vomir et à ramper telles des larves malades.

Au-dessus de leur tête, le bruit se rapprochait. Jean se redressa.

– Adem et Chris ! s'exclama-t-il.

– Jean ! l'alerta Coline en pointant le ciel.

La carcasse d'un avion scintilla au soleil. Seulement, il ne s'agissait pas d'un avion de tourisme. Jean reconnut aussitôt la carlingue. Il en avait souvent vu dans des films lorsqu'il était enfant, dans des films de guerre ! Sans réfléchir, il s'élança vers les deux silhouettes terrassées par le mal temporel.

– Debout ! hurla-t-il.

Il se rua sur Chris et l'aida à se redresser.

– Cours tout droit vers les arbres !

Chris tomba plusieurs fois, mais obéit. Jean tenta de tirer Adem nettement plus mal en point. L'engin était maintenant bien en vue. Ils risquaient d'être confondus avec des maquisards ou des résistants, ils avaient l'air de tout, sauf de travailleurs des champs.

Chris atteignit les arbres et se réfugia derrière un tronc. Jean hissa l'étudiant sur son dos et se mit à courir. Ils chutèrent dans les fourrées. L'avion leur passa dessus sans les voir. À travers les feuillages, ils distinguèrent une croix noire soulignée de blanc.

– La Luftwaffe…, chuchota Jean.

– Quoi ? balbutia Adem encore agrippé à lui.

– On est en pleine Seconde Guerre mondiale !

Il avait crié. Ils le dévisagèrent. Un bombardier allemand venait de les survoler.

À nouveau, deux corps s'échouèrent dans le champ. Cette fois-ci, ils se précipitèrent tous. Le pilote pouvait très bien faire demi-tour.

Mathilde et Nicole. Les deux femmes furent transportées telles des blessées. Quelques instants plus tard, Pépé et Serge apparurent. Coline réalisa que Lana faisait équipe avec Juliette. Elle eut envie d'arracher son bracelet.

Chapitre 21 – Première manche

Juliette distribua une enveloppe à chaque équipe. L'avion n'était pas revenu, mais ils demeurèrent à couvert. À l'ombre et dans le vert des arbres, ils prirent connaissance de la première manche.

Tandis que Mathilde déchirait le papier, Nicole lança un coup d'œil à Jean et Coline qui se penchaient ensemble sur leur enveloppe. Son cœur se serra. Une petite voix lui souffla que, de toute façon, elle n'était pas la bonne coéquipière pour lui, qu'il s'en sortirait mieux avec cette jeune femme.

Ce papier est imbibé
d'un produit inflammable à l'air.
Vous disposez de trente secondes
pour lire les instructions.

Nicole se rapprocha de Mathilde. Il fallait qu'elle se concentre, il fallait qu'elle se passe de Jean.

Vous êtes le 18 juin 1940, dans les environs de Guérande. Les armées d'Hitler envahissent la France. Vous disposez de quatre jours pour rejoindre la zone libre. La dernière équipe à y parvenir sera éliminée. Le jeu de confort peut vous faire gagner du temps et de la vitesse. Dans les marais salants se trouve un autre trésor que le sel.

Pour cette épreuve, vous bénéficiez d'une carte routière, de papiers d'identité, de laissez-passer et d'argent.

Nicole rajusta les lunettes qu'on lui avait créées sur mesure pour l'épreuve. Elle relut le plus vite possible tandis que Mathilde dépliait la carte.

– On doit être quelque part par là…, chercha Mathilde.

Derrière elles, Pépé et Serge prenaient la direction de Guérande, tandis que Juliette pestait et ordonnait à Lana de se grouiller. Nicole n'eut pas le temps d'achever sa seconde lecture que déjà le papier se consumait.

– On est mal ! pleurnicha Mathilde qui avait autant de difficulté à maîtriser la carte que ses cheveux.

– Viens, la rassura Nicole, on va se débrouiller en demandant notre chemin. On a la chance d'évoluer dans une période où les gens parlent comme nous, autant en profiter.

Jean et Coline disparurent à leur tour sans qu'il lui adresse un seul regard. Mathilde la tira par le bras et chuchota :

– Regarde la carte : Guérande est dans la direction opposée de la France libre ! On risque de perdre du temps pour rien dans les marais salants. Il n'y a qu'une seule récompense au jeu de confort.

Nicole retira ses lunettes pour mieux contempler le visage de Mathilde. Ses yeux verts tiraient vers le jaune, une teinte fauve d'automne indomptable.

– On laisse tomber ?

– Non, on se donne une chance de ne pas être la dernière équipe en zone libre, argumenta Mathilde.

– D'accord, on y va.

Elles étaient peut-être vieilles, maladroites, désordonnées et mortes de peur, mais elles n'étaient pas bêtes. Elles prirent la direction opposée à celle des autres équipes tout en scrutant le ciel. Le danger pouvait surgir de partout.

De son côté, Lana pensa que Juliette était pire qu'un officier nazi. Elle allait devoir prendre sur elle si elle ne voulait pas perdre l'épreuve.

L'Émission

Chapitre 22 – La petite reine

Jean aperçut Pépé et Serge grimper à l'arrière d'une charrette de paludiers tirée par un cheval.

– On les suit à pied, proposa-t-il. Guérande ne doit pas être loin.

Ils se mirent en route. Coline retira son gilet, il faisait une chaleur étouffante.

– On doit inventer un alibi.

Jean se retourna vers elle. Elle avait parfaitement raison, il n'avait pas anticipé cela. Qui étaient-ils en juin 1940 ?

– La prod a mis des papiers d'identité avec l'argent, poursuivit-elle. Nous sommes Jean et Coline Le Mercier. Nous sommes frère et sœur.

La route était déserte et poussiéreuse.

– Alors, pourquoi on voyage ? réfléchit-elle.

– On cherche nos parents. Le mensonge le plus simple sera le plus crédible.

– D'accord.

Elle possédait des yeux mordorés et des traits fins. Jean réalisa qu'elle était jolie. Finalement, il avait peut-être eu la main chanceuse au tirage au sort.

Ils marchèrent pendant une heure en plein soleil avant d'apercevoir les remparts médiévaux. Deux hommes à bicyclette pédalaient dans leur direction et les dépassèrent en les gratifiant d'un signe de tête. Puis, se ravisant, firent demi-tour et posèrent pied-à-terre à leur hauteur.

– Les derniers bateaux partent de Saint-Nazaire, là où embarquent les Anglais, lança le plus âgé qui portait une casquette rayée élimée. Vous n'êtes pas dans la bonne direction !

Ils les confondaient avec des fuyards.

– Merci, répondit Jean prudemment.

Le plus jeune les fixait de ses yeux gris. Coline se serra contre Jean qui se demanda si dans quelques mois ces deux hommes feraient partie des collabos ou des résistants.

– Vous arrivez d'où ? enchaîna le cycliste âgé.

– De Nantes, répondit Jean conscient qu'ils n'avaient pas assez préparé leur mensonge.

Rester évasif, ne pas se dévoiler. L'homme baissa le ton.

– Ils sont arrivés ?

Inutile de les nommer. Il n'existait qu'un seul ennemi. Bientôt les troupes d'Hitler frapperaient à leur porte.

– Pas encore.

– Ce n'est qu'une question de jours, peut-être d'heures.

Jean voulut déguerpir au plus vite.

– Nous cherchons les marais salants, fit-il.

– Vous êtes en plein dedans ! Si vous voulez atteindre la côte, il y a un sentier un peu plus loin sur la gauche. Ça vous évite d'entrer dans la ville.

Ils allaient prendre congé, lorsque Jean se ravisa.

– Combien pour vos deux vélos ?

Le vieil homme haussa les sourcils.

– Vous voulez acheter nos bicyclettes ?

– Oui, vos bicyclettes.

Coline s'empressa de sortir de son panier les billets de mille francs fournis par la prod. Elle n'avait aucune idée de leur valeur ni du prix d'un vélo. Elle les remit à Jean.

– Vous en avez un sacré paquet, dites-moi ! s'écria le cycliste à casquette de plus en plus suspicieux.

Jean ne souhaitait pas moisir ici, il les pressa.

– Combien ?

Ils se consultèrent en silence puis finirent par annoncer :

– Trois mille chacune, avec les rustines.

Jean lui tendit son dû en sachant parfaitement qu'il venait d'acheter deux vélos hors d'âge sans dérailleurs à prix d'or. Ils se serrent la main.

Jean et Coline disparurent de la vue de leurs vendeurs en empruntant le sentier qu'ils leur avaient indiqué. Ils débouchèrent sur un paysage de salines à perte de vue. La réverbération du soleil sur le blanc du sel leur brûla les yeux.

– Qu'est-ce qu'on cherche ? s'inquiéta-t-elle.

– Tout ce que je sais, c'est qu'on doit faire vite.

L'Émission

Chapitre 23 – Gnome et Rhône

Mathilde sourit à Nicole. Elles ne se débrouillaient finalement pas si mal. Elles avaient découvert une ferme où échanger leurs francs contre du pain, des œufs, du lard et un morceau de beurre. À présent, elles attendaient le car pour Nantes.

– La fermière assure qu'on les vendra deux fois plus cher, fit Nicole. La nourriture commence à manquer dans les villes à cause du nombre de fuyards.

– J'espère que le beurre ne va pas fondre. Je n'en ai jamais vu de si jaune.

– Moi, si, quand j'étais enfant. Chez mes grands-parents.

– Tu es née en quelle année ?

– En 1954.

– C'est presque ton époque ici !

– Eh oh ! Prends-moi pour un croûton !

Elles rirent. Un nuage de poussière et le bruit d'un moteur se rapprochèrent, les invitant à émerger du couvert des arbres où elles s'étaient mises à l'ombre, autant pour éviter la chaleur que les avions allemands.

Elles montrèrent leurs papiers au chauffeur du car et s'installèrent à l'arrière. Elles avaient plusieurs heures de route, mais atteindraient Nantes les premières, Mathilde en était certaine. Elle eut presque envie de lancer un clin d'œil à la caméra qui la suivait et qu'elle pouvait parfois deviner lorsqu'elle se positionnait à contre-jour.

– Passe à Pépé et Serge qui ont été embarqués sur une charrette des paludiers, ça fait France des terroirs, proposa Édouard.

Dans la régie bondée, la température frisait celle d'une étuve malgré la clim. Les premières heures d'antenne étaient capitales, elles assuraient le succès de *The Big History Show*. Édouard admira Filipetti jongler avec les caméras invisibles télécommandées qui suivaient les candidats partout tels des robots de plongée archéologique. Le réalisateur, à la manière d'un chef d'orchestre de grands fonds, pianotait sur les boutons de la régie et donnait le tempo.

« La technique de ramassage du sel n'a pas changé depuis le IXe siècle », entendit-on en découvrant le visage buriné du paludier qui conduisait Pépé et Serge.

– Rasoir, commenta Filipetti, on se croirait sur le service public un dimanche matin. On change ou les téléspectateurs vont zapper ! Retour sur Jean et Coline qui ne cherchent pas au même endroit. Caméra six !

Les marais salants ressemblaient à une couverture de cristaux blancs s'étendant à l'infini. L'horizon se troublait comme dans un désert sous les rayons du soleil. Jean et Coline poussèrent leurs bicyclettes le long des adernes. Une petite brise sentant l'iode et le limu leur caressa la peau.

– On ne sait même pas ce qu'on cherche, se désespéra Coline.

– Quelque chose qui nous permettra de rejoindre la zone libre plus vite. Ça peut être un billet de train ou un tank.

– On perd notre temps.

– Non, il faudra aller plus vite qu'en pédalant. Avec ces vieilles bicyclettes, on ne dépassera pas les 15 km/h et l'on doit faire plus de cinq cents kilomètres en moins de quatre jours. On risque de se faire coincer par les Allemands.

Tout à coup, deux silhouettes apparurent. Au loin dans la chaleur, elles paraissaient flotter sur des miroirs. Coline serra le guidon de sa monture avant de s'écrier :

– Lana et Juliette ! Lana ! Lana ! Par ici !

– Chut ! Tais-toi !

– C'est ma sœur !

Coline le regarda, outrée. Le jeu n'était pas encore assez avancé pour du chacun pour soi.

– Vous avez déjà cherché par là ? interrogea Juliette sans prendre la peine de savoir si tout allait bien.

Coline sonda le visage de sa cadette. Inutile d'être devin pour comprendre que Lana se retenait d'étriper sa partenaire.

– Oui, on va se mettre un peu à l'ombre, enchaîna Jean en entraînant Coline vers les coteaux sans que les deux sœurs aient le temps d'échanger un mot.

Ils s'arrêtèrent devant une salorge de bois foncé. Coline laissa tomber son vélo au pied de la cabane et s'assit dans l'herbe sèche.

– J'ai le droit de parler à ma sœur !

Au-dessus de sa tête, invisible, une caméra fit un gros plan.

– On ne peut pas perdre de temps.

– J'ai mal aux pieds.

Jean contempla la jeune femme boudeuse. Elle avait retiré ses chaussures et massait ses orteils. La peau de ses jambes était blanche et délicate comparée au cuir rongé par le sel des paludiers qu'ils avaient croisés.

– Cinq minutes de pause et on s'y remet. D'ici, on voit tout ce qui se passe. Si les filles trouvent un trésor, on le saura.

En effet, Juliette et Lana avaient repris leur quête.

Jean se laissa glisser contre le mur à côté de Coline. Sous son poids, la porte s'ouvrit. Elle n'était pas verrouillée. Instinctivement, il jeta un coup d'œil à l'intérieur du hangar. Aussitôt, il se redressa.

– Coline ! Je crois qu'on a trouvé !

Il poussa les battants en grand et il leur fallut quelques secondes pour s'habituer à l'obscurité. Au milieu du sel, telle une vénus callipyge, trônait une antique moto noire. Jean bondit.

– Une Gnome et Rhône des années 30 ! Une 500 cm^3 !

Pour Coline, c'était du bavarois. Elle remit ses chaussures tandis que Jean chevauchait la moto.

– Les papiers sont dessus ! Il y a même le laissez-passer de la préfecture !

Il donna un coup de talon et le moteur ronfla. Il dut s'y reprendre à plusieurs reprises avant de réveiller la bête totalement. Coline eut le sentiment de ne plus exister. Jean semblait aux anges. Oublié *The Big History Show*, oubliés les Allemands ! Il appartenait à un autre espace-temps, celui des bikers et des pistons.

Chapitre 24 – L'appel

Son téléphone vibra. *Franck Boulard.* Édouard sortit de la régie, prêt à affronter le directeur des programmes jeux de France 1er qui ne manquerait pas de le mettre sous pression. Cela faisait partie de son job : en obtenir toujours plus. Édouard se demanda ce qu'on pouvait obtenir de plus qu'envoyer de pauvres hères en pleine Seconde Guerre mondiale.

– Allô ? Édouard ? Bonne nouvelle, on a les States ! Vania a fait un excellent job. Ça nous a coûté un fric monstre, mais on s'en fout, on a l'exclusivité ! Mets ton équipe sur le coup ! On se voit demain pour les détails !

Franck Boulard s'était-il aperçu qu'Édouard n'avait pas prononcé un seul mot ? Peu importait, cela avait été une conversation à sens unique. Et encore de l'anglais ! Édouard prit un temps pour digérer la nouvelle. Les États-Unis représentaient un très gros risque, personne n'y était préparé, pas même lui. Impossible que les candidats s'en sortent tous. Il espéra sincèrement qu'aucun bracelet ne soit défaillant. Ils bénéficieraient de très peu de temps de réaction.

– Franck Boulard vient d'appeler, il y a un changement de destination. Réunion immédiate, ordonna-t-il à Filipetti en regagnant la régie.

– C'est la nuit, les candidats ne vont plus bouger. Je passe le relais, bailla le réalisateur en se levant lourdement du siège auquel il avait été vissé plusieurs heures durant.

Son premier assistant prit les commandes et fit le point.

– Pépé et Serge dorment chez des paludiers, Lana et Juliette logent à l'hôtel de voyageurs à côté de la gare, Coline et Jean sont encore en route sur la moto, Mathilde et Nicole arrivent à Nantes et Chris et Adem n'ont pas bougé de la ferme de toute la journée. On reprend avec eux.

– Patates au lard ! claironna la fermière en tendant à Chris une assiette fumante.

– Faudrait qui mange le p'tit gars, rouspéta son mari en pointant les chambres du premier étage avec son couteau.

Chris n'osa pas leur expliquer que, de toute façon, Adem ne consommait pas de porc. Sur les papiers, il s'appelait Maurice.

– J'espère qu'il ira mieux demain matin, se contenta-t-il de répondre.

Adem ne cessait de vomir depuis leur arrivée. Ils n'avaient même pas atteint Guérande. Il s'était effondré dans la cour de cette ferme où Chris avait demandé de l'eau.

– Mets-y un coup d'cidre, commanda le fermier à sa femme en désignant son verre.

Chris ne refusa pas. Vu qu'il était bloqué dans cette maison, autant boire un coup. Il se doutait que l'épreuve de confort était perdue.

– Bientôt, les Boches s'ront là. On n'trinquera plus d'si tôt.

– Il paraît qu'ils éventrent les femmes, sanglota la fermière.

Chris les contempla, navré. Il chercha en vain une phrase de réconfort. Impossible de leur raconter les épreuves et l'horreur à venir.

La femme disparut dans la cuisine. Ils mangèrent en silence. Une pendule sonna. La bouteille se vida. L'homme se leva en s'essuyant la moustache avec sa serviette à carreaux, attrapa leurs deux verres avec ses gros doigts et annonça :

– On va à la grange.

Il s'agissait du rituel du soir. Chris s'y soumit de bon cœur. Ici, le temps se déroulait plus lentement. Une époque où l'on faisait les choses les unes après les autres.

L'homme ouvrit la trappe qui menait au sellier. Des effluves de moisi s'en échappèrent. Ils descendirent une échelle et il alluma une lampe à pétrole qui éclaira une table avec un poste et une bouteille de gnôle. Il remplit les deux verres et alluma la radio. L'homme était un taiseux. Il n'ouvrait la bouche que pour dire l'essentiel. À cause des ondes criblées, il mit du temps à trouver une station audible.

– BBC, marmonna-t-il en sortant du tabac à rouler d'une pochette en cuir.

Il réalisait un acte de résistance. Écouter des programmes qu'il ne comprenait pas, uniquement parce que des alliés les diffusaient.

Soudain, une voix en français s'échappa du poste. Le fermier cessa de rouler et Chris devina immédiatement qui parlait :

Car la France n'est pas seule ! Elle n'est pas seule ! Elle n'est pas seule ! Elle a un vaste Empire derrière elle.

Les poils de ses bras se dressèrent.

Cette guerre n'est pas limitée au territoire malheureux de notre pays. Cette guerre n'est pas tranchée par la bataille de France. Cette guerre est une guerre mondiale. Toutes les fautes, tous les retards, toutes les souffrances n'empêchent pas qu'il y a, dans l'univers, tous les moyens nécessaires pour écraser un jour nos ennemis. Foudroyés aujourd'hui par la force mécanique, nous pourrons vaincre dans l'avenir par une force mécanique supérieure. Le destin du monde est là.

Chris n'avait jamais imaginé vivre, un jour, ce moment. Les mots firent échos en lui. Il savait ce que se relever et résister jour après jour signifiait.

Moi, général de Gaulle, actuellement à Londres, j'invite les officiers et les soldats français qui se trouvent en territoire britannique ou qui viendraient à s'y trouver, avec leurs armes ou sans leurs armes, j'invite les ingénieurs et les ouvriers spécialistes des industries d'armement qui se trouvent en territoire britannique ou qui viendraient à s'y trouver, à se mettre en rapport avec moi. Quoi qu'il arrive, la flamme de la résistance française ne doit pas s'éteindre et ne s'éteindra pas. Demain, comme aujourd'hui, je parlerai à la Radio de Londres.

Le paysan aussi avait la larme à l'œil. Ils vidèrent leurs verres. La gnôle leur déchira la gorge. Puis l'homme éteignit la radio et se dirigea vers un grand tonneau collé contre le mur. Il le fit rouler sur la terre battue et extirpa un paquet de chiffons qu'il déplia.

– Vous en aurez plus besoin que moi. Je suis trop vieux. J'ai mon fusil de chasse.

Chris regarda le pistolet six coups. Comment une telle arme avait-elle atterri dans une ferme ?

– Non merci, nous avons une longue route et il y aura de nombreux barrages. Si on nous fouille, nous serons arrêtés.

– Bien. J'espère que le p'tit sera en état de marcher où que vous alliez. On dirait que vous n'êtes pas prêts d'arriver.

Chapitre 25 – Poilu

Mathilde et Nicole descendirent à Nantes, place Viarme, après quatre heures de trajet. Une foule grouillante d'hommes, de femmes et d'enfants cherchant à fuir à tout prix les submergea. Certains d'entre eux tentaient leur chance auprès des derniers navires qui quittaient le port, d'autres prenaient d'assaut les gares. Tous les visages qu'elles croisaient reflétaient la peur, mais aussi la fatigue, la faim, la mort. Elles luttèrent pour ne pas être juste deux corps de plus parmi la vague de réfugiés du soir.

– Qu'est-ce qu'on fait ? paniqua Mathilde.

Nicole contempla avec désolation une famille en sabots dont les enfants portaient des vêtements râpés et trop courts.

– On ne reste pas ici, viens.

Elles s'éloignèrent. Le jour baissait. Autour d'elles, les volets se fermaient, mais pas uniquement en prévision de la nuit.

– On va voir s'il y a des trains ?

Nicole réfléchit aussi vite qu'elle put, un peu comme quand elle se trouvait face à une urgence à l'hôpital. Seulement à cet instant, l'urgence, c'était elle.

– Non, les trains seront bondés et les gares sont les premiers endroits que les Allemands occuperont.

Elle se souvenait avoir lu ça. Éviter les lieux stratégiques : les ports, les centrales électriques, les bâtiments administratifs, les casernes…

– Tu penses qu'ils vont arriver quand ?

– Il faut faire comme si c'était maintenant.

Mathilde acquiesça. Nicole lui fit face.

– Tu as vu ces gens… Certains sont malades ou n'ont rien à manger. Notre chance est d'avoir de l'argent et des produits à vendre. Il faut les échanger contre un trajet. Il faut que nous trouvions une voiture.

– Mais où ?

– Tentons les beaux quartiers.

On leur avait dit qu'ils pourraient faire le plein à l'aérodrome de Château Bougon, un peu au sud de Nantes. Jean et Coline trouvèrent leur route en suivant la course des avions dans le ciel. Une escadrille de Morane 406 occupait la piste, mais pour combien de temps encore ? Les Allemands aussi auraient besoin d'un terrain d'aviation.

Un soldat leur fit signe de faire demi-tour, mitraillette à la main. Coline s'accrocha à Jean qu'elle enlaçait maladroitement à l'arrière de la moto. Il coupa le moteur et mit pied à terre.

– Nous voulons du carburant ! cria Jean en brandissant des billets.

– Nous évacuons les lieux, leur beugla l'homme. Faites-en autant !

– Nous allons tomber en panne.

– S'il vous plaît, supplia Coline.

Il la détailla de haut en bas et ses yeux s'attardèrent sur ses jambes à découvert. Elle rougit.

– D'accord, suivez-moi.

Le soldat les guida vers une citerne et Jean l'aida à remplir le réservoir. Un avion se présenta sur le tarmac. Dans la lumière rasante du soleil, la carlingue scintillait.

– Pilote polonais, commenta-t-il. Au moins, on reste alliés dans la défaite.

– Combien on vous doit ?

L'homme contempla la liasse que Coline sortit de son panier.

– Rien. Le carburant n'est pas à moi et il n'y a plus de camions. D'ici demain les Boches seront là, ce sera ça de moins dans leurs réservoirs.

– Merci.

– Restez pas ici. S'ils vous rattrapent, vous ne vous en sortirez pas, surtout la fille. Je sais comment sont les soldats.

La caméra fit un gros plan sur le visage de Coline. Filipetti, qui avait repris les commandes de la régie, fut satisfait du rendu romantique et tragique de la scène. Sur leur moto, filant dans le soleil couchant, ils avaient l'air de héros de cinéma hollywoodien.

– Ça sert au moins à ça, commenta-t-il, rappeler aux femmes qu'elles ont de la chance de vivre à notre époque. Les féministes devraient mater *The Big History Show* !

À nouveau les visages de Mathilde et Nicole envahirent les écrans. Le réalisateur exigea un plan large de la façade d'une brasserie en pierres blanches et boiseries art nouveau.

– Cadrez-moi l'enseigne avant qu'elles n'entrent, ordonna-t-il.

Une caméra zooma et l'on put lire « La Cigale ». Les candidates pénétrèrent l'établissement.

Mathilde s'étonna du confort de l'endroit. À l'intérieur, impossible d'imaginer qu'une guerre secouait l'Europe et que des millions de gens mourraient dans des bombardements et des camps.

Elles prirent place autour d'une table vernie. Un serveur désabusé en veston noir s'approcha.

– Mesdames ?

Mathilde consulta Nicole du regard. Que pouvaient commander deux femmes seules dans une brasserie à la nuit tombée en 1940 ? Du lait chaud et des tartines, comme dans ce petit café de Temple de Bretagne où le car avait fait halte ? Non, le lieu semblait trop chic pour cela.

– Servez-vous du café ? interrogea Nicole.

– Deux ?

– S'il vous plaît.

Un vieil homme assis dans l'angle, journal à la main, bougonna.

– Faut le boire ! Dans six mois, y en aura plus !

Il portait un collier de barbe blanche et un costume marron. Il avait posé son chapeau et sa canne près de lui. Il représentait le seul client.

– Monsieur Balcou, n'effrayez pas ces dames, le sermonna mollement le garçon de café en posant deux tasses sur la table

– J'ai fait la Grande Guerre ! Je sais de quoi je parle ! D'abord, il y aura le rationnement, puis le marché noir, puis plus rien. On va tous crever.

Mathilde jeta un coup d'œil à son panier rempli de victuailles. Le vieux avait raison, dans quelques mois de tels produits vaudraient de l'or.

– Alors mesdames, vous avez décidé d'attendre l'ennemi au bistrot ?

– Monsieur Balcou, laissez-les tranquilles. Tout le monde n'est pas comme vous !

– Mieux vaut être ici devant une anisette ! Dans quelques jours, plus rien n'aura le même goût.

Il vida son verre d'une traite.

– Marcel, un autre !

– Vous n'avez pas fui ? se lança Nicole.

L'homme tapota l'une de ses jambes toute raide sous la table.

– Pas avec ça. Éclat d'obus en dix-sept.

Le serveur posa un nouveau verre à pied devant lui.

– Et pour aller où ? Vous voudriez aller où, vous, si

vous pouviez ? Non, rien ne vaut un troquet !

– Nous cherchons un véhicule.

Mathilde avait parlé. La brasserie représentait le dernier endroit où elle voulait rester. Elle avait quelqu'un à rejoindre. Son cœur se serra. Où se trouvait Chris ? Allait-il échapper aux Allemands ?

– Nous avons de l'argent, nous pouvons payer notre trajet.

Le vieux éclata de rire. Elle se tourna vers le serveur.

– Je ne connais personne, s'excusa-t-il. Tout le monde a fui.

– Tout le monde, sauf moi ! fanfaronna l'ancien poilu.

– Monsieur Balcou ! le rabroua Marcel. Ces dames sont sérieuses !

– Mais moi aussi !

Il vida à nouveau son verre.

– J'ai une voiture.

Mathilde perçut un cliquetis au-dessus de sa tête. Un œil invisible les fixait. Elle décida de saisir sa chance et déposa les billets qu'elles possédaient sur la table comme on abat sa dernière carte.

– À peine le prix des pneumatiques…, railla le vieil homme.

Le silence se fit. L'odeur du café frais se dissipa. Mathilde rangea son pécule.

– D'accord, ça marche, fit subitement monsieur Balcou. Enfin, façon de parler, parce qu'avec ma jambe, je ne peux pas.

– Vous nous vendez votre voiture ?

– Savez-vous conduire ?

– Oui, toutes les deux.

– Alors, nous avons un accord : je vous loue ma voiture à condition que vous m'emmeniez ! Marcel, un dernier pour la route !

L'Émission

Chapitre 26 – Joker

Chris se réveilla avec le chant du coq. Il faisait à peine jour. Les yeux fermés, il huma les odeurs de poules et de foin. Il aurait dû se presser, sauter sur ses pieds, secouer Adem pour prendre la route, mais il demeura immobile.

Sans prévenir, un objet roula sur le plancher. Il devina aussitôt ce dont il s'agissait. Il se redressa et découvrit un minuscule cylindre métallique. La production venait de leur envoyer une seconde épreuve de confort. Tout n'était peut-être pas perdu. Il réveilla Adem en pensant à Mathilde.

– Debout, il va s'ouvrir !

L'étudiant s'étira et tenta d'émerger. Il n'avait pas l'air en meilleure forme que la veille.

Chris ramassa l'objet envoyé par la prod. Il allait falloir être réactif. Chaque équipe en avait reçu un. Ils s'ouvriraient simultanément. Le premier duo à donner la bonne réponse gagnerait le confort. Chris se concentra, il ne pouvait compter que sur lui-même, le cerveau d'Adem ne semblait toujours pas opérationnel. Enfin la boîte éclot et laissa échapper un minuscule papier.

L'ennemi qui vous menace est l'un des plus grands dictateurs de l'Histoire. Mais le connaissez-vous bien ? Quel était son talon d'Achille ?

– Les femmes, l'orgueil, la violence…, s'énerva Chris sans savoir ce qu'il racontait. Adem, secoue-toi ! C'était quoi le nom de sa maîtresse ? Éva ? C'est ça ? Éva Braun ?

– Hypocondriaque.

– Quoi ?

Sa voix tremblait.

– Il était hypocondriaque, répéta Adem.

Chris hurla dans la capsule comme dans un mégaphone.

– HYPOCONDRIAQUE, HYPOCONDRIAQUE !

Elle s'évanouit comme par enchantement et le papier se consuma. Il resta interdit. Quelqu'un avait-il trouvé la bonne réponse ? Le confort leur avait-il échappé ? Il se sentit vide. Il reposa ses mains devenues inutiles sur ses genoux. Adem lui sourit de découragement.

Subitement, une nouvelle capsule apparut et s'ouvrit. À l'intérieur, un trousseau de clefs accompagné d'un mot.

Rendez-vous au lieu de votre arrivée

Ils se prirent dans les bras et Chris se mit à rire nerveusement. Il fallait que ça sorte. Il pensa à Mathilde. Une énergie nouvelle lui envahit le corps et il chercha à la transmettre à Adem en le serrant fort. Ils furent debout en une seconde et habillés en deux.

De rage, Juliette lui avait lancé la capsule à la figure. Lana fit son possible pour conserver son flegme. Pas la peine de se disputer dès sept heures du matin. La journée promettait d'être suffisamment pénible.

– Il faut que nous trouvions un train ou un car pour nous tirer d'ici, fit-elle le plus calmement possible.

– Ça ne servirait à rien ! Tout le monde va vers le sud. Il faut qu'on soit plus malignes. Il faut qu'on aille au plus près, rugit Juliette.

Lana se retint de rétorquer que se croire plus intelligente que la France entière n'était pas de l'orgueil, mais du suicide.

– Hier dans le hall de l'hôtel, des mecs prétendaient que les Allemands n'avaient pas encore atteint Tours. C'est là qu'il faut qu'on passe. Tu connais la région, tu en viens.

Non seulement Juliette se croyait plus futée que les Français, mais que les Allemands aussi. Lana répliqua.

– Et tu comptes y aller avec les deux bicyclettes que nous ont données Coline et Jean ? Il y a au moins trois cents kilomètres. Les chars iront plus vite que nous !

– Habille-toi, on va trouver un pigeon.

– Mais personne n'ira en direction du front !

Lana se demanda si quelqu'un avait déjà refusé quoi que ce soit à Juliette. Savait-elle ce que « non » signifiait ?

Elle distingua le bruit à peine audible d'un objectif invisible au-dessus de sa tête. Elle leva les yeux au ciel, prenant les téléspectateurs à témoin de l'inconscience de son binôme. Mais une douleur surgit et elle saisit sa tête entre ses mains.

– J'ai besoin d'une aspirine, murmura-t-elle en tentant de respirer normalement.

Elle put imaginer ce qu'une statuette vaudou au crâne piqué d'aiguilles éprouvait.

– Je suis vraiment tombée sur la pire des équipières ! Bon, je vais en demander une à l'accueil et voir si on peut s'en aller. Prépare-toi, quand je remonte, on se barre !

Fabienne Dias fut envahie par la sensation que Lana s'adressait à elle à travers la caméra. Elle prit sa grimace en plein cœur, tel un reproche. Ce n'était pourtant pas de sa faute, elle n'était que directrice de casting, elle n'élaborait pas les règles du jeu. Lana savait avant de partir que *The Big History Show* ne serait pas une partie de plaisir. *The Big History Show* représentait une épreuve, *The Big History Show* était une folie.

Elle referma la boîte de fromage blanc allégé insipide qui lui faisait office de repas. Seule solution pour combattre sa culpabilité à ne pas aimer le sport. Elle avait préféré rester chez elle pour assister aux directs. Elle supportait de moins en moins les commentaires en régie. Elle vieillissait.

Elle contempla Lana allongée sur son lit. Elle n'irait pas jusqu'au bout. Elle ne gagnerait jamais *The Big History Show*, elle le savait. Fabienne le savait, tout le monde le savait, tout le monde sauf Coline.

Son téléphone vibra et elle sursauta. *Édouard.* Elle décrocha.

– Bonjour Fabienne, il y a du neuf.

– Je serai au studio dans une heure.

– Très bien… Nous, enfin, Franck Boulard souhaite savoir quels candidats parlent anglais.

– On ne leur a pas demandé pendant les castings. Il faudrait en plus qu'on fasse des tests de langues ?

– Nous avons obtenu les États-Unis. Franck Boulard a retenu le repérage de New York. Allô ? Tu es encore là ?

– Cette épreuve ne durera même pas un jour.

– Non, quelques minutes. Ce sera une course de vitesse.

– Si les bracelets ne fonctionnent pas, ils mourront.

– Je sais, je sais. On va prendre un maximum de précautions.

Édouard ne paraissait pas convaincu. Fabienne eut envie de rester chez elle jusqu'à la fin du tournage. Oui, elle vieillissait, elle ne voulait pas avoir des morts sur la conscience.

– Grouille-toi ! J'ai trouvé une camionnette qui va jusqu'à Angers. On peut charger les vélos à l'arrière. Il ne nous restera que cent kilomètres !

Juliette ne soutint pas Lana par le bras, elle la tira sans ménagement et la poussa dans l'escalier de l'hôtel. Dehors un moteur ronronnait.

L'Émission

Chapitre 27 – Pétain

Le pinceau à poudre caressa une dernière fois son nez et Pia s'éclipsa. Emmanuel Ducas enfila son sourire de direct et se concentra sur le prompteur. Il allait parler comme si chaque phrase se terminait par un point d'exclamation. Le décompte de la scripte retentit dans son oreillette. Il occupait à nouveau l'antenne.

– Mesdames et Messieurs, bienvenue dans *The Big History Show, la quotidienne* ! Avant le direct, nous vous ferons revivre les moments forts de ces dernières heures en compagnie de nos invités : Nell qui vient de sortir son single *Love*, Jérémy Le Mercier, l'animateur radio des Matinales et Quentin Seguin du parti des jeunes démocrates ! On les applaudit bien fort ! Et pour commencer, un résumé des derniers évènements !

« Retour antenne dans trois minutes. »

Emmanuel Ducas gagna la table de verre en forme de loupe conçue par Rémi. Au centre, un écran diffusait en temps réel les images des candidats évoluant dans le jeu. Un ingénieur du son vint lui refixer son micro-cravate et l'émission reprit.

– Voilà ce qu'on pouvait dire sur cette première étape palpitante de *The Big History Show* ! Bien sûr, nous interromprons le cours de cette quotidienne si le jeu l'exige. Mais tout d'abord, laissons la parole à nos invités. Nell, j'ignorais que vous étiez fan de *The Big History Show* !

La chanteuse minauda sur sa chaise haute. Elle portait des faux cils et du fond de teint jusque derrière les oreilles. Emmanuel Ducas pensa que sans maquillage elle devait être vraiment moche. Sa réponse fut insipide, mais il n'était pas là pour juger de la profondeur des interventions de ses invités. Ils ne servaient qu'à faire grimper l'audimat. Il montra la pochette de son disque en le vantant à la façon d'une crème antirides miracle.

– Et vous, Jérémy, pourriez-vous participer à un tel jeu ?

Rire micro.

– Certainement pas ! Il faut être fou pour vouloir se taper les Allemands en quarante !

– Alors qu'on se les farcit encore aujourd'hui avec l'Europe ! le coupa le jeune démocrate sans qu'Emmanuel Ducas ne le sente venir.

Il se dépêcha de reprendre la main.

– À votre avis, Quentin, est-il important que la jeunesse d'aujourd'hui renoue avec son histoire ?

– Tout à fait ! Pour être à même de comprendre les enjeux socio-économiques de notre époque, il faut connaître notre passé. C'est essentiel d'être un votant averti !

– Très bien, très bien… Je vous propose maintenant un florilège des moments les plus poignants ! Nell, qu'est-ce qui vous a ému ?

– Lorsque Chris écoute le discours du général Pétain.

– Vous voulez dire du général de Gaulle ?

– Oui, Charles de Gaulle comme l'aéroport !

Gloussement forcé. Gène plateau. Sueur d'Emmanuel Ducas. Lancement de la séquence suivante.

« La prochaine fois, il faudra inviter une vraie bimbo ! » entendit-il Filipetti râler en régie. « Elle n'aura pas plus de cervelle, mais au moins, elle aura de gros nichons ! »

Chapitre 28 – Sirène

Jean et Coline atteignirent Bordeaux dans la soirée après avoir roulé pratiquement sans arrêt, louvoyant entre les colonnes de réfugiés qui envahissaient les routes. Ils avaient doublé des véhicules de toutes sortes et de toutes tailles. Des camionnettes, des voitures, des remorques, des charrettes à bras surchargées de valises, de cartons, de baluchons mal ficelés et surmontés de matelas fixés tant bien que mal pour protéger des mitraillages.

La place des Quinconces au port de la Lune pullulait, noire de monde. Des étudiants distribuaient des repas froids à ceux qui ne possédaient plus rien.

Jean et Coline étaient épuisés. Ils n'avaient presque pas dormi. Mais comment se reposer lorsque, autour d'eux, une nation basculait dans la guerre ? Depuis Nantes, Coline avait la gorge nouée. Elle avait beau se répéter que ce qu'elle vivait était déjà arrivé et qu'il ne s'agissait pas de la réalité, elle ne parvenait pas à lâcher prise. Elle ne se prélassait pas sur son clic-clac de Tours, elle évoluait bien là, dans la poussière et la peur.

– On va faire un break, proposa Jean. Je ne pense pas que les autres équipes soient aussi avancées que nous. On va manger et l'on reprendra la route demain aux premières heures.

Coline lui sourit. Il la rassurait. Il avait conduit avec maîtrise et sang-froid.

– On ne trouvera pas d'hôtel, constata-t-elle en réalisant que pour la première fois de sa vie le mot hôtel prenait un véritable sens.

– Non, ils sont occupés par le gouvernement et les

membres de l'administration. Le maréchal Pétain a transféré l'État ici.

– Je croyais que c'était à Vichy ?

– Oui, après. Ils vont bientôt devoir collaborer.

Ils avaient baissé le ton. Ils n'étaient pas des oracles, ils n'étaient que les candidats d'un jeu télé.

La ville entière fourmillait comme si toute la France avait rendez-vous à Bordeaux. La gare Saint-Jean était inaccessible et la place Pey Berland d'où partaient les voitures pour l'Espagne et le Portugal flottait dans un brouillard de fumées de pots d'échappement.

Ils trouvèrent un peu de répit et de fraîcheur au pied de la cathédrale Saint-Michel. Ils dînèrent dans un café proposant des charcuteries et du pain.

– Sauriez-vous où nous pouvons passer la nuit ? demanda Jean à la patronne qui s'essuyait les mains dans son tablier.

– Tout est complet.

– Nous avons de quoi payer.

La femme les évalua puis leur fit signe de la suivre à l'arrière, loin des oreilles des clients.

– J'ai la chambre de ma fille, mais juste pour une nuit. Il faut payer tout de suite. J'en veux cent francs.

« À la guerre comme à la guerre », pensa Jean en lui tendant son dû qui représentait le prix d'un établissement de luxe.

La pièce, située au premier étage, se composait d'un lit simple et d'une commode sur laquelle la femme déposa un seau et un pichet d'eau.

– Pour vous débarbouiller.

Ils se retrouvèrent seuls. Coline perçut la présence des caméras.

– Je vais dormir par terre, proposa Jean.

– Non, tu as conduit. On va se serrer.

Elle avait senti son corps contre le sien depuis la

veille, quelques heures de plus ne changeaient rien. Ici, sa pudeur était dérisoire.

Ils se lavèrent à tour de rôle avant de s'étendre sur le matelas. Les ressorts grincèrent. Coline nota qu'elle n'avait pas partagé son lit avec un homme depuis... Non, ne pas penser à Hugo ! Son visage se dessina devant elle malgré tout, mais étrangement cela ne lui fit plus aussi mal. Quelque chose avait changé. Était-ce l'émission ? La guerre ? Jean ?

Il avait fermé les yeux. Elle contempla son partenaire. Il avait un beau visage. Une émotion pointa le bout de son museau. Elle se força à dormir, ce n'était vraiment pas le moment de s'enticher d'un mec !

Peu après minuit, ils furent réveillés en sursaut par des sirènes hurlantes.

– Une attaque aérienne ! souffla Jean.

Ils se rhabillèrent dans l'urgence et dégringolèrent l'escalier. La maison était vide. La patronne n'avait pas pris la peine de les prévenir. Ils s'élancèrent dans la rue et suivirent des gens se précipitant vers les caves-abris. Ils trouvèrent refuge au sous-sol voûté d'une maison parmi des dizaines d'occupants terrorisés. Quelques hommes, des femmes de tous âges et des enfants terrifiés. Plus loin dans la ville, les premières bombes explosèrent.

Ils s'accroupirent dans un coin, sous la trappe à charbon. Coline tremblait. Jean la prit dans ses bras tandis que la terre et les murs tressaillaient à chaque nouvelle secousse. La pluie meurtrière dura un temps infini. Parfois, une bombe tombait si près que Coline cessait de respirer. Il n'y avait pas de logique. La mort procédait à son tirage au sort.

En face d'eux, une femme enceinte tenait son ventre en silence. Coline pensa que l'enfant qui naîtrait en 1940 aurait l'âge de son grand-père. Puis elle réalisa que peut-être il ne naîtrait pas et sa gorge se serra. À cet instant, le plafond s'effondra. Un amas de poutres, de briques et de gravats les ensevelit. Coline hurla et son cri se perdit parmi ceux des occupants de la cave. Elle s'agrippa à Jean de toutes ses forces. Ils tentèrent de se dégager, la maison menaçait de s'écrouler et de les enterrer.

– Les bracelets ! articula-t-elle.

Du sang teinta ses bras.

– Non, on peut remonter par la trappe, accroche-toi à moi.

De l'eau jaillit soudain. Une canalisation avait été touchée. S'ils ne regagnaient pas la rue assez vite, ils se noieraient. Au prix d'un effort surhumain, Jean parvint à les hisser sur le trottoir défoncé. Ils rampèrent dans la boue et les sirènes hurlantes. Des habitants courraient, paniqués et impuissants. La nuit s'éclairait de lueurs rougeoyantes. Des véhicules de pompier et des ambulances tentaient de se frayer un passage parmi les débris et les corps.

Au bout de la rue, les deux façades latérales de la basilique Saint-Michel avaient été martelées par la ferraille, les vitraux pulvérisés. Jean réalisa que seule une poignée d'hommes s'était extraite des décombres. Il jeta un regard à Coline qui grelottait dans ses vêtements trempés. Des larmes silencieuses se frayaient un chemin sur le plâtre et la suie qui maculaient ses joues. Il sentit en lui naître de la colère et défia le ciel du regard comme pour s'adresser aux dieux de l'audiovisuel.

Puis, avec douceur, il prit Coline par les épaules et l'entraîna loin de l'horreur à laquelle ils avaient survécu.

Chapitre 29 – Sœur Thérèse

Le conducteur déposa Juliette et Lana à la sortie d'Angers. Il ne leur avait pas adressé la parole du trajet. Il ne leur avait pas donné la raison de son voyage ni ne leur avait souhaité bonne chance. Les candidates se retrouvèrent seules sur la route menant à Saumur.

Depuis leur départ, elles avaient roulé à contre-courant du flot de familles en exode. Mais à présent, le bitume paraissait étrangement calme et désert. À travers les arbres, la Loire scintillait. Sans un mot, Lana enfourcha sa bicyclette et se mit à pédaler. Plus vite elles arriveraient, plus vite elle serait débarrassée de la peste.

– Mon pneu est à plat ! explosa Juliette au bout de cinq minutes en balançant sa monture près de la berge. Je ne concours pas pour le maillot jaune !

Lana posa pied-à-terre et entendit le cliquetis discret de la caméra. Non, Juliette n'était pas là pour faire du vélo, mais de l'audimat.

– On doit continuer. Prends le mien, tu auras moins mal aux fesses.

– Et puis quoi, encore ! Tu te prends pour une martyre !

L'étudiante en histoire de l'art remonta sur sa selle en jurant et Lana haussa les épaules. Elles ne firent pas cent mètres.

– On marche ! Je n'arrive pas à pédaler !

Lana s'exécuta, résignée. De toute façon avec la migraine qui la reprenait, elle préférait y aller plus doucement.

Soudain, un bruit de moteur se fit entendre. Les

deux jeunes femmes se figèrent.

– On ne sait pas où sont les Allemands, s'inquiéta Lana. On devrait peut-être se cacher.

– Hors de question, c'est la seule caisse depuis qu'on marche ! Y en aura peut-être pas d'autres. On s'en fiche que ce soit des Allemands, on n'a rien fait de mal !

La moutarde monta au nez de Lana.

– Juliette ! Qu'est-ce que tu crois qu'un camion rempli de soldats allemands ferait de deux filles perdues comme nous ?

L'étudiante la toisa. Le véhicule n'allait pas tarder à apparaître. Lana mit la main sur son bracelet.

Une vieille fourgonnette apparut au détour du virage et freina d'un coup sec. La portière s'ouvrit en grinçant.

– Montez ! Vous ne pouvez pas rester là !

Une religieuse sortit précipitamment du camion rouillé et s'empressa de hisser leurs bicyclettes à l'arrière. Lana et Juliette la fixèrent, médusées, avant de réaliser que Dieu leur donnait peut-être bien un coup de pouce. Elles l'aidèrent à charger leurs affaires.

– Il ne faut pas traîner ! On va se serrer à l'avant.

Elles lui obéirent. Juliette paraissait impressionnée. La femme, âgée d'une cinquantaine d'années, dégageait une énergie incroyable. Une fois dans l'habitacle, elles firent connaissance.

– Je suis sœur Thérèse. Vous avez eu de la chance de tomber sur moi. Il n'est pas prudent pour deux jeunes filles seules de parcourir le pays, surtout ces temps-ci.

Elle se signa.

– Je vous ramène avec moi au couvent de Notre-Dame des Ardilliers, poursuivit-elle.

Juliette se raidit. Elle avait tout imaginé sauf être prise en otage par une bonne sœur. Lana eut subitement envie de rire.

– Il est où, votre couvent ? se renseigna-t-elle, plus détendue.

– À Saumur, voyons ! Vous ne connaissez pas la chapelle de Notre-Dame des Ardilliers ? Vous n'êtes pas d'ici. Où allez-vous comme ça ?

– Nous allons retrouver notre famille à Clermont-Ferrand. Nous sommes cousines.

– Vous n'en aurez pas le temps. Les Allemands approchent de Saumur.

Sœur Thérèse leur expliqua qu'elle revenait de l'épicerie de son oncle qui allait rejoindre le sud de la France. Il savait que son magasin serait pillé dès qu'il aurait tourné le dos, autant faire œuvre de charité et céder son stock au couvent de sa nièce. Les habitations et commerces abandonnés étaient systématiquement vidés et mis à sac par les fuyards qui manquaient de tout. Le boucher du bourg avait même abattu les animaux errants afin de nourrir les hordes d'humains en déroute. Elle les conduisait en sécurité, espérait-elle, au sein des sœurs de Jeanne Delanoue, la congrégation des Servantes des Pauvres.

Lorsqu'elles approchèrent de la ville, l'air s'emplit d'une odeur de soufre. La Wehrmacht pilonnait Saumur depuis le bois de Vernantes.

– Seigneur…

Une pluie d'obus s'abattait sur la cité et son île. Elles allaient devoir passer entre les tirs pour espérer traverser le fleuve.

– Sœur Thérèse ! Mais que faites-vous là ?

Un groupe d'hommes surgit de derrière les arbres. Tous portaient des pistolets et des fusils.

– Lieutenant Périn !

– Allez vous mettre à l'abri !

– Nous devons rejoindre le couvent.

– Impossible ! La cavalerie allemande a atteint les

faubourgs nord cette nuit et nous faisons sauter les ponts ! Bientôt les panzers seront là ! Nous allons défendre la ville coûte que coûte !

– Où pouvons-nous traverser ?

– Les Boches sont au Port-Roux, à la cale de Villebernier. Vous ne pourrez pas passer. Venez avec nous, l'état-major français occupe l'auberge du Marsolleau.

– Nous devons passer.

La sœur et le lieutenant se dévisagèrent. Le soldat finit par céder.

– Alors, traversez à Gennes. Mais dépêchez-vous, le carnage aura bientôt lieu.

Les hommes disparurent et sœur Thérèse appuya sur l'accélérateur. Lana frissonna. Le spectacle du fleuve lui parut à la fois étranger et familier. Elle était chez elle, elle avait chevauché ces paysages depuis son enfance et pourtant ils ne semblaient plus lui appartenir.

Elles atteignirent l'autre rive sans difficulté comme indiqué par le lieutenant Périn. Puis elles s'élancèrent dans la mitraille. Sœur Thérèse se faufila dans les ruelles désertes qu'elle connaissait par cœur. Les habitants qui n'avaient pas fui avaient rejoint les rats dans les caves. Elle zigzagua dans le labyrinthe de rues enfumées. Dans la camionnette, une tension s'installa. Juliette et Lana retinrent leur souffle. Les bombes déchiquetaient la ville dans un bruit de tonnerre. La foudre passa tout près. Enfin, d'imposants bâtiments blancs surgirent des berges de la Loire. Ils entouraient une chapelle coiffée d'une rotonde.

Une nuée de femmes en noir apparut tel un vol d'oiseaux nocturnes. Elles se hâtèrent de décharger les caisses de victuailles. Il fallait cacher les denrées alimentaires devenues trésors. Les bicyclettes trouvèrent le chemin du cellier. Puis, la congrégation se réunit dans le réfectoire où l'on avait peint « Servir avec tendre charité » sur l'un des murs. Sœur Thérèse y échangea des nouvelles avec la mère supérieure et les candidates furent autorisées à rester tant qu'elles respectaient les règles de la congrégation et qu'elles assistaient aux offices.

Une fois toutes les deux seules dans une minuscule cellule, Juliette lâcha :

– On dégage le plus vite possible !

– Les Allemands sont déjà là !

– Justement, ils viennent d'arriver, pas la peine d'attendre qu'ils traversent le fleuve !

Lana dut admettre que Juliette n'avait pas tort.

– Il est trop tard aujourd'hui, on repartira demain, trancha-t-elle.

– Ok, mais tu demandes une rustine à sœur Thérèse. Elle a l'air de bien t'aimer.

Dans la soirée, Lana accompagna la religieuse au cellier pour réparer le pneu. La douleur qui l'avait épargnée durant la journée reparut et se fit plus forte. Son état empirait. Le voyage dans la machine avait accéléré la maladie.

– Tout va bien ?

Sœur Thérèse l'aida à s'asseoir sur une caisse en bois. Lana se laissa faire. On ne lui avait pas témoigné autant de douceur depuis longtemps.

– Je me charge de boucher le trou.

Lana fit un effort pour respirer normalement.

– Nous allons reprendre la route demain, avoua-t-elle.

– Je m'en doutais, je prierai pour vous. Vous affronterez de grands dangers.

La réparation effectuée, la religieuse s'installa à côté de Lana.

– Tiens, pour ta peine.

Sœur Thérèse lui glissa entre les doigts un collier de perles brunes orné d'une médaille. Lana sentit des larmes lui picoter les yeux.

– Gardez-la, refusa-t-elle. Vous en aurez besoin pour vous protéger. La guerre va durer longtemps.

– Il n'agira pas contre les Allemands, mais contre ton mal.

Elle l'avait percée à jour. Des larmes coulèrent le long des joues de Lana.

– C'est un collier des sept douleurs. Il rappelle celles de Marie. Il est en perles de buis bénites. Nous en fabriquons pour calmer les maux. Par exemple, les mères les mettent à leur nourrisson pour apaiser leurs poussées de dents. Il ne soignera pas, mais soulagera.

– Merci.

Jamais inconnue ne s'était montrée aussi bonne envers elle. Lana serra sœur Thérèse très fort contre son cœur.

– Prenez la route de Châtellerault, leur conseilla-t-on le lendemain à l'aube. Aux dernières nouvelles, elle n'est pas occupée. Vous passerez peut-être entre les mailles du filet.

Au loin, l'assaut avait repris. Les candidates hochèrent la tête. De toute façon, elles ne pouvaient pas moisir ici alors que leur but ne se trouvait qu'à quelques coups de pédales.

Lana fit ses adieux avec une boule dans le ventre. Elle aurait voulu prévenir sœur Thérèse et les autres de ce qui les attendait. Elle aurait voulu les convaincre de fuir avec elles. Mais elle ne le pouvait pas. Chacune son histoire, chacune son époque, chacune son passé et son avenir.

Chapitre 30 – Saintes

Mathilde et Nicole roulèrent de nuit, toute lumière éteinte. Sur le bord de la route, elles croisèrent des campements de fortune. Dans les fossés, afin de glaner quelques heures de repos, des habitats étaient improvisés pour se protéger des tirs venus du ciel. Les candidates respirèrent la même poussière tiède que ces millions d'âmes perdues dans un pays qui n'existait plus. Au bout de leurs espoirs, l'Espagne et le Portugal.

Monsieur Balcou trônait, seul à l'arrière de sa Citroën Traction noire, afin d'allonger sa jambe. Les premières heures, il avait jaspiné sans arrêt, commentant la situation des plus pauvres qu'il croisait, la comparant à la Grande Guerre qui l'avait brisé. Heureusement, il n'avait pas cherché à en savoir plus sur elles, il ne s'intéressait qu'à lui-même.

Mathilde fut soulagée qu'il se soit enfin assoupi. Ses ronflements étaient plus supportables que ses jacasseries. Plusieurs fois, elle avait eu envie de lui clouer le bec en lui racontant qu'aujourd'hui, dans son aujourd'hui à elle, les Allemands et les Français faisaient partie de l'Union européenne et que les frontières n'existaient plus.

– Tu veux que je prenne le volant ? proposa Nicole.

– Je n'arriverai pas à dormir, autant conduire.

– Il ne reste plus beaucoup d'essence. On sera à sec avant Bordeaux

Mathilde admira les étoiles qui avaient tourné pendant la nuit et se demanda où se trouvait Chris. Il allait bientôt faire jour. En pensant à lui, elle eut subitement envie de boire un café. Paris, le froid humide, le métro et… Chloé lui manquèrent terriblement.

– Dès que je peux, je m'arrête. On a besoin de faire une pause et de reprendre des forces.

Elles n'eurent pas longtemps à attendre. Les premières maisons de la ville de Saintes se dressèrent devant elle.

Mathilde stoppa la Traction près du café des Colonnes, ce qui réveilla monsieur Balcou.

– On est arrivé ?

– Non, on va juste faire un break pour le petit-déjeuner.

– Faire quoi ?

– Euh, une halte, pardon.

– Ah très bien, j'ai besoin d'un remontant.

Il y avait foule malgré l'heure. La France ne dormait plus. Les habitants se regroupaient dans les bistrots. Les tasses se mélangeaient aux canons de rouge.

Ils se frayèrent une place jusqu'au comptoir tandis que monsieur Balcou pressait tout le monde de laisser passer un héros de quatorze.

– Nous devons prendre de l'essence, avoua Mathilde en sirotant son breuvage noir et sucré qui n'avait pas du tout le goût des expressos de Chris, mais c'était mieux que rien.

Un homme qui lui tournait le dos se retourna.

– Excusez-moi, j'ai entendu ce que vous disiez. Vous ne trouverez plus une goutte. Votre seule chance est de prendre la route d'Angoulême. Y a un gars qui a récupéré une citerne. Il vous en coûtera un bras, mais il n'existe pas d'autre moyen.

Nicole déplia la carte fournie par la production sur un coin du zinc encore propre. Autour d'elles, les hommes fumaient la pipe sans retenue. Elle flottait dans un nuage bleuté. Vive la loi antitabac, pensa-t-elle.

– Si l'on passe par Angoulême, on pourra atteindre Périgueux.

– Tu crois qu'on sera les premières ?

Monsieur Balcou intervint.

– Mais où comptez-vous aller ? Il s'agit de ma voiture, je vous le rappelle !

– Les Allemands n'iront pas jusqu'à Périgueux.

Elle avait parlé trop vite. C'était suggéré sur la carte, elle la replia nerveusement.

– Qu'en savez-vous ?

Mathilde rajusta ses cheveux qui avaient vaincu l'armée d'épingles de la costumière. Ne venait-elle pas d'enfreindre une des lois de *The Big History Show* ?

– Pas d'autre façon de faire le plein. Chacun sait qu'il faut passer au sud de la Loire, se rattrapa-t-elle.

Elle lutta pour ne pas jeter un regard à la caméra invisible qu'elle devinait en face d'elle. Nicole vint à son secours.

– Venez, monsieur Balcou, ne traînons pas. La meilleure façon d'éviter les Boches, c'est encore d'avancer.

Elles embarquèrent le vieillard avant que la voiture ne soit volée ou dépouillée de ses pneus. La course n'était pas finie et Mathilde commençait à ne plus supporter cette époque. Elle avait hâte de passer à autre chose. Elle ne semblait pas faite pour cette période. En réalité, elle ne semblait faite pour aucune, pas même la sienne.

Comme promis par le client du café, elles tombèrent sur un homme qui écoulait une citerne à prix d'or. Le début du marché noir. Elles évitèrent de demander d'où venait le carburant et ne cherchèrent même pas à marchander. Elles remplirent deux bidons supplémentaires qu'elles déposèrent dans le coffre.

– Y en a pour qui la guerre est une bonne affaire, grommela monsieur Balcou, bien obligé d'admettre que cela leur permettrait sans doute d'échapper à l'ennemi.

Il se remit à ronchonner et Nicole prit le volant. Sans un mot, les deux femmes s'étaient entendues pour prendre la direction de Périgueux. Monsieur Balcou pouvait bien monter sur ses grands chevaux, elles allaient probablement lui sauver la vie.

Chapitre 31 – Doc

Chris et Adem retrouvèrent facilement leur chemin. Ils étaient l'équipe qui avait le moins avancé. L'étudiant avait regagné un semblant d'énergie et Chris se répéta que tout finirait par s'arranger.

– Tu crois que ce sera quoi, le confort ? demanda-t-il à Adem.

– Aucune idée. Des déguisements SS ?

Chris espéra que non. Il ne pourrait jamais enfiler de tels vêtements. Il aurait la sensation d'entrer dans la peau du skinhead néonazi qui avait tenté de se faire la sienne.

– Trop bien ! s'exclama Adem en découvrant une fourgonnette sombre flanquée de croix blanche et rouge.

Ils lurent : « ambulance municipale ». L'étudiant se précipita pour ouvrir la porte arrière.

– Parfait confort pour moi ! lança-t-il depuis le ventre du véhicule.

Chris s'assit au volant et mit le contact.

– On va rattraper notre retard, on va même pouvoir griller les feux rouges ! J'ai toujours rêvé de faire ça ! jubila-t-il.

Son binôme le rejoint, des couleurs fraîches aux joues.

– Un peu pauvre en matériel.

– On est en quarante, il n'y a pas encore de respirateur et de scope ! fit Chris.

Adem le dévisagea étonné.

– Comment tu connais ça ?

– Laisse tomber…

Il lui posa la carte sur les genoux et appuya sur

l'accélérateur. L'ambulance se révéla être lourde et difficile à manœuvrer.

– Pas de direction assistée ni de GPS. Bon, par où, copilote ?

– Par où veux-tu passer ? demanda Adem alors que leur nouveau carrosse prenait la route de Nantes.

Chris réfléchit un instant. Il fallait être judicieux.

– Il y a tellement de monde sur les routes qu'on ne va pas avancer très vite. Allons au plus près.

– Tu crois qu'on arrivera avant les Allemands ?

– Non, je pense qu'il faudra négocier avec eux notre passage.

Soudain, une femme s'échappa des sous-bois et se jeta sur la camionnette. Chris freina brusquement et manqua de se fracasser le crâne sur le volant. Il n'avait pas attaché sa ceinture de sécurité, quant aux airbags…

– Merde ! Qu'est-ce…, fulmina-t-il en ouvrant la portière.

– S'il vous plaît, aidez-nous !

La jeune fille en blouse bleu marine se rua sur lui. Elle tremblait.

– Ma sœur, ma sœur, hoquetait-elle en désignant un bosquet.

– On va vous aider… Calmez-vous… Ade… euh, Maurice, prends le kit de survie.

Adem devint blanc et fixa la fille comme s'il découvrait un ange tombé du ciel. Chris se demanda si l'expression « kit de survie » existait déjà en 1940, mais trop tard pour s'en préoccuper, l'urgence résidait ailleurs. Ils coururent de l'autre côté de la route, guidés par la jeune femme. Des cris étouffés et des sanglots s'échappaient du sous-bois.

Allongée dans l'herbe entre des valises et des ballots ficelés, la sœur de l'ange se tenait le ventre de douleur. Des rigoles rouges ruisselaient entre ses cuisses maculant sa jupe de sang. Elle ne devait pas avoir plus de vingt ans.

– Tu peux faire quelque chose ? s'inquiéta Chris.

– Je ne suis qu'en deuxième année, s'excusa Adem en s'agenouillant près de la jeune femme sans que Chris sache s'il s'adressait à lui ou à elle.

Avec précaution, il remonta la jupe poisseuse. Soulagé, il constata qu'il n'y avait pas de blessure par balle.

– Je dois l'examiner, fit-il avec une assurance soudaine en ordonnant à Chris et à la cadette de s'éloigner.

Chris l'entraîna par les épaules sous un pommier en fleurs.

– Comment tu t'appelles ?

– Henriette, et ma sœur, Marguerite.

– Maurice va faire ce qu'il faut. Qu'est-ce qui est arrivé à ta sœur ?

– Je ne sais pas. On marchait et elle a eu mal au ventre alors on a trouvé de l'ombre. Ensuite, elle s'est mise à saigner.

Elle sanglota à nouveau.

– Ça va aller, ça va aller, murmura Chris.

Adem mit un temps considérable à les rejoindre. Lorsqu'il approcha en essuyant ses mains devenues pourpres, Chris redouta le verdict.

– Fausse couche.

Henriette cessa de pleurer et écarquilla les yeux.

– Elle perd beaucoup de sang. Elle risque de faire une hémorragie. On ne peut pas la laisser là, il faut la transporter avec nous jusqu'à Nantes, poursuivit l'étudiant en médecine.

Chris allait protester quand une idée germa en lui. Et si Marguerite devenait leur garantie de passer ? Quoi de mieux qu'un blessé nécessitant des soins urgents ? S'ils tombaient sur des Allemands, ils auraient une chance de franchir le barrage.

Ils la transportèrent à l'aide du brancard et Adem fouilla l'ambulance dans l'espoir de dénicher des pansements compressifs.

– Il y a une bonbonne d'oxygène et un masque, c'est déjà ça.

Henriette s'assit à côté de sa sœur tandis que Chris relançait le moteur. Pas la peine de moisir ici. Il ne souhaitait pas avoir un mort sur sa conscience, même si à son époque, Henriette et Marguerite ne devaient plus être en vie.

Ils roulèrent sans un mot. La camionnette souleva la poussière de la route qui recouvrit une partie de sa carrosserie. Ils firent halte un peu avant Nantes et Adem trouva préférable d'oxygéner Marguerite. Avec la chaleur, elle risquait de perdre connaissance.

– On dirait que les saignements diminuent. Je vais rester à l'arrière avec elle.

Ils ne progressèrent que de quelques kilomètres. Dès les faubourgs, la route était barrée. Les Allemands n'avaient pas perdu de temps. Nantes appartenait maintenant à l'Empire germanique. Chris hésita à ralentir puis décida de simuler l'urgence. Leur seule carte était de faire comme si Marguerite était sur le point de succomber.

Il ne comprit pas ce que le soldat moustachu en vert de gris lui lança, mais le ton ne lui parut pas conciliant.

– Hôpital ! Nous devons aller à l'hôpital ! plaida Chris.

L'homme fit signe à l'un de ses subalternes d'ouvrir la porte arrière. Chris pria pour qu'ils ne confisquent pas leur véhicule. Une demi-douzaine de fusils les entourait. Il entendit l'exclamation de dégoût du soldat en découvrant la jupe sanguinolente de la jeune femme sous oxygène. Le spectacle s'avéra suffisamment poignant. On les autorisa à poursuivre.

Ils pénétrèrent une ville figée dans le silence. Nantes s'était muée en cité fantôme. Seuls des soldats allemands circulaient. Place Foch, ils installaient une pancarte sur laquelle Chris et Adem déchiffrèrent : *Feldkommandantur.*

L'Émission

Chapitre 32 – Grossemouter

– Tiens, regarde ce que la sœur supérieure m'a offert, râla Juliette. Un pot de confiture de coings ! Dégueu ! Qu'est-ce que tu veux que je fiche de ce machin-là !

Lana n'eut pas le temps de répliquer. Elles venaient d'atteindre le carrefour indiqué par les religieuses, malheureusement celui-ci était occupé. Deux soldats blonds, athlétiques, poignard à la ceinture et coiffés de casques, gardaient le barrage qui pour l'heure se résumait en un scoubidou de barbelés qu'ils déplaçaient au gré des allées et venues.

Juliette poussa sa bicyclette avec assurance.

– J'ai fait allemand au lycée !

Lana se rappela qu'elle la détestait et ne la retint pas. De toute façon, Juliette n'en faisait qu'à sa tête et surtout elles n'avaient pas d'autre plan.

– Grossemouter malade, minauda l'étudiante en histoire de l'art en se composant des yeux de chaton mouillé.

Lana se renfrogna. Tu parles ! Hors de question qu'elle se tortille ainsi devant l'ennemi.

L'un des deux hommes rétorqua trois mots que Juliette ne sembla pas comprendre, mais qui la poussèrent à sortir son pot de confiture. Le soldat saliva des yeux immédiatement et Lana se demanda si c'était pour la fille ou pour les coings. Sans ménagement, il le lui arracha des mains et leur ordonna de passer en lançant un petit signe de tête entendu à son acolyte. Les candidates ne se firent pas prier et se hâtèrent de remonter en selle.

– T'aurais pu sourire au moins ! grogna Juliette dès

qu'elles furent hors de portée d'oreilles.

– Je ne suis pas une collabo !

– Mais on s'en fiche ! C'est pas notre époque ! On n'était même pas nées ! C'est pas notre problème !

– Des millions de gens ont été exterminés !

– Je ne suis pas juive ! Je ne suis pas là pour régler des comptes, je suis là pour gagner un million d'euros !

– Le CSA va nous tomber dessus pour antisémitisme ! s'énerva Édouard.

– On passe à Pépé et Serge ! proposa Filipetti. Ils sont toujours bloqués par les Boches parce que le musicien a trop une gueule de gitan. Il risque de se faire embarquer pour les camps.

– Cette manche du jeu sera terminée avant.

Édouard soupira. Même avec les cheveux courts, Pépé ne possédait pas la tête du Français moyen. Son erreur avait été de vouloir jouer de la guitare pour remercier ses amis paludiers. Il aurait fallu qu'il entame du Maurice Chevalier.

– Dommage, il aurait eu sa chance comme ménestrel chez Jeanne d'Arc, se moqua Filipetti qui lisait dans ses pensées.

Chapitre 33 – Zone libre

Jean s'assoupit sur un banc à l'ombre de la cathédrale de Figeac. Ils avaient quitté Bordeaux dans la précipitation. Fuyant les bombes et la mort. Ils avaient roulé le plus loin possible sans échanger un mot. Leur seul contact avait été la pression des bras de Coline autour de sa taille.

Elle contempla l'édifice doré dans la lumière tiède du matin. La ville respirait le calme et la sérénité, mais elle ne parvint pas à dormir, son cœur résonnait encore trop fort dans sa poitrine. Elle décida de se promener dans les rues médiévales. Marcher pour que son corps vibre d'un autre écho. Sentir ses pieds et se raccrocher à ce jour nouveau. Ils avaient gagné, elle le savait. Ils avaient atteint la zone libre les premiers, elle n'en avait aucun doute.

Elle passa devant une boulangerie qui ouvrait et acheta de quoi déjeuner. Le pain chaud entre ses doigts lui donna envie de pleurer. Elle remercia la boulangère les yeux embués de larmes et la femme se détourna mal à l'aise. Coline se hâta de rejoindre Jean. Elle s'était habituée à sa présence et même un peu plus. Elle ne s'imaginait pas continuer le jeu sans lui.

Il se réveilla. Le visage poudré de poussière de route, il ressemblait à un pilote du Paris-Dakar. Coline lui tendit un morceau de pain.

– Merci, murmura-t-elle.

Elle n'avait jamais autant éprouvé de gratitude pour quelqu'un. Les seuls mercis qu'elle avait donnés dans sa vie avaient été pour un cadeau d'anniversaire, un crayon prêté, une porte ouverte ou une assiette de spaghettis.

Il la fixa, l'air fatigué. Elle eut envie de le prendre dans les bras. Elle eut envie qu'il la prenne dans ses bras. Il finit par lui sourire et elle se sentit à nouveau triste.

Devant son écran, la joie de Fabienne s'assécha dans sa gorge. Avec émotion, elle contempla Jean et Coline sur leur banc. Ils avaient réussi. Ils avaient remporté la première manche. Depuis la régie, Filipetti faisait défiler le bandeau de la victoire.

Première équipe qualifiée !
Qui rejoindra les amoureux de Bordeaux pour la deuxième manche ?

Elle détestait ces mots. On leur volait leurs sentiments. Comment pouvait-on les surnommer ainsi alors qu'ils ne savaient pas eux même ce qu'ils éprouvaient l'un pour l'autre ?

Fabienne dégoupilla un nouveau pot de fromage blanc. Aujourd'hui ce serait double dose. Dans peu de temps, ils auraient besoin d'elle, une nouvelle époque attendait les candidats.

Un logo d'alerte s'afficha en haut de l'écran afin de prévenir qu'une deuxième équipe était sur le point de se qualifier. De nouvelles images surgirent et Fabienne découvrit Lana pédalant le long d'un chemin bordé de peupliers comme dans une séquence de *La Bicyclette bleue*. La directrice des castings touilla son aspartame jusqu'au fond du bol.

– Lana, sors la carte ! J'en ai marre de rouler ! Je suis venue gagner un jeu télé pas Paris-Roubaix !

Lana posa pied-à-terre et dévissa la gourde en fer

donnée par le couvent. Il fallait qu'elle boive le plus possible pour supporter la douleur… et Juliette. Elle déplia ensuite la carte sur un coin d'herbe. Plus vite elle serait en zone libre, plus vite elle serait débarrassée de son adjudant-chef.

– Là, pointa-t-elle du doigt.

– Encore combien de kilomètres ?

– Je ne sais pas, c'est pas Googlemap, c'est une carte !

Juliette la foudroya du regard. Lana savait qu'on les filmait. Elle soupira, depuis le début le pays devait se gausser de leurs disputes. Elles étaient sans doute devenues les Laurel et Hardy de *The Big History Show.*

– Au prochain bourg, ce sera bon.

Elle pensa à Coline. Où se trouvait-elle ? Comment allait-elle ? Elle s'inquiéta. Elle avait souhaité participer à *The Big History Show* pour partager une expérience forte avec sa sœur et elle se retrouvait coincée avec une Barbie IIIe Reich en jupe-socquettes.

L'Émission

Chapitre 34 – Tombée du ciel

Il fallait passer entre les mailles d'un filet mortel qui se resserrait inexorablement. Chris conduisit l'équipage de l'ambulance sur la route de Cholet avec la sensation que tout pouvait arriver, surtout le pire. Il n'avait retroussé qu'une seule manche de sa chemise pour supporter l'étuve de juin, l'autre servait à dissimuler le bracelet de survie. Il ne cherchait pas à le cacher aux Allemands ou aux vivants de 1940, mais à lui-même. Pour ne pas faillir, pour tenir jusqu'au bout.

Ils évoluaient en pleine débâcle. Ce que la France comptait en roues ou en pieds se répandait sur les routes. Un gigantesque bouchon qui ne ressemblait ni aux grandes vacances ni à une victoire de coupe du monde.

En fin d'après-midi, exténué de contempler le dos surchargé de paquets d'une charrette à blé, Chris s'éloigna de la route principale et arrêta la camionnette au milieu d'un petit chemin de terre serpentant à travers les champs et les bocages.

– Comment ça va ? s'enquit-il après des filles.

Marguerite avait retrouvé des couleurs. Le risque d'hémorragie semblait éloigné.

– On va passer la nuit ici, proposa-t-il.

Il avait exposé son idée de mise en scène aux sœurs. Ils les avaient convaincues de poursuivre la route avec eux et de feindre l'urgence vitale s'ils tombaient à nouveau sur des Allemands. Ils n'avaient pas lavé les vêtements souillés et avaient conservé les compresses encore humides de sang. Les jeunes femmes avaient accepté. De toute façon, elles ne possédaient plus de famille.

Les victuailles, que le fermier les avait poussés à emporter faute d'embarquer son arme, constituèrent le dîner. Adem ne toucha pas au pâté, se contentant de pain et de fruits. À la dernière fontaine rencontrée, ils avaient rempli d'eau le moindre récipient, mais elle avait perdu sa fraîcheur.

Henriette aida Marguerite à s'alimenter. Chris devina qu'elles n'osaient pas se parler devant eux. L'aînée avait fait une fausse couche et la cadette voulait connaître le responsable. Il s'agissait d'une histoire de femmes qui ne le concernait pas. Chris proposa à Adem de s'éloigner pour rouler une cigarette alors qu'aucun d'eux ne fumait, uniquement pour imiter les hommes de 1940. Au-dessus de leurs têtes, le ciel s'assombrissait lentement et les étoiles s'allumèrent les unes après les autres.

– Tu crois qu'en rentrant, on aura une chance de les retrouver ? murmura le jeune homme, les yeux rivés au ciel.

– Je ne pense pas que nous en ayons le droit. Elles auront pas loin de cent ans.

Il avait répondu cela pour ne pas exprimer ce qu'il ressentait vraiment : si elles survivent à la guerre.

Le chant des insectes de nuit dans les herbes et le murmure des voyageurs arrêtés le long de la route principale les enveloppèrent. La cigarette se consuma. Il s'agissait d'une cigarette d'apparence. Elle faisait partie de leur déguisement, d'une mise en scène de cinéma en noir et blanc.

Tout à coup, une bombe explosa tel un feu jaillissant du sol. Pendant une seconde, elle éclaira les abords du chemin. Puis la mitraille tomba en une grêle soudaine et lumineuse. Les petites bêtes de nuit se turent et les cris des voyageurs éclatèrent. Chris et Adem regagnèrent l'ambulance au pas de charge. Ils n'avaient ni vu ni entendu les avions approcher.

L'attaque ne dura qu'une poignée de minutes, mais elle leur parut une vie entière. Quand enfin la Luftwaffe s'éloigna et que le silence remplit à nouveau le ciel, les gémissements, les pleurs et des hurlements se répandirent. Chris et Adem se précipitèrent vers les corps gisant dans les fossés ou près des charrettes. La cohorte de fuyards avait été facilement repérée. À ce jeu-là, les Allemands gagnaient à tous les coups. Pas besoin de viser.

Avec peu de matériel et sans expérience, Adem évalua l'état des victimes grâce à la fréquence de leur pouls et leur pression artérielle. En une nuit, il passa d'étudiant en médecine à chirurgien de fortune. Chris l'aida à dresser une table d'opération rudimentaire sur des tréteaux puis, avec l'aide de coussins et de couvertures, ils s'efforcèrent de mettre les corps en position. Henriette les seconda en tenant une lampe à pétrole qui attira les moustiques. Adem fit de son mieux pour extraire les balles et suturer les plaies. Il trouva de l'éphédrine en guise d'analeptiques afin de stimuler le rythme cardiaque et la respiration d'une femme inconsciente sur le point de succomber.

Les heures défilèrent et lentement la nuit s'éclaircit. Dans le jour naissant, alors qu'ils avaient entièrement vidé l'ambulance municipale de son contenu, Adem fixa un dernier bandage au mollet déchiré par une balle d'un petit garçon. La mère de l'enfant leur offrit un bout de savon et proposa de laver leurs chemises. Ils refusèrent poliment. Comment lui avouer qu'il ne s'agissait pas de leurs vêtements ? Comment lui expliquer qu'il importait peu qu'ils soient tachés de sang ? Ils devaient reprendre la route. Autant pour avancer que pour ne pas rester là.

– Bandeau « équipe qualifiée ! » annonça la scripte pendant que Filipetti diffusait la scène aérienne d'une

Citroën.

– Pas mal, commenta le réalisateur. Il faut plus de plans en plongée, préparez-moi ça.

Édouard admira l'effet visuel ressemblant à une séquence de filature américaine. Une voiture en fuite, lancée à pleine vitesse, soulevant un long nuage de poussière. Une vraie pub.

À l'intérieur du véhicule, Mathilde et Nicole avaient les traits tirés et les yeux graves. Monsieur Balcou ne bronchait plus depuis longtemps.

– Mes cheveux tiennent tout droit à cause de la crasse, soupira Mathilde en se contemplant dans le miroir du pare-soleil.

– Je n'ai jamais autant rêvé d'une douche.

– J'ai besoin d'un shampoing. Tu crois que ça existe, le démêlant ?

Nicole rit un peu plus fort que nécessaire. Elle avait besoin de lâcher prise.

– Garde la séquence pour le sponsor cosmétique du générique, suggéra Édouard à Laurent Filipetti.

– On ne devrait plus être loin…, reprit Nicole.

– Il faut qu'on déniche un endroit désert, lui rappela Mathilde.

– Impossible de laisser monsieur Balcou seul au milieu de nulle part. Il ne peut pas conduire.

Elles chuchotaient. Il fallait qu'elles se délestent de leur poilu et de son véhicule avant de trouver un lieu de rapatriement adapté. Le sas temporel n'aspirait les candidats que s'il n'y avait pas de témoin. Impossible qu'un paysan contemple des hommes et des femmes devenir subitement invisibles et disparaître comme par enchantement au milieu de son champ.

Chapitre 35 – Équipier

Édouard s'adressa à Emmanuel Ducas pendant qu'on attachait un micro à sa chemise.

– Tu veux répéter ?

– Non. C'est bien de ne pas toujours avoir de prompteur. En revanche, sans public, ça fait vide.

Le plateau avait été rétréci et les éclairages modifiés, car il ne s'agissait ni d'un prime time ni d'une quotidienne, mais d'une « spéciale deuxième manche » consistant à réexpédier les candidats dans le couloir du temps.

– Ne les laisse pas parler entre eux. Garde le rythme, l'encouragea Édouard.

– Je gère !

– Première équipe dans une minute ! intervint la scripte en faisant signe à Édouard de la suivre en régie.

– Geneviève est prête ? s'enquit-il.

– Oui et Fabienne assurera le transfert.

Tout paraissait en ordre, pourtant il ne se relaxa pas. On pouvait vérifier mille fois les caméras, refixer les gélatines, tester les micros, régler les inserts, mais impossible de prédire comment réagiraient des humains extraits de la Seconde Guerre mondiale en quelques secondes. Édouard espéra qu'ils se contenteraient de vomir.

Jean et Coline débouchèrent les premiers. Les jambes mal assurées et le cœur retourné, ils manquèrent de s'effondrer au pied d'Emmanuel Ducas qui les félicita rapidement et les poussa vers une banquette en demi-lune. Retenue par Jean, Coline le fixa comme s'il ne semblait pas réel. Heureusement, elle parvint à maîtriser ses nausées avant l'arrivée de Juliette et Lana.

Dès que celles-ci émergèrent du sas, Coline se jeta dans les bras de sa sœur en un joyeux mélange de rire, de larmes et de nausées. Lana contempla sa jupe sale et son chemisier déchiré. Elle découvrit des écorchures et des traces qui ressemblaient à des croûtes de sang mêlées de poussière. Elle tenta de lui demander pourquoi, mais Emmanuel Ducas ne lui en laissa pas le temps. Chaque équipe devait rejoindre son fauteuil, le jeu continuait. Lana se contenta donc des réponses qu'elle lut dans les yeux de sa sœur. Coline avait eu peur, mais elle s'en était sortie. C'était l'essentiel. Elle apprendrait le reste plus tard.

Nicole et Mathilde franchirent les portes du plateau à leur tour. Jean se leva et enveloppa sa mère vacillante de ses grands bras. Elle lui parut beaucoup plus âgée. Ses cheveux viraient au gris et, sans maquillage, ses rides ressortaient. Elle avançait à la façon d'une petite vieille.

– Ça va, lui souffla-t-elle avant de s'asseoir.

Mathilde souriait malgré l'appréhension qu'elle éprouvait. Chris n'arrivait pas. L'air contrarié de Juliette ne la soulagea pas. Nicole lui posa tendrement la main sur le bras.

– Ne t'inquiète pas, tu as fait ce qu'il fallait, murmura-t-elle.

Oui, pour la première fois de sa vie, Mathilde était allée jusqu'au bout des choses. Elle n'avait pas failli. Une sensation inconnue grandissait en elle, du courage. Elle ne voulait pas qu'il s'évanouisse. Elle voulait continuer à vivre avec, elle voulait le rapporter chez elle et le partager avec Chloé.

Heureusement, Adem et Chris apparurent. Mathilde se rua sur son ami qui ne la reconnut pas. Qui était cette créature hirsute et poussiéreuse qui se jetait sur lui ? Puis il partit dans un grand éclat de rire. Mathilde, il ne pouvait s'agir que de Mathilde !

Aidé d'un assistant, Adem rejoignit Juliette qui le maudit du regard. Fabienne lui fournit un sac en papier brun. Il vomissait depuis sa sortie de la machine. Il risquait de tacher le plateau.

– Vous l'avez deviné, la dernière équipe de cette manche est Pépé et Serge ! enchaîna Emmanuel Ducas puisqu'il n'y avait plus de suspense.

Autant en finir et passer aux larmes.

Les deux amis gagnèrent le studio. Guitare et sachets de gros sel à la main. Ils n'avaient pas pu dépasser Nantes. Les Allemands prévoyaient de les expédier dans des camps de travail.

« T'éternises pas dans les au revoir », le prévint Filipetti dans l'oreillette.

Ne pas casser le rythme du jeu, ne pas laisser le temps aux candidats de redevenir eux-mêmes.

Serge et Pépé prirent le chemin de la sortie à grand renfort de fumigènes et de musique digne d'un péplum. *The Big History Show* fabriquait des héros.

– Jean et Coline, venez me rejoindre ! Vous êtes les gagnants de cette première manche ! Et quelle première manche, non seulement vous avez remporté l'un des deux conforts, une magnifique moto, mais vous avez aussi survécu aux bombardements de Bordeaux pour finir premiers ! On vous félicite bien fort !

Emmanuel Ducas éclaira la caméra de son sourire blanc. Ce matin, il avait fait un détartrage. « Un sourire à un million d'euros » l'avait félicité le dentiste. Il se trouvait irrésistible. Il poursuivit.

– C’est à vous que revient l’honneur de recomposer les équipes ! Vous pouvez les modifier selon votre envie ! Réfléchissez bien ! Pensez stratégie !

Jean fixa Coline, il avait pris sa décision. Elle le sonda. Quelque chose en elle s’effilocha. Le fil tenu qui l’avait reliée à Jean allait se rompre. Elle se sentait soulagée de retrouver Lana, mais elle n’imaginait pas devenir l’adversaire de l’homme auquel elle s’était accrochée de jour comme de nuit. Les épreuves qu’ils avaient traversées ensemble l’avaient transformée à jamais. Elle avait appris à vivre avec lui, elle connaissait son odeur et des petits détails que personne ne remarquait : le dessin de ses tempes, les lignes de ses mains, le son de sa voix dans le noir. Elle ne parvint pas à parler, elle hocha la tête en signe d’acquiescement.

– Mêmes binômes qu’au départ, affirma-t-il.

– Vous êtes la meilleure équipe, si vous restez ensemble, vous avez peut-être plus de chance de remporter *The Big History Show* et le million d’euros !

– Non, on reforme les équipes du départ.

– C’est votre choix et vous l’assumez ! Je vous félicite ! Allez retrouver votre équipier ! Les premières à repartir sont Lana et Coline ! Honneur aux dames ! *The Big History Show* continue !

Fabienne et Geneviève prirent les sœurs en charge. La directrice des castings ne disposait que d’une poignée de minutes pour s’assurer de leur état. Les candidats étaient checkés par elle-même et un médecin avant de repartir. Il fallait réaliser un diagnostic émotionnel et moteur en un clin d’œil. Mais Fabienne les avait vus évoluer à l’écran, elle avait déjà détecté ce que dissimulait leurs armures de chair et entendu les vibrations de leurs cœurs. Elle savait reconnaître les murmures des corps.

Le jeune docteur prit le pouls de Lana et vérifia sa température. Il lui fit avaler des comprimés.

– Si tu es malade, on arrête le jeu ! intervint Coline.

– Ce n'est qu'une migraine, mentit Lana. Et j'ai l'impression de me sentir mieux depuis que je porte ça.

Fabienne interrogea Geneviève du regard, pouvait-elle conserver le bracelet en perles de buis de sœur Thérèse ?

– Il est en bois, plaida-t-elle.

– D'accord, mais la médaille est anachronique. On la retire.

D'un coup de ciseau sûr et précis, la costumière trancha le fil et la confia à Fabienne.

– Je la garde jusqu'à ta sortie.

Lana sourit et Fabienne détesta ce sourire. Il signifiait : si je reviens.

– C'est quoi, ces fringues ? Elles grattent ! s'écria Coline qui n'avait pas fait attention à l'expression de sa cadette.

Le sourire de Lana se transforma en vrai sourire.

– Un mantelet, expliqua Geneviève en fixant une cape de laine bleue à capuchon pointu au cou de sa sœur.

L'Émission

Chapitre 36 – Coquille Saint-Jacques

Lana et Coline atterrirent dans une clairière traversée par un ruisseau. L'herbe était grasse et les arbres en fleurs. Une brise tiède chatouillait les feuilles. À quelques mètres d'elles se dressaient deux monticules d'objets : l'un, composé d'une charrette tirée par un âne et l'autre, plus modeste, composé d'une pile de baluchons et de bâtons.

– Tu crois que c'est pour nous ? murmura Coline en respirant lentement pour se retenir de vomir.

Les yeux clos et aussi blanche qu'un linge, Lana demeura allongée dans les trèfles. Elle portait une longue robe brune et une ceinture de cuir. Sa tête était entourée d'un capuchon de lin dissimulant ses cheveux et son cou.

– Ouais, il faut attendre les autres et les infos de la prod, répondit Coline à sa place.

Deux nouveaux corps vêtus comme elles de vêtements de toile, de laine et affublés de chausses pointues se matérialisèrent. Jean aida sa mère à s'asseoir afin qu'elle reprenne ses esprits. Impossible de s'habituer à une telle chute temporelle. Lorsqu'il découvrit les sœurs, il leur adressa un regard qui retourna le cœur de Coline.

– On est au printemps, fit-il.

– Et au Moyen-Âge, compléta-t-elle. J'ai l'impression d'être fringuée comme un intermittent du spectacle du Puy du Fou.

Lana se redressa. En contemplant le visage de sa sœur, elle remarqua que Coline fixait Jean d'une façon qu'elle ne connaissait pas. Une lueur était apparue. Non, pas une lueur, un éclat. Ses yeux brillaient.

Le reste des candidats s'échoua au milieu des pâquerettes. Adem fut pris de tremblements et les reproches de Juliette ne le motivèrent pas à se ressaisir. Il fallut plusieurs minutes à tout le monde avant d'être à nouveau d'attaque.

– Ready ? demanda Chris à Mathilde en distribuant les enveloppes de la deuxième manche.

Ils étaient partis les derniers parce qu'il avait fallu la recoiffer entièrement. La coiffeuse, le front luisant de sueur, s'était échinée à démêler sa tignasse avant de capituler et de la dissimuler sous un foulard en tissu épais.

Vous êtes le 23 mai 1431 aux environs de Rouen.

Dans quelques jours, Jeanne d'Arc sera brûlée sur la place du Vieux Marché. Selon la légende un soldat anglais lui offrit une croix de bois qu'elle glissa dans son corsage avant de monter sur le bûcher.

Les premières équipes qui parviendront à remettre une croix à l'un de ces soldats seront qualifiées. Si l'une d'elles est remise à Jeanne d'Arc, l'équipe qui l'aura fabriquée bénéficiera d'un confort pour la manche suivante.

Afin de vous permettre de pénétrer la ville sans risquer d'attirer l'attention, vous serez répartis en deux groupes : pèlerins et marchands. Les gagnants de la manche précédente procéderont à la répartition. Deux équipes par groupe.

Coline releva la tête et croisa le regard de Jean. Nul besoin de se concerter, ils s'uniraient à nouveau.

– Pèlerins ou marchands ? demanda-t-il.

Avec son voile, Nicole paraissait très âgée. Elle trancha pour tout le monde.

– Soyons fair-play. Nous sommes trois femmes et

un homme contre deux hommes et deux femmes. Il vaut mieux que nous soyons des pèlerins. Les femmes ne voyageaient pas pour faire du commerce.

Jean approuva, il ne voulait pas tellement s'occuper d'un âne.

– Oui et comme ça, on n'aura pas à gérer la marchandise.

De son côté, Juliette fit la grimace, non seulement on lui avait collé sur le dos une robe sans forme et un genre de turban hideux, mais en plus elle allait se coltiner une greluche qui attraperait les poux des gueux du coin.

Chris caressa le museau de l'animal tandis que Mathilde et Adem inspectaient le contenu de la charrette. Le jeune homme allait un peu mieux. Chris fut soulagé de le voir marcher. Cette fois-ci, il aurait plus de chance de gagner l'épreuve. En 1940, ils s'en étaient tirés de justesse. Quant à sa copine, si l'on pouvait appeler cela une copine, il devrait faire avec. Les pestes n'étaient-elles pas considérées comme sorcières au XVe siècle ? Si elle lui tapait trop sur les nerfs, il y aurait peut-être une place sur le bûcher à côté de Jeanne d'Arc ?

– Des fourrures et des peaux ! s'exclama Mathilde.

– On va refouler la belette et le renard ! railla Juliette.

– On les vendra dès qu'on sera à Rouen, la rassura Chris en pensant que c'était plutôt la sienne à elle qu'il avait envie d'écorcher et de solder.

À l'autre extrémité du champ, Jean, Nicole, Coline et Lana découvrirent des bâtons ornés de coquilles Saint Jaques ainsi que des baluchons en guise de vanity médiéval.

– Nous sommes des pèlerins en route pour Saint-

Jacques-de-Compostelle, constata Nicole.

– Il y a une bourse !

– C'était quoi, la monnaie à cette époque ? réfléchit Coline en inspectant les pièces.

– Des deniers et des sols, expliqua Nicole pas peu fière d'être utile.

– Comment tu sais tout ça ?

– La retraite, ça laisse du temps pour lire…

– On garde la séquence pour les best off ? demanda la scripte à Filipetti.

– Oui, les plus de cinquante ans représentant une part considérable des téléspectateurs. Et il y a un sponsor aussi… pour quoi déjà ?

– Des fuites urinaires, soupira Édouard en se rappelant que l'argent n'avait pas d'odeur.

Chapitre 37 – Rosa, rosae, rosum

Les candidats n'eurent aucun mal à trouver la cité. Une seule route, probablement une ancienne voie romaine, longeait la Seine et menait à Rouen. Ils traversèrent des faubourgs composés de huttes et de jardinets avant d'atteindre des remparts et un immense pont en arche de pierres. Sur les berges, des hommes chargeaient et déchargeaient des barques ou des navires de bois. Le port dégageait une odeur de vase et de pourriture.

Coline serra son bâton de pèlerin en contemplant des marins qui roulaient des tonneaux de vin. Une petite brise fit tinter son coquillage.

– Il y a des gardes à l'entrée. Ils fouillent les voyageurs, les alerta Jean.

Ils s'arrêtèrent afin d'évaluer leur nouvel environnement. Jean qui avait dissimulé la bourse entre sa cotte et son pourpoint s'imprégna du lieu avant de poursuivre.

– On laisse l'autre équipe se présenter la première, décida-t-il.

L'âne les dépassa. Juliette, assise au milieu des peaux, les toisa telle une reine chasseresse.

– Bécasse, grommela Nicole sans se soucier de la caméra qui diffusait ses propos à des millions de téléspectateurs.

Un soldat anglais vêtu d'une cotte de mailles recouverte d'une tunique ocre à croix rouge ordonna à la charrette de s'immobiliser. Mathilde tira sur les rênes de l'animal. L'homme se dirigea vers l'équipe des marchands en gesticulant et en parlant fort. Il n'avait pas l'air hostile, mais comme Mathilde ne saisit pas ce qu'il débitait, elle se sentit coupable. Elle imagina qu'il allait les jeter au cachot sur le champ. Il se rapprocha. Il sentait le vin et la saleté. Mathilde baissa les yeux et enfouit son nez dans le voile qui lui entourait le crâne et la gorge.

– Nous sommes des marchands, intervint Chris en désignant les peaux qu'ils transportaient.

Impossible de se souvenir des quatre mots de latin étudiés au collège. Ils allaient devoir assumer leur statut d'étranger. Et pas seulement, à côté de cet homme, il avait la taille d'un géant. Mathilde aussi le dépassait d'une tête.

Le garde tâta la marchandise d'un air circonspect. En découvrant Juliette, il lui attrapa le mollet. Elle se dégagea d'un coup de pied et il se mit à ricaner grassement.

– Bouffon de rosbif ! lança-t-elle en sautant de la charrette.

Mathilde s'agrippa à l'âne. Oui, ils finiraient pendus sur la place publique. L'Anglais riait toujours et apostropha Chris avant de leur ordonner d'avancer.

– Je crois que nous devons payer une sorte de taxe pour avoir le droit de vendre nos produits, fit-il. Venez, on rentre dans la ville !

À l'autre bout du pont, l'équipe des pèlerins se figea en apercevant Juliette insulter le soldat anglais. Les choses se compliquaient, pas le droit au moindre faux pas.

– Ayons l'air sûrs de nous, les motiva Jean. Nous sommes pieux, nous sommes respectables.

– Lana ne se sent pas bien, s'inquiéta Nicole. Nous devons trouver une auberge au plus vite.

– On va tenter de se renseigner.

Coline soutint sa sœur. Son état de santé

commençait à l'inquiéter. Lana lui cachait-elle quelque chose de grave ?

Chris referma sa bourse et s'adressa au collecteur.

– Auberge ? articula-t-il le plus lentement possible.

L'homme qui venait d'encaisser son argent après avoir inspecté les peaux lui indiqua une direction. Il lui manquait des dents et ses sourcils foisonnaient. Chris le gratifia d'un merci et d'un signe de tête. Il se sentait à la fois dans un pays étranger et dans un son et lumière plus vrai que nature.

– J'ai compris qu'il fallait aller en face, fit Mathilde qui n'avait toujours pas lâché la bride.

– Il a parlé d'une couronne, non ?

Juliette, remontée sur son trône de fourrure, boudait. Adem proposa à Mathilde de l'aider avec la bête.

Les rues étaient bondées et puantes. Ils eurent du mal à se frayer un passage. Autour d'eux, une faune de marchands ambulants, de piétons pressés, de gardes, de marins et de petits vendeurs se pressait. Des femmes discutaient avec les passants depuis leurs fenêtres et des commerçants arrangeaient leurs étals.

– J'ai faim, lança tout à coup l'étudiante en art que ni le bruit ni la pestilence ne semblaient incommoder.

Chris prit cela comme un ordre et se maîtrisa pour ne pas la remettre à sa place. Il sortit deux pièces de la bourse et les lui tendit sans savoir si elles suffisaient. Il n'était pas encore capable de calculer la conversion euros/deniers.

– Tiens, va acheter un truc à manger !

Juliette ne se démonta pas et saisit la monnaie en se laissant glisser de la charrette. Elle s'éloigna et Chris se demanda s'il avait bien fait. Qui sait ce qui pouvait lui arriver ou, pire, ce qu'elle pouvait déclencher ? Il espéra qu'elle ne rencontre plus de gardes anglais.

Cinq minutes plus tard, elle revint en brandissant quatre petites boules blondes odorantes.

– Regardez, des gâteaux au miel ! Ils sont délicieux ! Et ça ne m'a coûté que deux deniers !

Elle rayonnait. Chris la remercia et la pria de parler moins fort. Il n'avait pas envie d'attirer l'attention, il savait ce qu'attirer l'attention pouvait provoquer.

Juliette ne s'arrêta pas là et leur présenta un jeune garçon qui portait un plateau garni des mêmes gourmandises.

– Je lui ai parlé de la couronne, il connaît ! Pour un denier, il nous montre le chemin.

Le reste de l'équipe fut stupéfait. Moyen-Âge crapoteux ou pas, les choses ne traînaient pas avec Juliette. Elle représentait une sérieuse rivale.

Chapitre 38 – La Couronne

En longeant les halles de boucheries, Mathilde resserra son voile autour de sa bouche et de son nez. Les effluves de viande et de sang lui provoquèrent des haut-le-cœur. Des carcasses d'animaux à l'air libre et des étals à la propreté incertaine s'alignaient comme les stands d'un salon de l'agriculture qui aurait mal tourné. Elle n'avait jamais imaginé que la viande puisse avoir cette odeur. Elle était bien loin des cordons bleus de Chloé. Ne pas penser à sa fille ! Rester en mode survie. Elle s'accrocha à l'âne. Heureusement, le petit vendeur de rue les guida le long d'une église donnant sur une large place bordée de maisons à colombages et de murets en pierres. Mathilde respira à nouveau. Le bleu du ciel l'aida à chasser le parfum âcre qui se frayait un chemin à travers sa tignasse et s'incrustait dans son crâne. Le gamin pointa du doigt une enseigne en fer représentant une couronne et l'âne cessa d'avancer. Ils étaient arrivés. L'auberge se dressait devant eux.

Chris donna les sous promis au garçon qui s'envola sur le champ, emportant ses gâteaux dans le flot de passants.

– Adem et moi, on garde la charrette, proposa Mathilde.

Juliette était déjà entrée et Chris la suivit. Il faisait beaucoup plus sombre à l'intérieur. Un parfum de soupe froide flottait dans la pièce principale composée de deux grandes tables, de bancs, d'un foyer et d'un escalier. Un homme coiffé d'un chaperon vert foncé passa la porte de ce qui semblait être une cuisine. Il avait de l'embonpoint et leur lança un bonjour. Juliette posa comme une madone et Chris se força à sourire.

– Nous voulons une chambre, se lança-t-il en insistant sur ce dernier mot.

L'aubergiste les examina de la tête aux pieds et Chris se raidit. Non, ils n'étaient pas ce qu'ils prétendaient être. Oui, ils étaient des escrocs, ils étaient des voleurs de temps.

– Nous sommes quatre, enchaîna-t-il en levant quatre doigts.

L'homme jeta un coup d'œil à travers le verre plat et soufflé des fenêtres puis cria en direction de la cuisine. Une jeune fille vêtue d'une cotte couleur de prune et d'un tablier apparut. L'aubergiste lui ordonna de s'occuper de l'âne.

– Je crois qu'il faut qu'on le paie, lança Juliette sur le ton d'une maîtresse d'école.

Chris sortit sa bourse et se fit confirmer le prix de la chambre.

– J'ai compris cinq deniers par jour.

– P'tit déj continental inclus, railla Juliette en tendant elle-même l'argent à leur hôte.

La chambre se situait à l'étage et donnait sur la place. Elle n'était meublée que d'un lit composé d'un châlit surmonté d'un dais, d'un coffre, d'une table en bois et de deux sièges ressemblant à des tabourets avec accoudoirs.

– Madame, votre « faudesteuil », roucoula Chris en imitant l'accent de l'aubergiste.

– Quand ils parlent, on dirait un mélange de patois, de français et d'italien, lança Adem.

– Moi, je trouve qu'on ne se débrouille pas trop mal, se félicita Chris.

Juliette les interrompit.

– On va demander une deuxième chambre, il faut

partager la bourse et on fera pareil quand on aura vendu les peaux.

Maintenant qu'ils étaient installés au XVe siècle, la compétition reprenait ses droits. Chris versa les pièces sur le lit et les répartit en deux tas identiques. Il n'allait certainement pas retenir Juliette.

Lorsque les étudiants eurent quitté la chambre, Mathilde ouvrit la fenêtre et contempla la place à ses pieds. Enfin seule avec son Chris. Ils n'étaient jamais vraiment partis en vacances ensemble. Ils vivaient le plus beau, le plus intense voyage de toute leur vie. Mais aussi le plus dangereux.

– C'est quoi la plateforme ronde là-bas au milieu ?

Chris se rapprocha.

– Un pilori, je crois.

Ils prirent conscience qu'ils assisteraient bientôt à une exécution.

– Alors c'est la bonne place, celle du vieux marché. C'est là qu'ils vont la brûler.

Chris hocha la tête.

– On sera aux premières loges.

L'Émission

Chapitre 39 – Puella

Nicole, Coline et Lana éclatèrent de rire devant les efforts effrénés de Jean pour attacher ses vêtements. L'équipe des pèlerins avait trouvé refuge dans une auberge bondée dont ils n'avaient pas saisi le nom, mais dont l'enseigne représentait un genre de cygne au cou tordu.

– Ce sont des braies ! Comme un slip avec un lacet, s'esclaffa Nicole.

– C'est pas ça, le problème ! s'énerva-t-il. C'est ces espèces de chaussettes de cuir qu'il faut attacher à ce truc !

Nicole vint à son secours tandis que Coline, allongée sur le lit aux côtés de sa sœur, se tordait de rire.

– Ça s'appelle un grippon. Tu le mets sur ta chemise et il sert de bretelles pour les chausses.

– Dès que je rentre, j'enfile un jogging !

Ils avaient décidé de partager la même chambre et de ne pas se séparer. L'union faisant la force, ils se battraient à quatre contre le groupe des marchands. Surtout que Lana avait besoin d'aide. Elle s'était effondrée sur le lit avec une violente douleur au crâne. Malheureusement, sans médicaments, Nicole et son expérience n'y pouvaient rien. Le plus inquiétant n'était pas la souffrance qui se lisait sur son visage, mais sa résignation. Lana avait abandonné. Lana ne tenait le coup que pour sa sœur. Tout ça, c'était pour Coline.

Coline. Jean ne pouvait plus imaginer *The Big History Show* sans elle. Il ne pouvait pas expliquer ce sentiment né dans une cave inondée de Bordeaux en juin 1940 et sur une moto fuyant la France dans le chaos.

– Il est l'heure d'aller dîner, suggéra Nicole, lorsqu'il fut rhabillé.

– Demain, on va te trouver des médocs, murmura Coline à Lana.

– Ça ne servira à rien et ça risque d'être pire si on me fait avaler n'importe quoi.

– On va essayer et si vraiment le pharmacien…

– L'apothicaire ! la corrigea Nicole.

– Si l'apothicaire a une drôle de tronche, on laisse tomber, promis.

Lana les poussa à aller manger sans elle. Elle avait besoin de fermer les yeux. Son passage dans le sas temporel l'avait vidée de ses forces.

– Vania, tu as bien vérifié la décharge de responsabilité de Lana auprès du service juridique ? s'inquiéta Frank Boulard devant l'écran géant du hall de France 1er.

– Oui, on est en règle. Les poursuites sont impossibles.

Il n'avait pas besoin d'un procès sur le dos. Les procès se révélaient systématiquement longs et pénibles. Surtout ceux qui concernaient la santé. Il n'était pas un homme de morale. Il n'était pas un homme de long terme. Il était un homme de résultat immédiat. Il ne fonctionnait qu'à l'efficacité.

– Ok, envoie un mail à Édouard pour dire qu'on passe les States en troisième manche. Le Moyen-Âge, ça manque de rythme.

– Il s'agit de Jeanne d'Arc quand même !

– Pour ce qu'on va la voir ! On aura plus de plans de sa carcasse que de ses fesses ! Sans compter que le CSA n'attend que ça pour nous tomber dessus.

Vania griffonna un post-it. Elle n'avait jamais été

très forte en histoire, son domaine à elle c'était les maths.

Chris apprit vite qu'au XVe siècle, on faisait aussi du business dans les auberges. Le lendemain, on vint le trouver pour marchander ses peaux et ses fourrures. Heureusement, en vingt-quatre heures, il avait pris ses marques. Il savait qu'une pinte de vin coûtait douze deniers et une douzaine de poires, deux sols. Après tout, au XXIe siècle, il tenait un commerce.

– Ils montent des estrades près du cimetière, le prévint Mathilde en rentrant de son tour en ville.

– Je croyais qu'elle devait être brûlée sur la place ?

– J'ai entendu des gens qui disait « puella », je crois que ça signifie pucelle. J'imagine que c'est pour elle.

Chris la dévisagea. Mathilde se débrouillait mieux ici que dans sa vie parisienne. Elle n'avait pas eu peur de sortir seule alors qu'à chaque fois qu'elle prenait le métro, il lui arrivait des bricoles.

– Bien joué, mémé ! On ne raconte rien à Juliette et on va surveiller le cimetière. On ira y faire un tour en fin d'après-midi.

Mathilde sourit à pleines dents. Parmi les chicots et les mâchoires édentées, elle possédait une bouche d'actrice oscarisée.

L'Émission

Chapitre 40 – Bourreau

En sortant de la boutique de l'apothicaire qui les avait délestés de plusieurs sols pour une poudre jaunâtre malodorante, Jean et Coline tombèrent nez à nez avec Chris et Mathilde.

– Comment ça va ?

– On a acheté des médocs pour Lana. Nicole est restée avec elle, leur expliqua Coline. Et vous, Juliette ne vous rend pas trop dingue ?

– Ils font bande à part, mais ça nous va.

– Il faudrait l'éliminer.

Chris lança un regard à Mathilde qui signifiait « On les met au courant ? ».

– Ils dressent des estrades à côté d'une église, chuchota-t-elle comme si Juliette risquait d'apparaître au milieu des échoppes.

– On n'a pas eu le temps de trouver des croix ! s'écria Jean.

– Nous non plus, on va juste voir ce qui se passe. Il n'y a pas encore de bûcher. Venez avec nous si vous voulez.

Coline estima que vu la teinte douteuse du remède, Lana pouvait attendre. Ils emboîtèrent le pas à Chris et Mathilde.

Le cimetière encerclait l'abbatial de Saint-Ouen. Mathilde avait raison, la population se pressait déjà autour des estrades protégées par des soldats anglais identiques à ceux du pont. Un évènement se préparait.

Soudain, un murmure prit de l'ampleur. Comme ils étaient plus grands que la plupart des habitants de Rouen, ils distinguèrent nettement un mouvement foule autour d'un groupe d'hommes portant des vêtements de religieux ou de notables qui prirent place sur la scène. Puis, dans le brouhaha, les gardes traînèrent une femme au milieu des tombes et la poussèrent sur les planches de bois. Les candidats prirent conscience qu'ils assistaient à un mauvais spectacle. Une farce douteuse à une époque où l'expression « happy end » signifiait écartèlement et tête tranchée. Coline se serra contre Jean qui lui passa un bras autour des épaules.

La jeune fille, les cheveux courts et vêtue d'une cotte noire, baissait la tête. Elle murmurait d'inaudibles paroles pour elle-même. Une incantation ou une prière.

– C'est elle, souffla Mathilde avec émotion.

Une clameur s'éleva lorsqu'un homme d'une cinquantaine d'années grimpa à son tour sur l'estrade. Il tenait des instruments qui ne laissaient aucun doute quant à leur utilisation.

– Le bourreau, fit Jean en se raidissant tandis que les gens autour de lui se montraient visiblement excités de le voir.

Coline se demanda qui était la véritable vedette de ce show humiliant et Chris tenta d'imaginer combien de sols il serait payé pour torturer la jeune femme brune qu'on exhibait sans scrupules.

L'évêque, habillé de rouge, déroula un parchemin et se mit à lire à haute voix. Les habitants s'agitèrent sans qu'aucun des candidats comprenne le moindre mot.

– On dirait un procès, les chefs d'accusation, constata Chris.

– On connaît le verdict, s'émut Mathilde.

– Il n'y a pas de bûcher, ce n'est pas pour aujourd'hui.

Chris avait raison. Il ne s'agissait que d'une parade,

d'une mise en bouche. On offrait Jeanne à la vue du peuple. Une fois la lecture achevée, le bourreau la menaça. Il ressemblait à un personnage de Guignol affublé d'un bâton sauf qu'à cet instant tout était vrai. Un seul ordre et il lui brisait les os des bras et des jambes. Chris et Mathilde avaient découvert le pilori, c'était de cette façon qu'on réglait les comptes en 1431. La jeune femme finit par signer le parchemin. Ses mains tremblaient. Impossible de savoir si elle savait réellement écrire et si elle avait le choix.

L'Émission

Chapitre 41 – Croix de bois, croix de fer

La femme de l'aubergiste posa une écuelle de soupe sur la table de la chambre et s'adressa à Nicole :

– Repaissance.

Elle voulut ajouter quelque chose, mais ne trouva pas les mots. Plusieurs siècles de vocabulaire les séparaient. Doucement, elle s'approcha du lit et souleva le poignet de Lana.

– Curation ? s'enquit-elle en désignant le bracelet de perles de buis.

– Oui. Malade. La tête.

Nicole tenta de la rassurer. Cette femme, bâtie comme une armoire, dont le corsage retenait une formidable poitrine possédait des airs de nourrice. La tavernière posa délicatement ses gros doigts sur le front de Lana. Son geste n'appartenait à aucune époque. Elle hocha la tête et se leva pour sortir. Avant d'ouvrir la porte, elle leur lança.

– Dieu vous gart de mal.

Lorsqu'elle eut disparu, Nicole apporta le potage.

– Tu dois manger.

Lana se força à avaler le breuvage ressemblant à de la purée de légumes liquide versée sur des morceaux de pain.

– Je me sens déjà mieux. Demain, j'irai avec vous chercher une croix.

– Nous nous rendrons dans le quartier des ébénistes. Plus la croix sera belle, plus nous aurons de chance qu'un soldat l'accepte.

– Il en faut deux.

Nicole sourit. Elle avait déjà oublié qu'elles étaient concurrentes. Elle voyait plus Lana comme sa fille que comme une adversaire. La jeune femme suivit le cours de ses pensées.

– Celle qu'il faut bouter hors du jeu, c'est Juliette !

À l'autre extrémité de Rouen, l'étudiante en histoire de l'art n'avait pas perdu de temps. Assise avec Adem dans la forge d'un haubergier, Juliette se bouchait les oreilles tandis que l'homme frappait à grand coup de marteau le morceau de bronze posé sur l'enclume qui deviendrait leur passeport pour la troisième manche. Au-dessus de leurs têtes pendaient des cuirasses et des cottes de mailles ainsi que des outils, des lames et des casques.

Dans le bruit des coups et des soufflets actionnés par un jeune garçon aux mains noires, les deux amis assistaient au spectacle du métal devenant objet. Ils avaient réussi à négocier avec ce forgeron spécialisé en hauberts. La croix viderait leur bourse, mais Juliette avait estimé que si l'objet était précieux, ils auraient plus de chance. De toute façon, elle préférait dépenser son argent ici que sur les étals malpropres des tripiers ou des poissonniers.

– La légende raconte qu'il s'agissait d'une croix de bois, osa intervenir Adem.

– On s'en fiche ! On cherche à se qualifier pour la prochaine manche et déguerpir de cette ville puante. La fin justifie les moyens !

Le forgeron leur fit comprendre que l'objet était loin d'être achevé.

– Il veut qu'on revienne demain.

– Ok, mais si la croix n'est pas prête, il n'aura pas son fric ! clama Juliette en se redressant.

De toute façon, elle en avait marre du boucan et de la chaleur. Elle se trouvait sale, elle avait besoin d'un bain et d'un shampoing, car elle ne s'était pas lavée depuis le couvent. Ses cheveux étaient gras et le chaperon n'arrangeait rien.

De retour à la Couronne, Juliette se mit en quête de la servante afin de réclamer de l'eau propre.

– Il n'y a que les seaux qu'elle rapporte de la fontaine, la prévint Adem qui savait déjà qu'elle n'obtiendrait rien.

– Qu'est-ce qu'elle baragouine ?

La jeune fille tentait manifestement de leur expliquer où trouver de l'eau. Devant leur air désabusé, elle essuya ses mains dans son tablier et entraîna Juliette par le bras. Elle les guida vers un porche dans la rue du petit mouton.

– Des bains publics ! s'écria Adem. Pareil que chez mes grands-parents en Algérie qui vont au hammam une fois par semaine !

– Je crois que c'est réservé aux filles, elle n'a pas l'air de vouloir te laisser entrer !

– Normal ! Les hommes et les femmes ne se mélangent pas. Au moins, tu vas pouvoir te laver.

L'étudiante ne se fit pas prier.

– Si c'est comme chez toi, j'espère que je n'attraperai pas le paludisme ! lança-t-elle avant de disparaître dans les étuves.

L'Émission

Chapitre 42 – Hi Han !

Avant de regagner leur chambre, Chris et Mathilde vérifièrent que l'âne se trouvait toujours dans la courette jonchée de fientes et de paille qui hébergeait les animaux domestiques de l'aubergiste, soit un cochon, un chien et quelques poules en liberté. Leur monture avait été attachée dans un coin.

– Qu'est-ce qu'on va en faire ? soupira Mathilde en lui caressant les oreilles.

– Quand on partira, le patron sera content de le récupérer.

– Tu crois qu'ils l'ont envoyé par le sas temporel ?

Chris éclata de rire.

– Il a dû avoir la nausée et des pertes d'équilibre lui aussi !

– Change d'équipe ! Change d'équipe ! cria Édouard à Filipetti en espérant qu'il ne soit pas trop tard.

Si les ligues de protection des animaux découvraient la séquence, ils étaient bons pour des heures de justifications et d'attaques en tout genre. L'année précédente, un candidat juif avait égorgé une chèvre selon le rituel casher et *The Big History Show* avait manqué de peu d'être arrêté.

Des roses s'échappaient des murs d'un couvent. Coline et Jean entendirent une cloche sonner et des pas se hâter.

– On devrait rentrer, nous aussi, murmura-t-elle sans conviction.

Ils s'étaient promenés dans la cité après l'épisode

de l'estrade. Parce qu'ils ne connaissaient pas leur chemin et parce qu'ils ne se sentaient pas si pressés que cela. Ou peut-être parce qu'ils avaient besoin de rester ensemble encore un peu. Tous les deux, hors du temps.

– Qu'est-ce qui se passe avec Lana ? s'enquit Jean.

Coline frissonna. Alors c'était vrai, il y avait quelque chose, lui aussi l'avait remarqué.

– Je ne sais pas, elle ne me parle pas.

– Le sas temporel n'est pas la seule cause.

Des larmes brûlèrent les yeux de Coline. Et si cela était beaucoup plus grave ? Et si Lana allait vraiment mal ?

– Ta mère en pense quoi ? demanda-t-elle d'une toute petite voix.

– Elle n'est pas médecin, mais elle a vu suffisamment de gens souffrir de toutes sortes de douleurs pour affirmer que la place de Lana n'est pas ici. La place de Lana se trouve dans un hôpital du XXIe siècle.

Pourquoi Lana faisait-elle cela ? Pourquoi s'obstinait-elle ? Coline ne comprenait pas. Lana se fichait de l'argent et de la célébrité. Elle ne s'intéressait pas vraiment aux jeux télé et encore moins à l'histoire. Sa sœur n'aimait que les chevaux et la campagne. Pourquoi avait-elle absolument tenu à participer à *The Big History Show* ?

Chapitre 43 – La bourse ou la vie

– Ça bouge dehors ! s'exclama Mathilde en ouvrant la fenêtre le lendemain matin.

Chris constata qu'il régnait une effervescence différente des jours précédents. On aurait dit que le festival de théâtre d'Avignon s'était déplacé là et qu'on préparait la scène du palais des Papes. En effet, de nouvelles estrades de bois s'élevaient le long de l'église Saint-Sauveur et des soldats anglais promenaient leur tunique rouge le long de la place. Les petites vendeuses de cierges s'étaient envolées.

– Ils entassent des fagots.

– C'est quoi, ça ?

– Un soubassement en plâtre. Sans doute parce qu'il ne prendra pas feu. Comme ça, tout le monde pourra bien la voir brûler.

Ils contemplèrent un instant les préparations macabres de l'histoire. Une foule de curieux allait et venait. Impossible de savoir réellement si les habitants se réjouissaient ou s'ils désapprouvaient.

– Il faut qu'on se dépêche de trouver une croix, décida Chris en empochant la bourse pleine à craquer.

Mathilde plaqua ses cheveux sous son bonnet. Elle avait tenté de les laver hier soir avec un jus d'herbes que la servante lui avait proposé et acheté un peigne en corne qui semblait assez robuste pour s'attaquer à sa toison.

– Si la prochaine manche est l'ère glaciaire, on pourra te confondre avec un mammouth laineux ! s'était moqué Chris en tentant de l'aider.

– Bas les pattes !

En sortant, ils tombèrent nez à nez avec Adem et Juliette qui remontaient l'étroit escalier. Ils portaient un paquet.

– C'est pour bientôt ! lança Chris qui malgré la perspective de voir une femme brûler vive se sentait de bonne humeur.

– Vous avez votre croix ? se renseigna Juliette.

– Non, on y va.

Chris et Mathilde devinèrent que les étudiants les avaient devancés. Ils n'eurent aucun doute sur le contenu de leur colis. Juliette ne chercha même pas à les duper et le déballa devant eux avec fierté. Ils furent saisis par l'éclat de la croix. L'objet lustré brillait tel un bijou. Ils restèrent sans voix et l'étudiante en histoire de l'art jubila.

– Pas mal non ? Je ne pense pas que vous aurez le temps d'en faire fabriquer une aussi belle.

Mathilde accusa le coup tandis que Chris fronça les sourcils. Hors de question de se laisser déstabiliser par cette petite pétasse pourrie gâtée.

– Elle n'est pas en bois.

– Le message ne spécifiait pas qu'il fallait obligatoirement qu'elle soit en bois. Il faut juste qu'un garde l'accepte. Je pense qu'on est bien partis !

– Tant mieux pour vous alors.

Il avait la gorge sèche. Elle allait voir de quel bois justement il se chauffait.

Une fois dans la rue, il rumina. Il se ficha des bousculades et des passants qui le pressaient comme un raisin. Le sang bouillonnant, il zigzagua entre les marchands ambulants qui proposaient des poêlons de tripes ou des brioches à emporter. Il ne voulait pas perdre. À une époque, il aurait détesté le contact physique et les odeurs corporelles des gens qu'il croisait. Un homme manqua de le renverser et le retint de justesse. Il ne s'en offusqua pas. Il avait un but à atteindre. Derrière lui, Mathilde le suivit avec difficulté. Chris ne s'arrêta que lorsqu'il eut trouvé le quartier des menuisiers. Il se planta devant un atelier d'où s'échappaient des parfums de sciure et de résine puis s'efforça d'expliquer ce qu'il désirait. Ce n'est qu'au moment de discuter le prix qu'il s'aperçut que sa bourse avait disparu.

L'Émission

Chapitre 44 – Boom !

Jeff supportait mal qu'un autre que lui pose les mains sur la machine. Mais Franck Boulard ne put s'en empêcher. Dans la cabine des commandes, il laissa ses doigts traîner partout. Le Belge n'aima pas ses mains. Elles n'étaient pas les aériennes pattes de libellule de Geneviève ou les paluches géniales de sculpteur de Rémi, elles appartenaient à un crabe : des pinces de stockbroker ou de percepteur.

– Le temps d'extraction d'un candidat est de combien exactement ? se renseigna le responsable jeux de France 1er en tapotant un cadran.

– Pratiquement immédiat. Trois secondes.

– Édouard trouve ça trop risqué pour la prochaine manche.

Édouard se garda bien de commenter. Il laissa Franck Boulard interroger Jeff, c'était encore la meilleure façon qu'il se rende compte du risque qu'il envisageait de faire courir aux candidats.

– Le souci est qu'on ne peut pas avoir plus de deux personnes en même temps dans le sas, expliqua le machiniste. S'ils se retrouvent au même endroit et qu'il y a une explosion, on ne les ramènera pas tous.

– On ne peut pas faire ce choix…, intervint Édouard en se demandant où était Vania qui sans doute maîtrisait les statistiques et qui aurait pu leur faire un schéma sur les probabilités de survie des candidats.

– Alors, ils ne partiront pas du même point, trancha Franck Boulard.

– Il faut qu'ils aient la même distance à parcourir, on ne peut pas en privilégier certains.

– On va reprendre les plans et le déroulé chronologique seconde par seconde pour voir comment on peut les dispatcher. Je vais mettre Vania sur le coup. Merci Jeff pour ces explications.

Édouard tenta de protester, mais Franck avait déjà quitté le poste de pilotage. Ce n'était pas une négociation, c'était une Alésia. Un caprice qui servirait le prestige et l'égo du responsable des programmes jeux de France 1er lors de dîners mondains.

– Ça craint, murmura Jeff.

Édouard secoua la tête :

– On devra être réactif. Tu dois avoir plus d'écrans et un retour régie. Il faut qu'on se blinde.

Il le laissa pensif dans son t-shirt jaune poussin et retrouva Filipetti en compagnie d'Emmanuel Ducas qui ne paraissait pas d'accord sur la chemise du prochain direct. Édouard se dit que le présentateur devrait échanger ses tenues avec celles de Jeff, pour voir…

Chapitre 45 – À sec

– Je ne peux pas décider seul, il faut que je demande à Juliette, se défendit Adem.

« Il faut que tu demandes l'autorisation à Juliette… », corrigea mentalement Chris.

– On sait combien vous avez gagné avec les peaux, on sait que vous avez assez pour finir la manche, on vous demande juste d'être fair-play. Vous n'avez pas besoin d'autant d'argent et nous, on n'a plus un rond !

– On nous a dérobé la bourse, surenchérit Mathilde qui avait retiré son chaperon comme on libère de la volaille.

– Je suis désolé.

Il s'excusait déjà alors qu'il n'avait encore rien demandé à sa copine. Chris eut envie de le secouer, de lui rappeler qu'il avait sauvé des vies sur une route d'exode en 1940 et qu'il valait mieux que cela, qu'il n'était plus un béjaune.

La porte s'ouvrit et l'étudiante apparut tenant deux écuelles de bois à la main. En un clin d'œil, l'espace de la chambre se rétrécit. Chris détecta la nuée de caméras prenant possession de l'air.

– On a besoin de votre aide, se lança-t-il comme s'il risquait de bientôt manquer d'oxygène. On nous a volés. On n'a plus de quoi payer la chambre, les repas et la croix.

Juliette posa les assiettes et croisa ses bras sur sa poitrine. Sa cotte propre sentait le frais. Le XVe siècle, elle maîtrisait.

– Dommage pour vous.

Adem ne tenta même pas de plaider leur cause. En trois mots, elle avait balayé leurs espoirs. Mais ce que détesta le plus Chris, ce fut son rictus. Dommage pour vous et tant mieux pour nous. En une seconde, ils étaient passés de concurrents à perdants. Et dans ses yeux, il pouvait lire « bye bye ! ».

– Viens mémé, on s'en va !

Il prit Mathilde par le bras et l'entraîna le plus loin possible. Ils dévalèrent l'escalier pentu et traversèrent la place où s'élevait l'énorme bûcher. En arrivant aux halles de boucheries, ils furent pris à la gorge par l'odeur de chair et de tripes à l'air. Chris pensa qu'après tout, c'était le bon endroit pour vomir.

– On va demander à Jean et Coline, proposa Mathilde en se tenant la bouche et le nez.

– On ne sait pas où ils logent.

– Ils ont évoqué un cygne au cou tordu, on va regarder les enseignes. De toute façon, on n'a plus le sou.

– Je ne peux pas croire qu'on soit éliminés à cause d'une connerie pareille !

Devant eux, un groupe de chiens se battant pour une carcasse nauséabonde fut dispersé à coups de pied par un adolescent en tablier sale teinté de sang.

Ils firent le tour de Rouen avec rage. La ville vibrait. Un évènement se préparait. De quartier en quartier, une atmosphère de fête et de crainte se répandait. Les vendeurs d'armes, de bière, de bijoux et de pâtés de viandes paraissaient survoltés. Chaque habitant semblait sous tension et des soldats anglais patrouillaient constamment. Certaines rues se vidaient sous leurs ordres. Il fallait ranger les étals, rentrer les enfants qui jouaient à la toupie et débarrasser le passage. Un tracé se dessinait.

– Là ! s'écria Mathilde en apercevant l'auberge.

– Dis donc, on dormait dans un trois étoiles nous à côté de leur bouiboui !

Ils n'eurent pas besoin de se faire comprendre par la matrone qui les accueillit. À leur aspect et à leur langage, elle devina aussitôt qui ils cherchaient.

Ils découvrirent les autres concurrents entassés dans une minuscule pièce éclairée par une fenêtre de nain qui renforçait l'impression du manque d'espace et du peu de lumière. Nicole faisait sécher du linge sur un fil de fortune entre le dais et l'encadrement de la porte.

– Chris et Mathilde ?

– On nous a volé notre argent… On est à la rue et on n'a plus de quoi payer une croix.

Jean leur offrit des tabourets et Coline leur servit du vin dans deux pots en terre cuite.

– Ça va vous faire du bien. Impossible de trouver de l'eau qui ne soit pas douteuse. Depuis qu'on est arrivé, on se croirait le week-end du Beaujolais nouveau.

– Bandeau : « l'abus d'alcool est dangereux pour la santé », annonça la scripte à Filipetti en appuyant sur un bouton.

– Merci, on en a besoin. Juliette et Adem nous ont envoyés balader !

Mathilde avala une grande gorgée. D'habitude, elle ne buvait que du Malibu Coca ou du Martini blanc pour l'apéro, mais il n'était plus temps de chipoter.

– Vous pouvez rester avec nous, proposa Nicole. S'il y a de la place pour quatre alors il y en a pour six.

– Merci.

– Par contre, notre bourse est pratiquement vide, les prévint Jean. Nous ne sommes que des pèlerins. Le peu qu'on avait, on l'a dépensé pour l'auberge et deux croix. Il ne reste que de quoi faire quatre repas si on commande de la soupe de fève. Mais on peut partager.

– Mes médicaments ont coûté cher, on aurait dû s'en passer.

Lana se tenait debout. Nicole et Coline avaient lavé ses vêtements au lavoir. Elle avait meilleure mine.

– C'est déjà super d'avoir un toit. Il faut qu'on trouve une idée pour la croix. Vous avez les vôtres ?

Coline déballa deux petites croix en bois nettement moins clinquantes que celle de Juliette, mais bien façonnées.

– Il ne nous reste pas beaucoup de temps, soupira Mathilde. Le bûcher est prêt et les soldats gardent la place.

– Tenez, fit Lana. Vous pourrez peut-être en faire quelque chose.

Elle retira son bracelet en perles de buis.

– Qu'est-ce que c'est ?

– Un chapelet des sept douleurs qu'une religieuse m'a offert pour éloigner mes migraines.

– Et ça marche ? s'étonna Chris sceptique.

– Impossible de le vérifier scientifiquement. Mais si vous le défaites complètement vous pouvez l'assembler en forme de croix.

Tous se rapprochèrent pour la regarder faire.

– Il faudrait un fil ou un ruban pour les tenir.

– Tiens ! lança Mathilde en arrachant l'un des innombrables lacets de cuirs qui tentaient de maîtriser sa formidable masse capillaire.

« Retour antenne dans cinq secondes ! » entendit Emmanuel Ducas dans son oreillette qu'un technicien avait nettoyée à l'alcool avant de la lui enfoncer jusque dans la trompe d'Eustache.

Applaudissements. Sourire médaille d'or d'orthodontie.

– Le temps que nos candidats finissent leur croix, je me retourne vers nos invités du jour : Gaël Buisson, judoka multimédaillé, Anne-Sophie Baland, journaliste à la revue *Le Mag'*, le magazine du petit et du grand écran ainsi que Hugues Pouliche, historien ! Alors Hugues, nos candidats ne se débrouillent pas trop mal en plein Moyen-Âge ?

– Premièrement, petit rectificatif, il s'agit du Bas Moyen-Âge nommé Moyen-Âge tardif qui désigne une période s'étalant entre la guerre de Cent Ans et la Renaissance. Les périodes précédentes sont celle du Moyen-Âge central, dit classique qui débute avec les invasions vikings et, encore plus ancienne, celle du Haut Moyen-Âge qui dure près de cinq siècles et où l'on retrouve les Mérovingiens, mais également Charles Martel…

– Merci, merci pour votre éclaircissement, c'était nécessaire de le rappeler !

Et de ne plus le faire, pensa Emmanuel Ducas. Ce genre de personne ne savait jamais répondre à une interrogation simple !

– Ne lui pose plus de questions ! ordonna la régie sans qu'il sache qui parle.

– Je me tourne vers vous, Gaël, la compétition, vous connaissez. Que pensez-vous des équipes en jeu ? Un pronostic de champion ?

– Chacun a sa chance.

– Et vous, Anne-Sophie, avez-vous un coup de cœur pour un candidat ? Un favori ?

– Bien sûr ! Jean a le plus de chance de gagner parce qu'il est un homme. On sait que les femmes ont été moins bien traitées par l'histoire. L'histoire a été écrite par les hommes !

– Jean donc, les paris sont ouverts ! Je rappelle au téléspectateur qu'il peut jouer en ligne sur le site de France 1er qui s'affiche en haut de l'écran.

– Je voudrais dire quelque chose à ce propos, si vous permettez.

Emmanuel Ducas détailla l'historien. Il n'allait pas aimer son intervention.

– Allez-y.

– Je trouve dérangeant que l'Histoire soit devenue un terrain de jeux et de paris en ligne. On oublie son importance !

– Il ne s'agit que d'un programme télé.

– Non, *The Big History Show* est la seule façon d'explorer et de comprendre nos civilisations ! Au lieu de s'en servir pour faire grandir l'homme, il l'avilit ! Où se situe l'éthique ? Où se trouve la morale ? Laissez l'Histoire aux penseurs et aux scientifiques !

– Merci pour votre point de vue, s'empressa d'intervenir Emmanuel Ducas. Et maintenant un best off de la journée d'hier ainsi que, pour nos chères têtes blondes, des nouvelles de l'âne !

– Vous m'écœurez !

– Vous n'êtes plus à l'antenne.

Chapitre 46 – La gadoue

Entassés dans leur chambre d'auberge et installés sur des matelas improvisés à l'aide de leurs mantelets, les candidats devinèrent immédiatement que le jour où Jeanne d'Arc serait sacrifiée était arrivé. Le coq ne chanta pas de la même façon et les bruits des ruelles alentour ne semblèrent plus les mêmes.

– J'ai le dos en bouillie, gémit Mathilde en poussant le battant de la fenêtre.

Il y avait foule dans la rue.

– On ne devrait pas traîner, marmonna Chris en s'étirant.

– On achètera de quoi déjeuner en route, proposa Nicole.

Pour économiser le moindre denier, ils se contentaient de pain, de poisson séché et de pommes. Le premier jour, ils avaient pu s'offrir les hochepots de l'aubergiste, un pot au feu mijotant en continu dans la marmite de l'âtre, mais depuis qu'ils étaient réunis, ils se restreignaient à un régime minceur.

– Tu vas pouvoir marcher ? demanda Coline à Lana avec qui elle n'avait pas encore pu parler seule à seule.

– T'inquiète, à deux on aura plus de chance de séduire un soldat anglais pour qu'il prenne notre croix !

Lana préférait plonger dans la marée humaine de la ville plutôt que rester dans la chambre à redouter le prochain passage dans le sas temporel. Si tout allait bien, il aurait lieu le soir même. À nouveau, son corps et sa tête passeraient dans la centrifugeuse à molécules, à nouveau son état empirerait d'un coup. Il s'agissait de sa dernière journée en 1431 et elle tenait encore debout, il fallait qu'elle en profite à fond.

Ils n'eurent pas de mal à trouver leur chemin, les habitants de Rouen se pressaient dans une seule direction.

– On se sépare, décida Jean. On aura plus de chance si on ne se poste pas tous au même endroit.

– Le trajet a lieu entre la tour des champs et la place du marché, compléta Nicole.

Ils se souhaitèrent bonne chance. Dans quelques heures, certains d'entre eux seraient peut-être éliminés.

– J'imagine que Juliette et Adem vont rester devant l'auberge de la Couronne, fit Chris en prenant la direction de l'église Saint-Sauveur.

– Notre croix est vraiment nulle.

– Nous aussi, on va sur la place, il y aura plus de soldats.

Jean lança un regard à Coline qui signifiait « rendez-vous à la prochaine manche » puis il se dirigea vers les halles de boucheries. La gorge de Coline se noua. Il fallait qu'elle accepte qu'ils n'aillent pas ensemble jusqu'au bout. Elle ne parvenait pas à s'y préparer, elle n'évoluait plus dans le même jeu que les autres. Lana lui tendit un petit pain qui ressemblait à une gaufre.

– T'inquiète, les filles d'ici ont du poil aux pattes et les dents en pagaille !

Coline rougit et haussa les épaules. Lana éclata de rire.

– Arrête ! C'est pas le moment ! Regarde, on dirait que ça commence !

Elles distinguèrent une troupe d'hommes bardés d'épées et de bâtons devançant une charrette au ralenti dont les roues frôlaient les murs et les habitants.

– Ils sont au moins cinquante ! On va bien en convaincre un !

Le cortège s'immobilisa dans un passage étroit de la rue. Les sœurs se précipitèrent.

– Maintenant !

Lana s'approcha du premier garde de la cohorte et Coline se figea en découvrant la jeune fille vêtue d'une robe soufrée et d'un bonnet de papier. Elle gardait le regard baissé et murmurait pour elle-même. Ses paroles se perdaient dans le brouhaha de la foule. Ce qui frappa Coline ne fut pas la mitre qu'elle portait sur la tête et sur laquelle on avait dessiné deux démons ainsi que rédigé des insultes, mais son air infiniment triste. Elle n'avait jamais croisé quelqu'un avec une expression aussi douloureuse.

Autour d'elle, les gens s'échauffaient. Coline s'arracha à ce bouleversant visage pour retrouver son double blond.

Lana minaudait en tentant de faire comprendre à un garde qu'elle lui offrait la croix. Coline la rejoignit, mal à l'aise. Jusqu'à présent, elle n'avait jamais ressenti aussi fort la sensation de ne pas être à sa place.

L'homme leva la main comme s'il balayait des mouches. Inutile d'insister. Lana entraîna Coline plus loin dans le bataillon qui se mettait en branle. Coline se força à sourire. Elles devaient avoir l'air de deux allumeuses. Sans réfléchir, alors que le convoi reprenait sa route macabre, elle arracha le lacet de son mantelet et noua la croix au glaive du garde le plus proche. Elle se prépara à être frappée ou repoussée, mais contre toute attente, celui-ci l'ignora. Le cadeau resta en place et disparut dans une forêt de jambes, de bâton, de torses et d'épées.

La charrette plaqua les sœurs contre la paroi en

torchis d'une maison et les aspergea de boue fétide. Après son passage, elles retrouvèrent la parole.

– Tu crois qu'on a réussi ?

– Je ne sais pas si on a gagné l'épreuve, mais en tout cas, il l'a gardée !

– On est les premières sur le trajet, ça veut dire qu'on est en tête !

Elles se prirent dans les bras telles des fillettes crasseuses et se mirent à danser. Tant pis si leurs chausses se salissaient, de toute façon, elles étaient déjà toutes crottées.

Chapitre 47 – Allumer le feu

Juliette se faufila vers l'estrade la plus grande destinée aux ecclésiastiques, aux greffiers, aux juges et aux notables. Ils seraient rigoureusement gardés, elle aurait plus de choix.

– Il y a des centaines de soldats, avait plaidé Adem, on s'en fiche lequel.

– Non, il faut aller au plus près comme ça peut-être qu'il la donnera à Jeanne d'Arc et qu'on gagnera le confort !

Il se retint de lui expliquer que vu la richesse de la croix, elle risquait de finir au fond d'une poche.

Il y avait tant de monde qu'ils jouèrent des coudes pour se frayer un passage.

– Ils portent des haches et des épées.

– Trouillard ! Ici, c'est parfait, on n'a plus qu'à attendre le bon pigeon !

Au même instant, Jean et Nicole atteignaient le troisième échafaud dressé près du pignon de la halle sur lequel prenaient place le cardinal et les prélats. Le nombre de gardes était impressionnant et l'océan humain qui se pressait plus encore.

– C'est bloqué, on n'ira pas plus loin, décida-t-il.

– On est serrés comme des sardines.

– On voit le bûcher d'ici et le cortège arrivera par là-bas.

– Il n'aura jamais la place de passer.

Plus les secondes passaient et plus Nicole se sentait aussi pressée qu'un linge qu'on essore. Elle suffoquait. Les odeurs corporelles et les relents de la ville lui donnèrent mal au cœur. Lorsque la charrette apparut au bout de la rue, elle ne put plus faire un seul mouvement, écrasée contre deux femmes portant des chaperons crasseux et un gros homme au souffle aigre. Elle chercha le bras de Jean.

Des hommes d'armes ouvraient le passage en menaçant de leurs glaives. Quelques coups de bâton se perdirent contre des jambes et des dos. Quand ils furent à leur hauteur, des cris provoquèrent un mouvement de foule. Dans l'étroite ruelle, Nicole fut emportée par la vague d'habitants et projetée au sol. Elle glissa dans la boue et des chausses condescendantes la piétinèrent.

– Jean, cria-t-elle étouffée, la croix !

Elle tendit l'objet et on le lui arracha. Était-ce Jean qui s'en emparait ? En cherchant à se mettre debout, elle éprouva une vive douleur à la cheville.

Jean aperçut sa mère se faire fouler par les habitants qui cherchaient à éviter les heurts de l'escorte. Il agit aussi vite qu'il put. Il lui prit la croix et apostropha le premier Anglais à sa portée. Il lui saisit les mains et le força à la garder en le fixant droit dans les yeux. Il ne lui laissa pas le choix. Puis sans ménagement, il repoussa les habitants qui malmenaient Nicole comme un vulgaire tas de chiffons. Tel un géant, il les écarta en jouant des poings. Il faisait deux têtes de plus qu'eux.

Elle gisait dans la boue et les détritus sans parvenir à se redresser. Doucement, il la releva par la taille. Elle grimaça en posant le pied et ses yeux s'emplirent de larmes. Jean comprit que quelque chose venait de céder, sa cheville ou ses espoirs de gagner *The Big History Show.*

– Médecin dans le sas ! ordonna Édouard dans son talkie-walkie. Jeff, tu me transporteras Jean et Nicole en premier pour qu'on ait le temps d'évaluer les dégâts.

– Ils sont qualifiés, intervint Filipetti. Il ne manque que les étudiants et Chris et Mathilde. D'ailleurs, la p'tite passe à l'action. Caméra 12 ! Plan large de Juliette et des rosbifs !

Adem la laissa faire, elle savait comment s'y prendre. Juliette jeta son dévolu sur un gros mal rasé qui contempla ses gestes gracieux déballant leur trésor, son sourire charmeur et ses mouvements de poupée danseuse. En un battement de cils, Juliette passa de fille hyène à fille oiseau de paradis. Comme Adem s'y attendait, l'homme oublia aussitôt ce qu'il faisait là et lui sourit béatement. Ses dents étaient tellement abîmées et ses gencives si noires qu'Adem put presque sentir son haleine fétide flotter jusqu'à lui. Il souffrait certainement d'une infection parodontale. Le soudard reçut la croix et la serra contre lui en hochant la tête puis contempla pantois les hanches de Juliette qui se détournait de lui.

– C'est bon, le gros lard va la donner à la pucelle !

Elle ricana et la fille serpent refit surface.

– On n'a plus qu'à attendre qu'elle arrive. Viens, pas la peine de rester avec les gueux, on verra mieux depuis notre chambre !

Chris et Mathilde dénichèrent une place près du bûcher sur le mur pare-feu protégeant les maisons à colombage. Ils avaient essuyé plusieurs refus de la part des gardes qui encadraient la place. Aucun d'entre eux ne voulait s'encombrer d'une croix ressemblant plus à un bonhomme Michelin unijambiste qu'à un crucifix.

– La charrette arrive, on va tenter notre chance avec l'escorte.

Mathilde frissonna devant le soubassement en

plâtre où l'on avait planté des poteaux entourés de fagots érigés vers le ciel. Sur les deux montants, un panneau avec une inscription était cloué.

« Jehanne qui s'est fait nommer la Pucelle, menteresse, pernicieuse, abuseresse du peuple, devineresse, superstitieuse, blasphémeresse de Dieu, présomptueuse, malcréante de la foi de Jésus-Christ, vanteresse, idolâtre, cruelle, dissolue, invocatrice de diables, apostate, schismatique et hérétique ».

– Je ne vais pas supporter, murmura-t-elle à Chris.

– C'est bientôt fini, on repart ce soir, la rassura-t-il. Dis-toi que ce que tu vis est déjà arrivé. Regarde-le comme un film.

– Ce qui me fait peur, c'est les cris, c'est l'odeur… Elle va être brûlée vive.

– Il y a un bourreau. J'imagine qu'il l'étranglera avant que ça ne devienne trop… gore.

Il ne trouva pas d'autre mot. Il regretta. Il ne s'agissait pas d'un film d'horreur, mais de l'histoire.

– La voilà !

Le chariot s'immobilisa. Tandis que l'évêque, richement vêtu, prenait la parole, Chris se dirigea vers les gardes en faisant des signes de croix. Par gestes, il leur expliqua qu'il leur offrait un objet pieux. L'un d'entre eux lui intima l'ordre de reculer, mais il s'obstina. L'homme leva sa hache et Chris l'implora.

– S'il vous plaît, ce n'est qu'une croix.

Contre toute attente, l'Anglais l'attrapa. Et alors que Chris esquissait un sourire, il la jeta dans le tas de bois. Puis l'homme le menaça de son arme. Chris obtempéra et rejoignit Mathilde.

– Tu crois que ça compte ? Il l'a prise quand même !

Il n'était plus sûr de rien.

– Les perles sont sensées calmer les douleurs, peut-être qu'elles l'aideront.

Elle n'avait pas détaché ses yeux de la jeune femme qui murmurait des louanges, tête baissée.

– Mémé, p'tite mémé, souffla Chris.

Mathilde semblait perdue dans un autre espace-temps. Une troisième dimension n'appartenant ni au passé ni au présent.

– On ne devrait pas rester là. Viens, les jeux sont faits. On va rejoindre la clairière, insista-t-il.

– Non !

Elle avait crié ou plutôt le mot s'était échappé d'elle.

Un moine agita une croix devant la jeune femme descendue brutalement du char. Ils l'entendirent gémir le nom de Jésus. Elle ne résista pas lorsqu'on l'attacha au bûcher, elle poursuivit ses incantations. Le bourreau mit feu aux fagots avec difficulté et une lourde fumée âcre se diffusa. Mathilde porta ses mains à sa bouche. L'odeur de la peau qui grille et de la chair qui brûle se répandit en un relent de sueur et de sang, de pomme pourrie et de viande faisandée. Bientôt on ne la distingua plus, seuls quelques mots s'échappèrent du nuage blanc qui l'enveloppait. Puis plus rien. Le feu s'éteignit lentement. Ce n'est que lorsqu'on ordonna au bourreau de montrer les morceaux saignants que Mathilde éprouva l'envie de vomir comme elle ne l'avait jamais fait. Beaucoup plus fort que lorsque Patrick l'avait quittée, beaucoup plus fort que lorsqu'elle avait découvert le visage ravagé de Chris à l'hôpital, beaucoup plus fort que lorsque Chloé lui avait annoncé qu'elle avait une deuxième maman.

Les flammes furent rallumées une deuxième puis une troisième fois, mais ils restèrent jusqu'au bout. Ils faisaient maintenant partie des vapeurs de chair humaine calcinée et de l'histoire. Le cardinal ordonna que les débris soient jetés à la Seine en dehors des remparts, près des grandes arches sur la rivière. Ils suivirent la procession.

En l'espace d'une matinée, une jeune fille avait été réduite en poussière sous leurs yeux. Il ne resta plus rien d'elle une fois ses cendres emportées par l'eau.

Chapitre 48 – 9-11

– C'est pareil que du off, expliqua Édouard à Emmanuel Ducas en regrettant d'utiliser de l'anglais.

De toute façon, tout allait être américain dans cette nouvelle manche, autant l'accepter. Il se jura de proposer un repérage à l'époque de Racine ou de Rabelais pour la prochaine édition.

– Les premiers arrivent quand ? se renseigna le présentateur.

– Dans vingt secondes. On commence par l'intervention du médecin. Laisse planer le doute jusqu'au bout avant de savoir si Nicole sera en état de poursuivre le jeu. Et pour les derniers, ils ne savent pas encore qu'ils sont éliminés.

Édouard se précipita vers les moniteurs disposés près de la machine. Il n'avait pas le temps de rejoindre la régie et surtout il voulait être là au cas où… Au cas où quoi ? Il ne le savait pas précisément. Simplement, une urgence flottait dans l'air depuis que la manche à New York avait été annoncée.

Le sas s'ouvrit et le médecin, flanqué d'un cadreur caméra à l'épaule, se précipita pour aider Nicole. Emmanuel Ducas ne se laissa pas distancer.

– Comment vous sentez-vous ? s'imposa-t-il en collant immédiatement un micro sous le nez de la retraitée.

– Ma cheville… Mais est-ce qu'on est qualifié ?

– La santé avant tout ! Laissons d'abord le doc de *The Big History Show* vous examiner. C'est lui qui jugera si vous êtes apte à repartir ou non.

Jean se retint de pousser tout le monde comme il l'avait fait à Rouen, sa mère n'était pas une charogne entourée de mouches !

– Alors doc, un diagnostic ?

– Sans radio, on ne peut pas être sûr, mais je pense qu'il s'agit d'une entorse.

– Rien de cassé ! Bonne nouvelle !

Emmanuel Ducas s'enflammait autant que si Nicole venait de remporter le titre olympique de décathlon.

– On n'a pas le temps de lui faire un plâtre, mais je vais lui strapper le pied pour qu'elle puisse participer à la prochaine manche.

– Je vous laisse prendre soin d'elle ! Une deuxième équipe arrive !

Emmanuel Ducas se hâta vers l'entrée de la machine et se recomposa un sourire de Mister Univers. Lana et Coline apparurent. Lana s'écroula dans les bras de sa sœur.

– Deuxième urgence médicale ! lança-t-il en gardant assez de distance pour qu'aucune d'elles ne régurgite sur sa chemise à trois cents euros.

Très pâle, Coline reprit peu à peu ses esprits. Elle commençait à maîtriser les nausées de la transportation et les vertiges.

– Bravo, vous êtes qualifiées pour la troisième manche ! Ne vous inquiétez pas pour Lana, on va prendre soin d'elle pendant que Geneviève vous habille ! Félicitations ! Et pour vous qui nous regardez depuis votre salon, vous allez découvrir les coulisses de l'émission. Je vous propose de faire un petit tour de l'envers du décor en attendant l'équipe suivante. Derrière moi, le sas temporel.

Fabienne seconda le médecin auprès de Lana. Elle fit son propre check up. Pendant qu'il prenait sa tension, elle sonda les traits de son visage et les tremblements de sa main. Tandis qu'il inspectait ses yeux, elle scruta la profondeur de son regard.

– Il est encore temps de renoncer, chuchota-t-elle à l'abri des caméras.

Lana refusa et avala les comprimés qu'on lui tendait. Elle évita de croiser le regard de la responsable des castings.

– Au mieux, elle pourra supporter un ou deux voyages, évalua le médecin.

Fabienne n'eut pas le temps d'intervenir que déjà Geneviève arrivait pour la déshabiller. Elle tenait un paquet de lingettes nettoyantes.

– Les costumes sont bons à jeter. À chaque fois, je les retrouve dans un état ! Et les candidats, n'en parlons pas ! Il faudrait installer un jet dans la machine !

Les deux étudiants apparurent et toutes les caméras se braquèrent sur eux. Alors qu'Adem réclamait un sac pour vomir, Juliette arracha son chaperon afin d'avoir l'air plus présentable.

– On a gagné le confort ? s'enquit-elle sur le champ.

– Malheureusement non ! Aucune croix n'a été remise à Jeanne d'Arc. Il n'y aura donc pas d'équipe à commencer cette manche avec un avantage. Mais attendons les derniers pour savoir qui sera éliminé. Veuillez rejoindre Geneviève pour retirer vos vêtements.

– Des talons hauts ? s'écria l'étudiante en découvrant sa nouvelle tenue.

Chris et Mathilde émergèrent enfin du sas. Ils se tenaient par la main. Mathilde tituba en rejoignant son époque. C'était comme passer de la nuit à la pleine lumière en une seconde. Éblouie et bancale, elle s'accrocha à l'homme de sa vie.

– Bienvenue au vingt-et-unième siècle ! Quelle manche ! Bravo ! On vous applaudit bien fort ! Malheureusement votre croix n'a pas été acceptée, vous êtes éliminés !

Ce fut brutal et irréel. Ils n'étaient plus là-bas et pas encore ici. Ils portaient toujours l'odeur de mort du brasier et allaient être renvoyés chez eux. Ils restèrent sans voix.

– Je vous demande de retirer vos bracelets en signe de conclusion. Vous avez été des candidats remarquables.

Chris arracha le sien et fit de même avec celui de Mathilde qui ne parvenait pas à faire un geste. Merci au revoir. Des mouchoirs jetables. Le jeu se poursuivait sans eux.

Fabienne les guida le plus délicatement possible vers la sortie. Ils n'eurent même pas le temps de s'exprimer ou d'embrasser les autres candidats. Ils n'existaient plus dans la réalité de *The Big History Show*, comme une époque visitée à laquelle ils n'appartenaient plus.

– J'invite les équipes restantes à venir me rejoindre ! La troisième manche va démarrer. Une manche très particulière et très dangereuse. Malheureusement aucun d'entre vous n'a obtenu la récompense de confort ! Quel dommage, vous en auriez eu besoin, car cette année, grande première, *The Big History Show* vous envoie à New York !

Coline avait revêtu un tailleur gris. Elle ressemblait à une secrétaire de série B sentant le feu de bois. Geneviève lui avait suggéré de nettoyer ses jambes avant d'enfiler les collants. À ses côtés, Lana était également habillée en working girl. Les médicaments paraissaient avoir allégé ses douleurs.

– Pour cette étape hors norme, votre défi sera exceptionnel ! Vous allez vivre l'un des évènements majeurs de ce début de siècle : l'attentat du onze septembre deux mille un !

Jean se raidit dans son costume cravate. Il ne s'habillait ainsi que pour les mariages. Seulement aujourd'hui, il avait rendez-vous à un enterrement.

– C'est une épreuve de vitesse et d'orientation qui vous attend. Il va falloir que vous sortiez des tours du World Trade Center avant qu'elles s'écroulent. Pour cela, vous serez munis d'une montre chronomètre indiquant les heures auxquelles les deux avions s'écraseront ainsi que l'effondrement des buildings. En gros, il faudra que vous soyez descendus aux étages inférieurs avant que les Boeings percutent les bâtiments et que vous atteignez la rue avant qu'ils s'écroulent.

Personne ne broncha. Le second assistant réal leur distribua des bracelets-montres dignes d'une pub pour le grand prix de formule 1de Monaco.

L'Émission

Chapitre 49 – Skyscraper

– A table for two ? leur proposa un serveur dès qu'ils émergèrent de l'ascenseur.

Adem bloqua ses tripes qui ne demandaient qu'à lui remonter dans la gorge pour se répandre sur l'épaisse moquette. Juliette se fit poser la question deux fois avant de réagir. Devant eux, un paysage de tables en nappes blanches et des fauteuils en velours orange. Elle fixa le menu art déco que lui tendait l'homme et sur lequel était écrit *Windows on the World*. En face d'elle, des hommes d'affaires prenaient leur petit-déjeuner sur le toit du monde. La vue était époustouflante. New York et ses buildings s'étalaient sous un ciel immense.

– A drink maybe ? insista le serveur en leur indiquant un bar à cocktails clinquant au centre de la pièce.

Elle réalisa que ses talons hauts s'enfonçaient dans le sol moelleux, elle ne devait pas rester là.

– No thank you ! cria-t-elle en se détournant. Adem, appelle l'ascenseur ! On repart !

– On est au 107ᵉ étage, fit-il en s'appuyant contre le mur.

– Il est 8 h 43 et l'impact aura lieu à 8 h 46.

– Combien d'étages on peut descendre en trois minutes ?

Juliette tapota nerveusement sur le bouton comme si cela pouvait décider la machine à remonter plus vite. Le serveur qui ne les avait pas quittés des yeux intervint.

– Would you like to catch the express elevator or the local elevator ?

Les étudiants le fixèrent avec des yeux ronds.

– This is the local elevator. It only goes down to the skylobby.

– Je crois qu'il ne va pas jusqu'en bas. L'ascenseur express, c'est l'autre.

Les portes s'ouvrirent et Juliette poussa Adem à l'intérieur, bousculant deux dames qui sortaient.

– On s'en fiche, on a moins de deux minutes ! On se tire !

Elle recommença à marteler le poussoir lumineux. Les portes automatiques se refermèrent sur l'employé en chemise immaculée qui les contemplait d'un œil circonspect. Adem refoula la tentation de le prévenir.

– Il est déjà mort, lâcha Juliette qui avait lu dans ses pensées.

Il fut à nouveau menacé par des vomissements. La descente rapide n'aida pas.

– Je suis sûre qu'ils ont fait exprès de me mettre une jupe fourreau ! Comment je peux courir avec ?

Elle retira ses escarpins, sa veste cintrée et les jeta au sol. La cabine les libéra et ils découvrirent un hall baigné de lumière qui ressemblait à une galerie dédiée aux portes d'ascenseur. Chaque mètre carré était clair et métallique.

Subitement une capsule apparut à leur pied. Juliette se rua dessus comme un chien sur un os. Jeu de confort signifiait aussi épreuve de rapidité. À l'intérieur, elle trouva un morceau de papier qu'elle déroula avec nervosité.

– Quel président gouvernait les États-Unis lors des attentats du onze septembre deux mille un ?

– Pas Obama…, réfléchit Adem.

– Non l'autre, le vieux, comment il s'appelle déjà ?

– En deux mille un, j'avais cinq ans.

– Utilise tes neurones Adem, tu fais médecine ou quoi ?

– J'étudie le corps humain. Pas la politique américaine.

– Un des deux qui s'appellent pareil ! Le père ou le fils !

– Bush.

– C'est ça ! George deubeuliou Bush ! hurla-t-elle.

Sa voix ricocha sur les murs immaculés du lobby. Le papier se consuma et l'objet s'évapora. Ils attendirent quelques instants, mais rien ne vint.

– On a perdu. On n'a pas répondu les premiers, soupira Adem

– On a surtout gaspillé du temps !

– Pas si on prend l'express elevator, pointa l'étudiant du doigt.

– Plus que cinquante secondes.

Ils se précipitèrent. Par chance, ils purent y pénétrer aussitôt. De jeunes traders qui discutaient allégrement fixèrent les pieds nus de Juliette et firent un commentaire qui les poussa à ricaner. Elle les ignora royalement en gardant un œil tendu sur la montre et un autre sur les étages qui défilaient. Ils se trouvaient encore loin du rez-de-chaussée. Soudain, le bâtiment se mit à trembler et l'onde de choc les projeta au sol. Quelque part dans la tour, un avion venait de s'encastrer.

Au début, Jean ne sut pas du tout où ils avaient été expédiés. Il fallut que ses yeux s'habituent à l'obscurité et que son cerveau retrouve sa place dans son crâne.

– Ça va ? chuchota-t-il à sa mère dans le noir.

Il chercha son bras pour l'aider à se mettre debout. Un trait de lumière filtrait sous une porte. La sortie. Il tâtonna pour repérer la poignée puis parvint à pousser le battant. Ils émergèrent d'un placard de nettoyage. Ils avancèrent dans un couloir. L'enseigne d'une firme se détacha d'un mur : *Euro Brokers*. Jean consulta sa montre. Elle indiquait 8 h 55. Le chronomètre avait été bloqué sur 9 h 03.

– On a huit minutes, calcula-t-il. Il faut prendre l'ascenseur. Je ne sais pas à quel étage nous sommes.

– Il y a écrit 84th floor.

– Tu ne pourras jamais descendre quatre-vingt-quatre étages avec une entorse. Viens, on n'a pas de temps à perdre.

Ils ne firent pas trois mètres qu'ils découvrirent des hommes et des femmes collés aux vitres extérieures de leur open space. Plus aucun agent de change ne paraissait travailler. Des téléphones décrochés gisaient sur des bureaux abandonnés et des sonneries s'impatientaient en vain. Devant eux se reflétait la structure d'un bâtiment identique duquel s'échappait une épaisse fumée grise.

– Là, chuchota Nicole en montrant un groupe de personnes.

Mais ce n'était pas les employés affolés qu'elle désignait. En face, depuis la tour jumelle, des hommes et des femmes se jetaient dans le vide comme si tout à coup le ciel pleuvait des êtres humains.

– Avance, ne regarde pas ! ordonna Jean.

Il fallait faire vite, sans penser, sans rien éprouver. Ils suivirent une vague de chemise-cravates paniquée qui les pressa devant les ascenseurs. Un col blanc très excité braillait à tout va. Ils ne saisirent que le mot *fire département*, apparemment, les pompiers avaient donné l'ordre d'évacuer.

– Il ne reste que six minutes, on ne trouvera jamais de place.

Chapitre 50 – Lobby

Son écran lui renvoya une image d'hommes et de femmes brandissant des pancartes. Franck Boulard coupa le son de son ordinateur portable. Voilà, maintenant il était d'une humeur de chien ! Chaque année, rebelote. Des voix se dressaient contre le programme. Pourtant cette fois-ci, il ne s'agissait pas d'une manifestation de hippies crasseux auvergnats ou d'altermondialistes révolutionnaires hollandais.

– C'est à l'initiative de l'association américaine de la défense de la mémoire des victimes du onze septembre, lui expliqua Vania.

En effet, des madames Tout-le-monde en débardeur rose et des Dick l'Américain en bouée de ventre s'agitaient sous les fenêtres du FCC, le Federal Communications Commission, congénère américain du CSA.

– Ils sont des parents des victimes des attentats et dénoncent l'apparition de leurs proches dans le programme. Ils nous accusent de faire commerce sur leurs morts.

– Que pense *The Big History Show US* ?

– Il s'agit de groupes de pression à ne pas prendre à la légère. On ne badine pas avec les héros aux States.

– Faut pas exagérer ! Tout le monde n'est pas Captain America !

– La charte nous protège. Rien ne nous interdit d'envoyer de candidats dans une période où ont vécu des gens connus des téléspectateurs. Il n'y a pas de délais. La seule chose prohibée est la rencontre entre descendants et ascendants. Légalement on est clean, en revanche l'éthique.

Elle écrivait en parlant. Le directeur des programmes jeux apprécia sa dextérité.

– On ne peut quand même pas les laisser nous attaquer depuis l'autre côté de l'Atlantique.

– Et si on reversait une partie des bénéfices de l'épisode à une association de lutte contre le terrorisme ou qu'on diffuse un bandeau d'appel aux dons ?

Franck Boulard réfléchit. Il n'aimait pas ça. Heureusement que l'audimat explosait et que les contrats publicités devenaient vertigineux. Il fallait qu'il gagne du temps. Dans quelques heures, les candidats seraient envoyés dans une autre période et tout le monde se ficherait pas mal de ces activistes en shorts.

– D'accord, préviens Édouard. Contacte aussi le service de com' pour qu'il informe la terre entière que *The Big History Show* s'engage totalement auprès des victimes des attentats et que cet épisode est réalisé dans un souci de mémoire pour que jamais cela ne se reproduise.

Coline tendit un gobelet à Lana. Elles avaient atterri au 104e étage de la tour Sud, près des bureaux d'une agence nommée *Sandler O'Neill* qui avait disposé à l'intention de ses salariés de nombreuses fontaines d'eau. En remplissant le verre, une grosse bulle remonta dans la bonbonne en plastique.

– Tu peux te mettre debout ?

Elle consulta sa montre : 8 h 55. Crash : 9 h 03. La moitié des bureaux et des offices s'étaient vidés. Elle devina que le premier Boeing avait déjà empalé la tour Nord. Des employés allaient et venaient avec fébrilité sans leur prêter attention.

– Je vais t'aider.

Lana ne parlait toujours pas. Heureusement

Geneviève avait prévu pour elle des ballerines et un pantalon de flanelle. Lana pourrait marcher plus facilement qu'avec des chaussures à talon. Coline contempla ses propres escarpins, tellement pointus qu'ils lui broyaient les doigts de pieds. Sans compter la robe trapèze hyper courte dont elle était affublée et qui, certes ne l'empêcherait pas de courir, mais laisserait tout le pays voir sa culotte.

– Il faut y aller. On va prendre les escaliers tant qu'il n'y a pas trop de monde. Laisse-moi te porter.

Elle la souleva avec précaution et la retint par la taille. Elles ne remarquèrent pas la capsule ayant roulé dans un angle du mur. Elles se levèrent et la laissèrent derrière elles. Trop préoccupées par la douleur de Lana, elles en avaient oublié le jeu de confort.

Les marches se révélèrent très étroites et elles tinrent à peine à deux. Comment les architectes auraient-ils pu envisager que des centaines de personnes ne disposeraient que d'une poignée de minutes pour les dévaler ? Bientôt, le plâtre et la poussière recouvriraient tout. Elles poursuivirent leur descente vers la lumière. Lana avait le visage crispé et les dents serrées.

Sans sommation, la tour vacilla et les sœurs s'agrippèrent à la rambarde. La structure craqua de l'intérieur identique à un tremblement remontant le long de sa colonne vertébrale. Le choc venait d'en bas. À quelques étages sous leurs pieds, le second Boeing venait de s'écraser.

– On va être bloquées, gémit Lana.

Coline la redressa et lui empoigna le corps.

– On va passer, on n'a pas le choix, on va passer !

Elles s'élancèrent dans les cendres qui remontaient déjà. Lana se laissa emporter par sa sœur devenue si forte. Elle avait compris que la volonté neuve de Coline provenait de l'étoile naissante apparue au fond d'elle. Un astre qui ne la faisait plus avancer, mais jaillir, qui ne la faisait plus dire, mais prétendre, qui ne la faisait plus vivre, mais vibrer.

Chapitre 51 – Top Chrono !

Dès que les ascenseurs de la tour Sud cessèrent de fonctionner, une foule angoissée se précipita vers les issues de secours. Seuls Jean et Nicole connaissaient ce que découvriraient les premiers à atteindre les étages inférieurs.

– C'est fichu.

– On va trouver un passage.

– Pas avec ma cheville.

– Je te porterai.

Jean l'entraîna vers une porte avec l'inscription *Stairwell B*. L'escalier B, l'indice qu'ils avaient remporté grâce au jeu de confort. Ils avaient deviné qu'il s'agissait du seul escalier praticable. Ils savaient que la plupart des gens qu'ils laissaient derrière eux ne choisiraient pas le bon. C'était la loterie de la vie, une question de chance à laquelle les survivants ne trouveraient jamais la réponse. Il consulta sa montre. La tour s'effondrerait à 9 h 59.

Ils avancèrent au ralenti. Ils furent dépassés plusieurs fois et croisèrent des visages hagards qui remontaient. Plus ils descendaient, plus l'air devenait chaud et irrespirable. De la fumée opaque s'échappait des murs de la cage d'escalier. Ils peinèrent à distinguer les marches sous leurs pieds.

– On va étouffer avant d'arriver, gémit Nicole.

– On n'est plus très loin de l'impact, l'encouragea-t-il en la posant au sol pour reprendre son souffle.

De l'eau s'écoulait le long d'une paroi. Nicole tenta d'arracher un morceau de sa jupe.

– Il faut se mettre un linge humide sur la bouche, expliqua-t-elle.

– Prends ma chemise, elle est en coton.

Ils la déchirèrent facilement et se fabriquèrent des masques de fortune. Comme deux braqueurs, ils reprirent leur route. Nicole sentit la peau de Jean devenir moite. Son dos ruisselait de sueur.

Ils distinguèrent les pas d'employés qui grimpaient. Cela faisait un moment qu'ils n'avaient plus rencontré âme qui vive.

– You can't go through ! les prévint un homme en leur faisant comprendre que le passage était bloqué.

– Jean ! Jean !

Une silhouette bouscula la file et il reconnut Coline.

– On ne peut pas passer ! Ils disent que les secours vont envoyer des hélicos sur le toit !

Elle portait une robe si courte que ses jambes ressemblaient à celles d'une danseuse ayant valsé avec un ramoneur.

– Personne n'a été sauvé par les airs, chuchota-t-il.

– Lana a du mal à avancer et il y a du feu plus bas.

Ces yeux avaient pris des teintes violettes, une couleur mauve et brûlée. Il eut envie de prendre son visage entre ses mains. Il devait la convaincre.

– Tous ceux qui sont restés au-dessus des étages du crash ne s'en sont pas tirés. La tour va s'effondrer.

L'employé qui l'avait interpelé et qui ne comprenait pas ce qu'il disait perdit patience. Il le poussa en lui faisant signe de remonter.

– We're not coming, lui expliqua Coline.

Il haussa les épaules et poursuivit son ascension. Le reste du groupe lui emboîta le pas. Il ignorait qu'il avait pris le plus court chemin vers le ciel.

– Tenez, ça va vous aider à respirer.

Nicole tendit aux deux sœurs des morceaux de tissus provenant de la chemise de Jean qu'elles placèrent sur leurs bouches. Le torse de Jean luisait et

Coline détourna les yeux. Sans un mot, ils reprirent leur progression. L'édifice vibrait comme atteint d'une mauvaise fièvre et semblait chercher ses appuis.

Au bout de quelques mètres, ils atteignirent le passage encombré de débris. Il leur fallut enjamber des plaques de plâtre et des gravats. Jean porta sa mère à la façon d'une jeune mariée. La porte qu'ils devaient passer était effondrée. Ils aperçurent les vestiges brûlants de bureaux et de carlingue. Des corps gisaient, écrasés par des pans de murs et des écrans éventrés. Un homme, la moitié du visage calciné, les contempla de son unique œil devenu fixe.

Coline se réfugia dans son foulard qui avait l'odeur du brasier et de la peau de Jean.

– On va pousser le bloc pour passer.

Une explosion les fit tressaillir. Les flammes montaient de plus en plus. Bientôt il n'y aurait plus rien.

Ils s'y attelèrent ensemble. Chacun invoquant sa force restante. Dans la fumée et la poussière, Jean ressemblait à un esclave romain au dos nu s'attaquant un amas de pierres. Ils mirent beaucoup de temps, mais ils parvinrent finalement à le dégager. Ils avaient fait le bon choix : l'escalier continuait plus bas et demeurait le seul praticable. Sur une cloison intacte, ils purent lire 79th floor. Aucun d'entre eux n'osa examiner sa montre.

La descente leur sembla interminable. Ils progressaient de moins en moins vite. Jean peinait à porter sa mère sur son dos. Au bout de vingt étages alors qu'ils avaient été dépassés par plusieurs groupes de fuyards, il s'arrêta pour reprendre son souffle.

– Il y a moins de fumée, lâcha Coline.

– Mais on n'avance pas assez vite, calcula Lana qui avait marché avec la détermination d'un soldat surmontant la douleur au nom de la patrie.

– Il ne reste que cinq minutes, constata Nicole, je vous ralentis. Vous n'aurez jamais le temps d'atteindre le rez-de-chaussée et de vous réfugier. Si vous restez avec moi, nous allons tous perdre.

– Non.

Coline refoula les larmes qui lui brûlaient les yeux et dont la fumée n'était pas seule responsable. Poursuivre sans Jean était impossible. S'il était éliminé, elle voulait l'être aussi.

– Continuez sans nous, il vous reste encore une chance. Avec seulement trois jambes, on n'y arrivera pas, murmura-t-il.

Il la scruta jusqu'au fond de pupilles. Leurs regards se scellèrent. Elle se retint de se jeter dans ses bras. Ses lèvres tremblaient.

– Vous ne pouvez pas laisser Juliette gagner, on compte sur vous ! enchaîna-t-il.

Coline hocha la tête. Ne comprenait-il pas qu'elle se fichait éperdument des autres concurrents à cet instant précis ?

– Ils ont raison, intervint doucement Lana en la tirant par le bras pour la dévisser de sa marche.

Coline résista. Elle finirait par y aller, elle le savait. Elle voulait simplement le contempler une dernière fois. Parce que lorsqu'ils se reverraient, plus rien ne serait pareil. Elle avait eu la chance de le rencontrer hors du temps, d'apprendre à le connaître loin de leur époque asphyxiante et de leurs semblables accablés. Elle n'était pas certaine de vouloir lui présenter la Coline de Tours complexée et désenchantée. Elle voulait demeurer à ses yeux la fille de la moto et des voyages dans le temps.

– Je te regarderai à la télé. Va jusqu'au bout, souffla-t-il.

Lentement, Coline se détourna et emporta l'image d'un homme dénudé disparaissant dans les vapeurs d'un belvédère en perdition.

– On attend le dernier moment ? proposa Jean en se laissant tomber à côté de sa mère.

Elle acquiesça et retroussa sa manche pour libérer son bracelet. Il posa la montre par terre entre eux.

Dès qu'elles furent seules, Coline entraîna Lana dans une course folle. Elles dévalèrent les marches quatre à quatre. Elles se jetèrent dans la marée humaine qui abandonnait le navire en un déluge inversé, un flot d'une seule espèce s'échappant d'une grande arche de verre et de béton. Elles se ruèrent dans la ville sans ciel, encombrée d'êtres gris, et ne s'arrêtèrent que lorsque Lana s'effondra. Coline s'échoua près d'elle, le cœur battant, et quand elle se retourna, elle aperçut un gigantesque nuage de cendres venir vers elles. Elle fut aspirée par son souffle et ferma les yeux. Il était 9 h 59.

L'Émission

Chapitre 52 – Top of the Pop

Il s'éternisa sous la douche et se brossa les dents trois fois. Malgré cela, Chris ne se sentit pas encore complètement lui-même. Il ne se souvenait plus très bien de sa propre odeur ni quel genre d'animal il était, un peu comme un chat trempé sur la berge d'une rivière à qui l'on aurait limé les griffes et coupé les moustaches. Il avait perdu la notion du temps. Que signifiait une heure ? Un siècle ? Une vie ?

Il émergea de la salle de bain et retrouva Mathilde dans la petite chambre de leur arrivée. Elle regardait le programme se poursuivre sans eux en peignant ses cheveux d'un geste mécanique. L'écran leur envoya l'image de Juliette dégagée d'un amas de métal et béton par une équipe de pompiers ayant des gueules de mannequin pour rasoirs électriques.

– Éteins ça et appelle Chloé, ordonna-t-il sans grande volonté.

Elle se mit à pleurer.

– P'tite mémé.

Il s'assit et la prit dans les bras. Il comprenait précisément ce qu'elle éprouvait. Il la berça pour s'apaiser lui-même.

Devant eux, sur la table basse, le panier garni des perdants offert par Fabienne. Une corbeille regorgeant de barres chocolatées, friandises, fruits frais et autres péchés mignons censés les réconforter. Autant de cochonneries modernes dont ils avaient été privés en quarante et chez Jeanne d'Arc.

– Gave-toi de chocolat !

Mathilde secoua la tête et sécha ses yeux.

– J'ai perdu du poids, je veux rester comme ça.

La porte s'ouvrit subitement sans que personne daigne s'annoncer et un assistant-réalisateur s'adressa à eux sur le ton d'un agent SNCF blasé.

– Direct dans cinquante minutes, vous êtes attendus au maquillage !

Ils le suivirent dans l'interminable couloir menant au plateau et croisèrent une myriade de techniciens en trottinette. Sur les moniteurs disséminés le long de la voûte, ils aperçurent les autres candidats drapés de couvertures de survie scintillantes. Coline ressemblait à une icône au visage sale vêtue d'une cape d'or. Lana portait un masque à oxygène.

On les maquilla, on les coiffa, on les habilla telles des poupées humaines. Chris ne reconnut pas son visage au teint parfait. Où se cachaient ses rides et ses cernes ? Mathilde avait rajeuni de dix ans, comme si un pan de son existence pouvait disparaître sous une couche de blush. Seule sa tignasse semblait encore posséder la capacité de se rebeller, ce qui restait d'elle avait capitulé.

Puis on les installa autour d'une table en plexiglas. Dans leurs dos, des écrans gigantesques diffusaient en boucles des séquences de leur passage dans le jeu. Chris se contempla en train d'écouter la radio dans une grange, soigner des blessés sur une route, manger un potage dans une écuelle de bois et rire avec Mathilde à la fenêtre de leur chambre d'auberge.

– Prêts ? leur lança Emmanuel Ducas en les rejoignant.

Il s'installa à l'autre bout de la table dans l'axe du prompteur.

– Bon, alors, qu'est-ce que je dis sur la prochaine manche ? s'énerva-t-il tout à coup sans que Chris sache à qui il s'adressait.

Il devina que Dieu logeait en régie et qu'il lui

parlait directement à l'oreille.

– D'accord, on ne dit rien… et où est Pia ? Pia ! Pia !

Une jeune femme blonde en débardeur pénétra la lumière du plateau, brosse et laque à la main. Elle ne portait pas de soutien-gorge.

– Mes cheveux, ça va ?

– Oui, oui, le rassura-t-elle en l'aspergeant tout de même de sa bombe.

La musique du générique résonna subitement et l'ange détala. Emmanuel Ducas enfila son sourire dentifrice et Chris se raidit sur sa chaise.

– Bonsoir, bienvenue dans *The Big History Show, la quotidienne* ! Aujourd'hui nous accueillons deux invités de marque ! Vous les avez aimés sous l'occupation et chez Jeanne d'Arc, merci d'applaudir Chris et Mathilde !

Malgré le fond de teint, Mathilde rougit.

– Honneur aux femmes ! Mathilde, pas trop déçue par votre élimination ?

– Non, j'ai vécu une aventure extraordinaire, je ne regrette rien.

Elle évita de croiser le regard de Chris et se retint de prononcer « C'est que du bonheur ».

– Et vous Chris, auriez-vous pu gagner cette manche à New York ?

Depuis l'enfance, il avait appris à dire ce qu'on attendait de lui et à museler ce qu'il éprouvait vraiment. Mathilde reconnut le Chris de circonstances.

– Peut-être, il fallait avoir de la chance pour prendre le bon escalier.

– Tout à fait. Et maintenant, nous avons une surprise pour vous, Mathilde !

– Pour moi ?

Subitement, elle se trouva très à l'étroit sur sa chaise et dans ses habits. Comme un bas de contention dont la maille se serait resserrée d'un coup.

– Maman !

Une fillette surgit dans les rayons des spots. Mathilde manqua de tomber de son siège. Chloé se jeta dans ses bras et elle fut submergée par une émotion merveilleuse. Elle serra fort son petit corps et respira son odeur d'enfant joyeux. Lorsqu'elle releva la tête, Patrick se tenait devant elle. Sans qu'elle ait le temps de réaliser ce qu'il faisait là, il l'enlaça.

– Bravo ! Je suis fier de toi !

Il ne s'était jamais adressé ainsi à elle. Elle ne le reconnut pas. Où s'était envolé le Patrick qui l'avait quittée ? Le Patrick qui ne pouvait jamais emmener ou aller chercher sa fille chez la nounou ? Le Patrick qui ne la rappelait pas et qui oubliait de payer la pension ? Le Patrick qui lui rendait le sac de Chloé rempli de vêtements sales, jamais lavés, encore moins pliés ?

Elle se dégagea et chercha la présence de Chris en soutien. Ses yeux sombres et sa moue contrariée semblaient dire « On nous prend vraiment pour des débiles ! »

Chapitre 53 – Corset

Fabienne proposa à Jean un peignoir tandis qu'on poussait Nicole en fauteuil roulant jusqu'à l'infirmerie.

– Ce n'est pas votre faute, le rassura-t-elle.

Il planta ses yeux dans les siens. Fabienne Dias s'était trompée sur son compte. Depuis longtemps déjà il ne voulait plus gagner. Il aurait de toute façon arraché son bracelet avant la dernière manche.

– Elle ira jusqu'au bout, murmura la directrice des castings. Lorsqu'elle saura pour Lana, elle ira jusqu'au bout.

Il hocha la tête et Fabienne le trouva infiniment beau. Oui, peut-être survivrait-il à *The Big History Show* au bout du compte. Il en était capable. Il saurait résister au laminoir médiatique parce qu'il ne lutait plus uniquement pour lui-même, une femme était apparue dans sa vie. Elle s'étonna de ne pas l'avoir vu venir. Elle se flétrissait. Dix ans plus tôt, elle en aurait eu l'intuition. Elle perdait son flair.

– Il faut y aller, les autres candidats sont sur le point d'arriver. Vous ne pouvez pas rester là.

Il enfila le peignoir et se dirigea vers la sortie tel un boxeur quittant le ring. Avait-il perdu ou gagné le combat ?

À peine eut-il passé la porte que Coline et Lana émergèrent du sas. Aussitôt, elles furent entourées d'un essaim de techniciens, médecins, costumières et assistants multifonctions.

Coline inspecta sa sœur du regard pendant qu'on la déplumait et qu'on la rhabillait comme un mannequin dans une vitrine. Il fallait qu'elle parle à Lana. Elle n'en avait pas eu le temps. Lana devait cracher son secret. Il y avait urgence.

– On lui rince les bras et le visage ? demanda une stagiaire.

– Pas besoin, la mer s'en chargera.

Cette dernière phrase la tira de ses pensées et Coline réalisa qu'on lui harnachait un corset sur le ventre. On lui avait enfilé des bas de fil qui ne manqueraient pas de lui provoquer une crise d'urticaire.

– Je n'arrive pas à respirer ! s'écria-t-elle.

– Ne serrez pas trop ! ordonna Geneviève. Il faut qu'elle puisse nager.

– Mais où est-ce qu'on va ? s'affola-t-elle.

Personne ne prit la peine de lui répondre, dans deux minutes, elle aurait sa réponse.

Juliette et Adem arrivèrent et subirent le même traitement. On passa à l'étudiant une culotte courte et une veste de brocart à manches ornées de galons. La couturière lui posa un tricorne de feutre noir sur la tête.

– Lana ! appela Coline. Lana !

– Tout va bien, elle va vous rejoindre, lui répondit Édouard Delorge en lui tendant une enveloppe.

– Qu'est-ce que c'est ?

– Les instructions pour la prochaine étape. Vous devez en prendre connaissance maintenant parce qu'il va y avoir beaucoup d'eau et qu'elles risquent d'être illisibles. Adem et Juliette auront la leur. Vous serez la première équipe à repartir. Ah, voilà votre sœur, entrez dans le sas.

Édouard la poussa dans le cylindre métallique et se précipita vers le cockpit de Jeff, la manœuvre temporelle s'annonçait périlleuse.

– L'hologramme du galion est prêt ? s'inquiéta-t-il.

– C'est le même que celui qu'on a testé pendant les repérages.

Aujourd'hui, Jeff portait un t-shirt sans motifs, Édouard se retint d'y lire un signe.

– Combien de temps on peut le projeter sans que l'image vacille ? Il faut qu'elle reste nette pour que le navire soit crédible.

– Il y a un risque de surchauffe pour la machine. Il faut que le naufrage dure le moins longtemps possible. On va accélérer un peu la vitesse de projection par sécurité.

– Je compte sur toi.

Édouard ne dit pas cela pour lui mettre la pression, mais parce qu'il le pensait. Jeff était le seul à pouvoir piloter un tel engin tout en réalisant des tours de passe-passe visuel.

– C'est parti ! Les filles sont dans le sas, elles vont faire un gros plongeon.

L'Émission

Chapitre 54 – Plouf !

– Il faut qu'on parle Lana ! Dis-moi ce qui se passe ! Ce n'est pas normal que tu sois malade à ce point ! Même avec la transportation.

– Ouvre l'enveloppe ! On en parle après, promis ! Coline, grouille-toi ! Ils ont déjà fermé la porte du sas, on ne pourra pas lire les instructions.

Dans sa robe de soie couleur pastel, Lana ressemblait à madame de Pompadour. Coline déchira l'enveloppe, mais n'eut pas le temps de déplier le papier. Ses pieds se dérobèrent et elle glissa dans l'espace. L'air tourna autour d'elle. Elle ferma les yeux et éprouva la sensation de n'avoir plus de corps, de n'être qu'une conscience projetée à vive allure dans l'univers.

Puis elle fut prise de tremblements et se mit à tousser violemment. Il ne s'agissait pas du même besoin de vomir que lors des voyages précédents. Elle cracha de l'eau. Elle en avait partout, dans le ventre, les poumons, sous les paupières. Elle ouvrit les yeux et la lumière du jour lui brûla les pupilles. Elle porta une main à son visage et découvrit qu'il était recouvert de sable. Elle chercha à l'essuyer avec sa robe et réalisa qu'elle aussi était trempée. Une partie de son corps demeurait immergé. Des vagues transparentes léchaient ses jambes, elle avait perdu ses souliers. Ses bas grattaient. Elle rampa vers la plage. Une odeur d'iode lui piqua les narines. Le soleil brillait au-dessus de sa tête. Son regard se posa sur un navire à voiles en train de sombrer dans une baie bordée de cocotiers. Autour d'elle, sur le rivage, des caisses et des débris échoués. Elle peina à se mettre debout à cause du poids de ses jupons. Le corset empêchait ses poumons de fonctionner normalement.

– Lana ! appela-t-elle en cherchant autour d'elle.

Deux autres corps semblèrent tomber du ciel dans la mer. Elle reconnut Juliette et Adem. Avec difficulté, ils gagnèrent le rivage.

Plus loin, près d'un rocher rond, Lana était étendue. Coline se précipita, ralentie par sa tenue. Elle chuta plusieurs fois.

– Ça va, la rassura sa sœur lorsqu'elle fut à sa hauteur.

– Je vais t'enlever cette tonne de fringues ! Tu ne peux pas respirer !

Coline lui délaça son corset et se débattit avec les couches de tissus.

– Où est-ce qu'on est ? souffla Lana.

– Aucune idée, je n'ai pas eu le temps de lire les instructions.

Tout à coup, des cris s'échappèrent du mur de végétation luxuriante qui bordait le sable.

– Missié ! Missié !

Un homme couleur ébène vêtu d'une simple culotte de toile s'élança vers elles en hurlant. Coline se figea et s'agrippa à sa cadette. Impossible de savoir s'il leur voulait du mal. Il paraissait très excité. Puis un second homme, également noir, portant un chapeau de paille troué et une chemise sale, émergea à son tour. Tous deux paraissaient guider quelqu'un par leurs cris.

– Missié ! Missié !

– Il faut qu'on reste ensemble.

C'était Juliette qui les avait rejointes.

– On a perdu l'enveloppe, s'affola Coline tandis que les deux hommes criaient toujours et retournaient les caisses disséminées sur la plage.

– On est en Martinique en 1697. On doit trouver un trésor.

Coline allait ajouter quelque chose, mais un homme blanc portant des habits similaires à ceux d'Adem arriva.

– Missié ! Là ! brailla l'homme noir presque nu qui était apparu le premier en désignant du doigt les candidats.

– Souriez ! Souriez ! leur intima Juliette comme si un photographe allait leur tirer le portrait.

– Mais qu'est-ce qu'on va lui dire ?

– Ce que veut la prod ! On est une famille de riches sucriers ayant fait naufrage en rentrant en France. Adem et moi, nous sommes frères et sœurs et vous êtes nos cousines !

Elle se leva, rajusta sa robe et se dirigea vers le colon blanc courant dans leur direction.

– Bonjour monsieur, nous avons besoin d'aide !

Jeff diminua progressivement la projection de l'hologramme. Le vaisseau sombra lentement dans les eaux turquoise. À l'écran, l'effet était saisissant.

– Ils ne vont pas trouver drôle qu'il n'y ait pas plus de survivants ou de cadavres ? osa-t-il demander à Édouard.

– Ils seront plus occupés par Adem et les filles. Il n'y a qu'une poignée de colons, la majorité de l'île est peuplée d'esclaves qui ne poseront pas de questions. L'hologramme n'est qu'un alibi.

– Tant mieux parce qu'il ne faut pas trop faire ce genre de manipulation avec la machine, elle n'aime pas ça. On ne sait jamais comment elle peut réagir.

Il parlait d'elle comme d'une personne. Édouard se trouva subitement de trop, un peu comme s'il tenait la chandelle d'un couple d'amoureux. Il contempla la couchette aménagée de Jeff. Pendant le tournage, il prenait des quarts et ne sortait pratiquement jamais de sa cabine tel un skipper en haute mer. La machine devenait un prolongement de lui-même, son âme sœur de métal.

– Je retourne en régie, annonça-t-il.

– Ok, je vais continuer à la surveiller jusqu'à ce que le risque de surchauffe disparaisse.

Chapitre 55 – Le sucre

– Je me nomme Balthazar Dubuc de Bellefonds. Vous avez échoué sur mes terres. Nous allons vous porter secours !

Il avait entre vingt et trente ans. Il cria un ordre aux esclaves qui s'empressèrent de charger les caisses et les malles.

– Madame…

Il tendit une main à Juliette tout sourire.

– Merci. Je m'appelle Clothilde. Lui, c'est Pierre, mon frère et elles, mes deux cousines : Marie-Constance et Marie-Thérèse. Nous sommes la famille de Lussac.

Coline grimaça. Marie-Constance et Marie-Thérèse, quelle blague !

– Pouvez-vous marcher ?

– Oui, merci. Il y a juste Marie-Constance qui ne va pas très bien.

Juliette venait de les baptiser. Elle leur lança un clin d'œil. Coline se crispa. Elle ne savait pas ce qui l'irritait le plus, les minauderies de l'étudiante ou ses bas rêches d'eau de mer.

Ils progressèrent à travers des champs de canne à sucre, traversèrent un hameau de pauvres maisonnettes en bois que le colon nomma « rue case nègre », longèrent un parc à bestiaux couvert de poussière puis dépassèrent des entrepôts qui abritaient la sucrerie et la purgerie avant d'atteindre la maison du maître. Dans chaque lieu, Coline évita de croiser le regard des esclaves qui tournaient la tête dans leur direction.

– Ça va ? chuchota-t-elle à Lana hissée sur un âne

famélique.

– Ma robe me gêne.

– La mienne gratte et il fait tellement chaud que même une douche froide, je prends !

Une esclave mieux habillée que les autres sortit de l'habitation de Balthazar Dubuc. Elle portait plusieurs jupons, une chemise blanche et un linge lui entourait la tête à la façon d'un turban. Il s'agissait de la domestique de la maison. Elle fut rejointe par une dame blanche en robe de soie jaune.

– La famille de Lussac a couru fortune d'être noyée. Elle va demeurer ici, l'informa Balthazar. Voici ma femme Marie-Anne.

– Veuillez entrer, les invita-t-elle.

Juliette fit une révérence et Coline se sentit obligée de l'imiter. Devant elle se dressait une demeure de bois à un étage entourée d'une terrasse couverte bordée de bougainvilliers offrant ombre et fraîcheur. Un havre de paix niché dans un petit coin de paradis si l'on parvenait à faire abstraction de la misère des esclaves qui l'entourait.

La chambre dans laquelle furent conduites les filles contrastait avec la saleté et la pauvreté des cases et de la sucrerie. La pièce était propre et délicatement décorée. Le dessus de lit était cousu de dentelle blanche et une figurine en porcelaine trônait sur une commode lustrée. La domestique leur apporta une bassine d'eau et des vêtements secs. Lorsqu'elle leur proposa de les aider à se dévêtir, Coline refusa.

– On fait partie de la noblesse et Lana aurait besoin d'un coup de main, lui fit remarquer Juliette en se dégageant de ses jupons.

– Je m'en charge.

– On ne te donne pas un fouet ! Elle doit juste t'aider à te déshabiller.

– Tu n'as aucune morale ! rétorqua Coline.

– J'ai le sens pratique ! On est dans un jeu !

– Elle n'est pas un personnage vidéo ! Elle est une vraie personne !

Sans s'en rendre compte, Coline criait.

– Une vraie personne qui n'existe plus ! railla Juliette. Elle est morte depuis trois siècles.

– Envoie la capsule de confort, ordonna Édouard à Jeff dans son talkie-walkie.

Il n'aimait pas ce genre d'échange à l'antenne. Des filles qui se déshabillent, oui, mais qui remettent en cause l'éthique du programme, non.

– Trop tôt. La machine est toujours en surchauffe.

– Fais-le maintenant !

Il ne pouvait pas se laisser contredire devant toute l'équipe.

– Elle risque de griller.

– Maintenant !

Édouard se mura dans un silence buté jusqu'à ce que l'objet cylindrique apparaisse et roule sur le plancher de la chambre.

Juliette se précipita pour le ramasser.

– Adem, oh merde, Pierre ! Pierre ! appela-t-elle dans le couloir.

Coline rinçait les cheveux de Lana dans la bassine. Elle lui noua un linge sur la tête.

– Le sèche-cheveux, c'est pas pour tout de suite. Comment tu te sens ?

– Un peu faible, mais ne t'inquiète pas.

– Justement, il faut qu'on…

– Adem est là, vous pouvez ouvrir ! lança Juliette dans la direction d'une caméra invisible du plafond.

La capsule éclot comme un œuf. Elle contenait un sachet sur lequel était rédigé :

Une chasse au trésor est d'abord une course d'orientation. Afin d'affûter votre œil, il faut en déguster d'autres.

La première équipe dont les candidats auront avalé deux yeux de barracuda remportera ce jeu de confort surnommé la Dégustation.

Juliette secoua le sac en papier au-dessus de la table de chevet et huit globes oculaires sanguinolents roulèrent sur le bois.

– Des yeux de poisson, grimaça Adem. Ils sont énormes !

Coline se demanda comment les ingurgiter sans s'étrangler.

– Il y en a deux par personne. Je compte jusqu'à trois, proposa Juliette qui avait perdu de sa superbe. Un... deux... trois !

Coline saisit l'œil qui lui paraissait être le moins gros et tenta de l'avaler d'une traite. Un relent de mer et de sang lui souleva le cœur. Elle ferma les yeux et se pinça le nez. Ne pas mâcher, ne pas mâcher... Elle dut s'y reprendre à plusieurs fois avant de parvenir à déglutir. Son organisme entier se liguait contre elle et refusait d'engloutir cette viscosité immonde. Elle eut la nausée. Elle attrapa le deuxième œil qui glissa entre ses doigts. Elle refoula un haut-le-cœur. En face d'elle, les étudiants mastiquaient avec dégoût leur dernière sphère globuleuse. Elle se tourna vers Lana et, à sa surprise, constata que sa bouche était vide. Comment avait-elle fait ? Coline se força à avaler son dernier œil. Elle s'étrangla presque et leva les bras en signe de victoire puis tira la langue à la façon d'une aborigène achevant son haka.

Juliette recracha une bouillie de chair gélatineuse et Adem se précipita vers la bassine d'eau. Les sœurs se jetèrent dans les bras l'une de l'autre.

– Comment t'as fait ? demanda Coline.

– Ces temps-ci, je n'ai plus ni goût ni odorat.

La capsule s'évanouit et une longue vue apparut à sa place. Coline la ramassa et l'agita sous le nez de Juliette. « Et toc ! »

– Elle ne te servira à rien, riposta Juliette en s'essuyant la bouche.

– On ira plus vite que vous !

– Où ? Vous avez perdu les instructions. Vous ne savez même pas où chercher !

Juliette ricana. Un rire haut perché de cantatrice. Coline hésita à transformer sa longue vue en gourdin.

– Je te l'échange contre les infos, proposa l'étudiante en histoire de l'art.

Elles étaient piégées. Chantage !

– Donne-la-lui, fit Lana.

– On l'a gagnée ! protesta Coline.

– On ne sait pas où regarder.

Coline tendit la longue vue à Juliette en soupirant.

– L'arbre aux papillons du Marigot.

– Mais c'est où ? Ça veut dire quoi ?

– À partir de maintenant, chacun pour soi. Démerdez-vous !

On frappa à la porte. Heureusement pour Juliette, car Coline était sur le point de lui faire gober ses propres yeux.

– Dîner, leur annonça la domestique.

La table avait été dressée dans la salle à manger. Deux chandeliers éclairaient la porcelaine et les couverts d'argent. Balthazar Dubuc et son épouse attendaient les naufragés. Juliette exécuta une révérence et Coline rongea son frein. Une fois qu'ils furent installés, Marie-Anne leur demanda :

– Ces vêtements vous siéent-ils ?

– Oui, c'est parfait, merci beaucoup, répondit

Adem poliment.

Aucun d'entre eux n'osait ouvrir la bouche de peur de ne pas s'exprimer correctement.

– Je ne me souviens pas d'avoir ouï nommer votre famille ? enchaîna leur hôte.

Ils se regardèrent mal à l'aise.

– La famille de Lussac est une vieille lignée du Bordelais, le renseigna Juliette en se composant une charmante moue.

– Vous parlez étrangement, constata-t-il. Où avez-vous dit que votre famille possédait une plantation ?

Juliette n'eut pas le temps de répondre, car Lana s'effondra au sol.

Chapitre 56 – Glioblastome

Une fois seule avec sa sœur, Coline craqua. Il fallait qu'elle pleure un bon coup. Pas uniquement à cause de l'inquiétude qui la rongeait concernant Lana, mais aussi parce que *The Big History Show* représentait une épreuve pour les nerfs, la raison et l'âme.

Lana dormait à présent. Son sommeil ne ressemblait pas à du repos, mais à une chute. Une partie d'elle s'effondrait. Coline ouvrit la fenêtre de la chambre autant pour respirer que pour noyer ses sanglots dans les bruits de la nuit. Elle put entendre le chant des grenouilles et des insectes.

– J'ai un glioblastome.

Coline se retourna vers sa sœur que le souffle d'air avait tirée de son labyrinthe cérébral.

– Au cerveau, un cancer.

Une chose qu'elle ignorait se trouver là se coinça dans la gorge de Coline.

– Les migraines, les problèmes ophtalmologiques, les sauts d'humeur, c'était ça. L'IRM n'a laissé aucun doute.

Des bruits de verres s'entrechoquant et le rire de Juliette s'élevèrent depuis le rez-de-chaussée. Coline chercha en elle toute la force qui lui restait pour prononcer un simple mot.

– Combien ?

– Neuf mois sans traitement, un peu plus avec. Mais le diagnostic date d'avant le programme. Aujourd'hui, il ne doit pas rester grand-chose.

Coline se mit à pleurer. Après plusieurs tentatives qui se soldèrent en bouillie de phrases, elle parvint à articuler.

– On arrache nos bracelets et tu fais de la chimio. On va s'en sortir.

Lana se redressa, aussi pâle que les draps.

– *Tu* vas t'en sortir, c'est pour ça qu'on est ici.

– Non, il doit y avoir un autre moyen. On consultera plusieurs médecins !

– Ils sont tous d'accord.

– Tu dois tout tenter, même s'il y a peu de chances ! implora Coline.

– Il ne s'agit pas de chance, mais de temps.

Coline allait répliquer, mais Lana la fit taire d'un geste.

– C'est trop tard, chaque passage dans le sas temporel augmente la tumeur. Je ne sais pas si je pourrai aller jusqu'au bout, mais toi tu peux. Tu vas gagner pour nous deux.

– Mais je me fiche du million d'euros si tu n'es pas là !

L'échéance importait peu. Lana avait déjà fait son choix. Coline se précipita pour la prendre dans ses bras. Lana avait tout prévu et pour cette raison ne lui avait rien dit. Lana voulait la sauver, elle.

– Je n'arrive pas à faire descendre la température ! hurla Jeff dès qu'Édouard approcha de la machine. Elle est en surchauffe ! On va devoir couper l'alimentation pour lui permettre de refroidir sinon tout va péter !

Ses yeux étaient striés de rouge et ses membres tremblaient. Édouard posa une main sur son épaule.

– On ne peut pas arrêter… Les candidats ne doivent pas être livrés à eux-mêmes. On les retransportera dans quelques jours, d'ici là, la machine – il ne voulut pas dire « elle » – aura sans doute eu le temps de refroidir.

Chapitre 57 – Carpe diem

Jean demeura figé devant l'écran du hall. Coline ressemblait à Romy Schneider en costume d'époque. Pourtant ce n'était pas sa tenue qui le bouleversait, mais ses pleurs. Les images de ses larmes. Il eut envie de fracasser chaque écran de métropole et d'outre-mer et de crever les yeux aux millions de voyeurs qui savouraient sa détresse.

Autour de lui, des techniciens allaient et venaient comme s'il n'était qu'un poteau. Des trottinettes et des chariots remplis de câbles le frôlèrent. Il resta impassible. Puis doucement un murmure que personne n'entendit s'échappa de sa bouche.

– Debout Coline, n'abandonne pas, donne-leur le change. Tu peux battre tout le monde. Tu as assez de force en toi.

Coline se redressa et planta son regard dans celui de sa cadette. Si l'histoire devait être courte, elle serait extraordinaire. Lana avait raison, mieux valait mourir en corset et jupons sur une plage de sable tiède que dans un lit d'hôpital impersonnel. La dignité était d'avoir le choix de sa mort.

Elle recoucha sa petite sœur avec des gestes aussi tendres que déterminés, l'embrassa sur le front et se rinça le visage à l'eau fraîche avant de descendre. La maison était devenue silencieuse. Elle soupçonna Juliette d'avoir suivi Adem dans sa chambre afin de les éviter, mais cela lui convenait très bien. Elle trouva Balthazar en train d'allumer une lampe à huile dans son bureau. Il avait dénoué son foulard.

– Comment se trouve votre sœur ?

– Elle dort. Merci.

– Que puis-je pour vous ?

– Quel jour sommes-nous ?

– Le treize octobre 1697.

Il ne la contemplait pas, il l'inspectait. Nul doute que leurs manières et leur façon de parler avaient fait naître en lui de la suspicion.

– Avez-vous une carte de l'île ?

Balthazar déplia sur la table un large papier jauni annoté d'une écriture fine et penchée.

– Vous trouverez un navire en partance pour la France à Saint-Pierre.

– Le Marigot, c'est où ?

Il posa un doigt au-dessus d'une presqu'île.

– Il n'y a point de navire au Marigot.

– Pouvez-vous m'y conduire ?

– Dans quels desseins ?

– Je pense qu'une partie de la cargaison de notre bateau, pardon, de notre navire s'est perdue là-bas pendant que nous longions la côte.

S'il restait peu de temps à Lana, Coline apprendrait tout en accéléré. Première leçon, le mensonge.

– J'y enverrai mes nègres.

– Non, je veux y aller moi-même.

Deuxième leçon, la détermination.

– Soit. Je vous accompagnerai donc. Toutefois, il nous faudra passer la nuit sur place.

– Pas de problème.

Balthazar sourcilla. Quelle drôle de femme…

Chapitre 58 – I have a dream

– On vient avec toi ! s'insurgea Juliette le lendemain.

Coline l'avait devancée et Juliette vitupérait.

– Certainement pas. Chacune pour soi, ne se démonta pas Coline.

À huit heures du matin, il faisait déjà très chaud, mais Coline bouillait pour d'autres raisons.

– Il n'y a plus de mulets et Balthazar ne va pas nous fournir deux escortes ! C'est crétin ! En plus, Lana n'est pas en état d'y aller.

C'était ce qui ennuyait Coline. Impossible de laisser Lana seule. Juliette en profita.

– Je viens avec toi et Adem reste pour s'occuper de Lana. Il est médecin.

– Je ne suis qu'en seconde…

– Coline, enchaîna Juliette. Ne prends pas de risques !

La garce avait raison, Coline capitula. Elle voulait par-dessus tout que Lana ne souffre pas.

– D'accord.

Balthazar héla deux esclaves qui aidèrent les jeunes femmes à se hisser sur les ânes tandis quc lui-même enfourchait son cheval.

– Ils vont faire le trajet à pied sans chaussures ? s'exclama Coline scandalisée.

– Les nègres n'ont pas l'usage des souliers.

Elle allait protester, mais Juliette la devança.

– Eh, Martin Luther King, laisse tomber, tu veux ? Ils ne peuvent pas comprendre !

Coline contempla les deux hommes maigres en culotte de toile. Leur peau sombre était striée de cicatrices.

– En route ! ordonna Balthazar.

Avant de s'enfoncer dans la végétation luxuriante, ils longèrent une plage bordée de cocotiers où, plusieurs siècles plus tard, des touristes blancs et gras en séjours club vendus par une petite agence de Tours siroteraient des mojitos.

Ils atteignirent le Marigot à la tombée de la nuit après une longue randonnée dans la forêt tropicale. Le bourg se composait de sept ou huit maisons surnommées « café » servant pour la plupart de magasin à sucre. Balthazar mit pied-à-terre.

– Trouvons un peu de repos chez la veuve du sieur Vepré.

Les candidates n'avaient pas échangé un mot depuis le départ. Coline soupçonnait Juliette de mijoter quelque chose. Elle ne la quitterait pas des yeux. Elle ne put de toute façon pas faire autrement puisqu'elles furent logées ensemble au fond de la cahute et contraintes de partager l'unique couche de la maisonnée.

– Demain, nous explorerons les rivages afin de retrouver vos effets, les informa Balthazar avant de les gratifier d'un bonsoir.

Un dais fit office de rideau de séparation afin de leur procurer un peu d'intimité féminine.

– Ça schlingue, maugréa Juliette en retirant ses souliers.

Elle étala un jupon en guise de drap sur la paillasse crasseuse. Coline s'allongea à ses côtés, épuisée. La nuit précédente, elle n'avait pas fermé l'œil. Elle avait pensé à Lana jusqu'à l'aube, cherchant des solutions qui n'existaient pas, refusant d'admettre qu'elle puisse un jour ne plus être là. Un courant d'air la réveilla. Elle ne s'était pas rendu compte qu'elle dormait. En se retournant, elle découvrit que Juliette avait quitté la chambre. La fenêtre bâillait et l'étudiante s'était volatilisée. La teigne ne lui avait pas tout raconté ! Elle savait certainement où se situait l'arbre aux papillons !

Avec rage, Coline enfila ses chaussures et se précipita dans la nuit. Elle ne fit pas trois pas qu'elle s'arrêta net. Un groupe d'hommes armés de sabres et de pistolets avançaient sans bruit en direction du café. Elle s'immobilisa dans l'ombre et retint sa respiration. L'un d'entre eux tenta de forcer la porte. Puis tout alla très vite, un coup de feu partit de l'intérieur et l'homme s'effondra. Le reste du groupe répliqua, ce qui réveilla les chiens qui aboyèrent. Des esclaves coururent se cacher dans les halliers au milieu des tirs, des cris et des hurlements des bêtes. Coline se réfugia derrière une palissade décharnée. Une goutte glacée lui coula le long de l'échine. Que se passait-il ?

Un attaquant en tricorne, veston et chemise de marin s'élança dans sa direction une épée à la main. L'avait-il vu ? Elle se fit aussi petite que possible. Il s'effondra soudain à ses pieds, touché par une balle perdue. Les habitants du Marigot avaient pris les armes.

– Help, please, help ! gémit le blessé.

Coline hésita à lui venir en aide. Depuis le début de *The Big History Show*, elle n'en était plus à un mort près. Pourtant sa petite voix intérieure la poussa à le secourir. Elle lui tendit la main et l'aida à ramper à l'abri.

– Thank you, fit-il en se tenant la jambe.

Il saignait et même dans l'obscurité le trou creusé par la balle était bien visible. Coline chercha des mots de réconfort en anglais, mais n'en trouva pas. Les seuls qu'elle connaissait servaient à réserver des billets d'avion et des formules demi-pension.

– Fucking pirates ! grommela-t-il en grimaçant. Fucking *Big History Show* !

Coline se figea. Malgré les coups de feu et le vacarme des combats, elle avait parfaitement entendu. L'homme, un pirate anglais, venait de prononcer le nom de l'émission !

Chapitre 59 – Doublon

Franck Boulard vociféra dans la régie. Chacun en prit pour son grade. Des têtes allaient tomber.

– Qui est responsable des relations avec les autres programmes de *The Big History Show* ? Quel est l'abruti qui n'a pas fait son job !

Il risquait bien de guillotiner quelqu'un. Édouard tenta d'arranger la situation.

– Ils ne nous ont pas contactés non plus. Il s'agit de *The Big History Show Great Britain*. L'éventualité que deux équipes se retrouvent au même moment à la même époque est infime.

Il chercha Vania du regard en se disant que les probabilités, elle maîtrisait. Mais l'assistante du responsable Jeux de France 1er paraissait vidée de sa substance vitale. Elle ne bougeait plus, l'œil atterré et fixe, le stylo inerte suspendu en l'air.

– Qu'on les appelle ! Merde ! Selon la charte, la Martinique est un territoire français. On est les seuls à pouvoir y tourner.

– Le problème avec les anciennes colonies est qu'elles ont souvent changé de main, commenta Filipetti.

La rage de Franck Boulard s'accrut.

– On s'en fiche ! La règle est la règle ! Et puis quoi encore, autant créer un *Big History Show Nice* sous prétexte que c'est le dernier territoire à être devenu français ! Et pourquoi pas un *Big History Show spécial indépendantistes savoyards* ! Merde !

Édouard chercha à l'apaiser.

– Je me charge de téléphoner, on va trouver une solution.

– Tu as intérêt ! Le CSA menace de nous couper l'antenne.

À peine Édouard avait-il sorti son portable que Jeff déboula, paniqué.

– Ça a provoqué une collision spatio-temporelle. Il faut absolument que l'un d'entre eux reparte sinon la machine va imploser !

Les yeux de Franck menacèrent de sortir de leurs orbites.

– On se calme ! intervint Édouard. Ceux qui n'ont pas besoin d'être en régie sortent. Laurent, laisse les caméras sur Juliette pour le moment. Jeff retourne au cockpit. Moi, je téléphone aux Anglais.

Il n'y avait qu'un moyen d'en être sûre. Coline retroussa la manche du pirate anglais. Il portait bien un bracelet. Pas identique au sien, mais similaire.

– The *Big History Show*, murmura-t-elle.

– What the fuck ?!

En contrebas, deux flibustiers s'effondrèrent. Les habitants du Marigot reprenaient le dessus. Une partie des Britanniques battait en retraite vers les canots.

– I'm Coline. What's your name?

– Rob.

Il l'informa rapidement qu'il démarrait sa troisième manche et que son binôme était resté à bord à cause de ses nausées. Le mal de mer et les voyages dans le temps ne s'accordaient pas bien.

– I'm fucked, constata-t-il en contemplant la débandade des siens.

À présent, les habitants refoulaient les derniers forbans jusqu'au rivage où ils furent contraints de se jeter à l'eau et de nager jusqu'à leurs canots.

– I have to go, murmura-t-il d'un ton amer en désignant sa jambe qui se vidait de son sang.

Il s'apprêta à arracher son bracelet

– I'm looking for a treasure, tenta Coline.

Peut-être avait-il entendu parler d'un trésor. Rob secoua la tête.

– Take that.

Il extirpa de son vêtement un parchemin plié et lui expliqua qu'il l'avait gagné au jeu de confort.

– Good luck! See you in three hundred years !

Il trancha son bracelet avec les dents et lui sourit. Puis au bout de trois secondes, il disparut comme s'il n'avait jamais existé. Rendez-vous dans trois cents ans.

Juliette avait assisté de loin à la descente des pirates. Lorsqu'elle fut certaine que le danger s'en était allé avec les derniers canots, elle reprit sa route. À la lueur des étoiles, elle étala la fine carte donnée par la production au départ de la manche et qu'elle avait conservée discrètement dans la chambre d'Adem au nez et à la barbe des deux gourdasses. Une croix sous un arbre très large indiquait le trésor. Il devait certainement s'agir d'un tronc inhabituel. Elle pointa la jumelle échangée à cette nunuche de Coline. Il faisait si clair qu'on y voyait presque comme en plein jour. Ici, pas de pollution lumineuse. Elle inspecta les alentours puis marcha silencieusement. Elle avait pris une sérieuse option sur la victoire.

Coline déplia la feuille et constata qu'il s'agissait d'un plan détaillé de l'île. Elle eut envie de rire. Une écriture élégante indiquait les plantations de canne à sucre, les villes, les chemins, les plages et les points de mouillage. L'outil parfait pour organiser une expédition. Le Marigot aussi était renseigné. Le nombre de cafés répertoriés semblait exact, un assistant déco avait dû passer beaucoup de temps sur cet ouvrage. Soudain, parmi les mille minuscules dessins et signes, un détail attira son attention. Elle inclina la carte à la lueur des étoiles pour mieux voir. Oui ! Il s'agissait bien d'un papillon. Deux ailes bleues étaient nettement représentées.

– Marie-Thérèse ! Êtes-vous saine et sauve ? Quelle frayeur ! Grâce au ciel, nous avons mis en déroute ces flibustiers.

Coline dissimula la carte derrière son dos et grimaça un sourire à Balthazar qui accourrait, une torche à la main.

– Savez-vous où se trouve Clothilde ?

Elle réalisa que tout le monde s'inquiétait pour Juliette. Elle se composa en visage concerné afin de cacher ce qu'elle pensait vraiment : elle peut crever.

– Non, elle a disparu.

Balthazar ordonna aux esclaves de partir à sa recherche. Coline insista pour accompagner celui envoyé au nord du bourg. Le colon la regarda, étonné. Avait-elle perdu la tête ? Décidément ces femmes se montraient très étranges.

– Certains forbans rôdent peut-être toujours.

– Je n'ai pas peur et je ne serai pas seule.

En parlant, elle lui prit fermement la torche des mains. Puis elle fit un signe de tête à l'esclave qui allait l'escorter. Pas de temps à perdre. Qui sait si Juliette n'était pas déjà en train de creuser ?

L'étudiante tournait en rond. L'aigreur s'empara d'elle. Tous les arbres paraissaient identiques ! Rien ne ressemblait plus à un cocotier qu'un cocotier. Elle interrogea la carte pour la millième fois en refoulant l'envie d'en faire des confettis. L'arbre aux papillons, l'arbre aux papillons…

Soudain, des voix se rapprochèrent et une lumière dansa à travers les troncs. On venait. Sans bruit, Juliette se dissimula derrière un palmier aux feuilles aussi longues qu'un homme. Deux individus arrivaient. Elle parvint à entendre ce qu'ils disaient et reconnut l'une des voix.

– Il devrait se trouver par ici, expliqua Coline à l'esclave qui l'accompagnait

– Twop nwé.

Coline leva sa torche pour éclairer la végétation.

– Papyon, swé pa.

– Je sais qu'il n'y en a pas la nuit. Ce qu'on cherche, c'est un arbre particulier.

L'esclave s'arrêta et la fixa. Il devait avoir une quarantaine d'années. Dans l'obscurité, il ressemblait à un homme pétri de ténèbres. Le blanc de ses yeux rendait son regard plus intense.

– Sé movéé lespri.

Il avait peur. La forêt regorgeait d'âmes et d'esprits.

– Comment tu t'appelles ?

– Léonard.

– Non, ton vrai nom, ton nom d'avant ?

Elle n'avait pas voulu dire africain. Pour cet homme, il n'y avait pas de pays ou de frontières, il n'y avait qu'un passé et un présent.

– Yankhoba.

– Au pied de cet arbre, il y a un trésor, Yankhoba. Une chose qui peut changer ta vie.

En parlant, elle lui avait pris les mains et il ne les avait pas retirées. Ils scellèrent un pacte muet. Alors Yankhoba se retourna et pointa un tronc semblable à une sculpture de bois tressé. Coline sut immédiatement qu'il s'agissait du bon. Ils se précipitèrent pour creuser.

– Stop ! J'étais là avant vous ! rugit Juliette en bondissant hors de sa cachette.

Elle agita sa carte sous le nez Coline.

– On l'a trouvé sans toi ! Et sans le plan que tu devais partager en échange de la jumelle. Sale traîtresse !

Coline se rua sur elle. Yankhoba la retint de justesse.

– Madimwazel, pa fè mal !

Coline se libéra avec la rage d'une forcenée et poussa brutalement Juliette à terre.

– N'essaie même pas de dégager une brindille ou je t'étrangle !

Chapitre 60 – Yankhoba

– Yankhoba, attache-la !

Coline plaquait Juliette au sol comme on terrasse un attaquant en cours de self défense. Elle lui tordit son bras maigre et se tint assise sur son dos. Pour une fois, ses kilos en trop allaient lui servir. Sa proie braillait, mais Coline ne bougea pas. Fini de subir, maintenant elle passait à l'action !

– Yankhoba, arrache mon jupon et ligote-lui les pieds et les bras. Et bâillonne-la aussi tant qu'on y est.

– An vlé pa fè sa fenm blan !

L'esclave ne voulait pas s'en prendre à une femme blanche.

– Tu n'as pas le droit ! brailla Juliette en se débattant.

– Oh que si ! Ce n'est pas toi d'ailleurs qui demandais si on pouvait couper le bracelet d'un autre candidat ?

– Si tu fais ça, Coline, je te jure que…

Coline ne lui laissa pas le temps de la menacer, d'un geste vengeur, elle arracha le cordon qui la reliait à la machine. En trois battements de cils, Juliette se volatilisa et elle se retrouva assisse à même la terre.

– Maji nwé…, murmura Yankhoba terrorisé en prenant ses jambes à son cou.

– Non, attends, ne pars pas !

Coline ramassa la torche. Désormais seule, elle sonda la forêt. Les bruits lui parurent plus intenses. Elle s'agenouilla au pied de l'arbre où elle coinça le flambeau et s'attela à la tâche. Très vite, ses doigts s'écorchèrent. Elle dut trouver un bâton pour creuser. Elle travailla en rythme en pensant à Lana. Autant pour ne pas sentir la douleur dans ses bras que pour ne pas céder à la peur des taillis dans la nuit. Ce fut comme une transe. Oui, Yankhoba avait raison, les bois abritaient des esprits, des esprits qui la poussaient à faire des choses invraisemblables. Au bout d'un temps infini, son outil improvisé heurta un couvercle de bois. Un son creux résonna. Coline dégagea le coffre le cœur battant. Elle venait de trouver un trésor.

Édouard et Fabienne s'élancèrent vers le sas où Juliette n'allait pas tarder à apparaître. Décidément le tunnel était trop long ! Ils furent doublés par Franck Boulard en voiturette de golf qui freina brutalement à leur hauteur. À ses côtés, Vania feuilletait convulsivement le règlement.

– Montez ! On va la réceptionner. Vania vérifie qu'il n'y a pas d'infraction au jeu. Si c'est le cas, on la réexpédie immédiatement.

Les pneus crissèrent devant la machine et les cervicales d'Édouard se déboîtèrent. Du rallye en voiture sans permis, très peu pour lui.

– Elle est là ! s'exclama Fabienne en courant vers Juliette qui émergeait du sas en titubant.

– Chapitre vingt-trois, article douze, alinéa deux ! piailla Vania en agitant le manuel. « Une fois le bracelet de survie rompu de quelque façon que ce soit, le candidat est automatiquement réexpédié dans le présent. » Ça sous-entend que n'importe qui peut arracher le bracelet.

Elle rayonnait, semblable à un avocat ayant remporté un procès. Coline était relaxée.

– Qu'est-ce qu'on fait de l'esclave qui a vu Juliette disparaître ? enchaîna Franck Boulard qui n'aimait pas les questions laissées en suspens.

– On va voir si le CSA intervient, répondit Édouard. De toute façon, c'est trop tard.

– Et pour Adem ?

– Éliminé lui aussi. Je suggère qu'il rentre avec les filles pour ne pas attirer l'attention.

L'Émission

Chapitre 61 – Trésò

Coline se précipita vers le lit de Lana. Adem n'avait pas quitté son chevet.

– Comment elle va ?

– Elle dort, chuchota-t-il. Elle est très malade.

Coline prit la main de sa sœur et refoula une vague de larmes. Chaque moment passé avec elle pouvait être le dernier.

– Vous avez trouvé le trésor ? Où est Juliette ?

– On doit partir et faire semblant de prendre un bateau à Saint-Pierre. Je te raconterai en chemin.

Elle avait envie de s'allonger à côté de Lana et de ne plus bouger. Comme si rester là pouvait suspendre le temps.

– Pourquoi on n'a pas le droit d'utiliser la machine pour voyager dans le futur et rapporter un médoc qui puisse la soigner ? À quoi ça sert d'avoir inventé ce truc, si l'on ne peut même pas sauver ceux qu'on aime ?

Filipetti se hâta d'envoyer la pub. Il ne fallait surtout pas donner au téléspectateur matière à réflexion.

– Ce n'est pas nous qui avons rédigé la charte, chuchota Édouard à Fabienne comme s'il s'excusait. Nous ne sommes que les usagers. Les gens meurent, machine ou pas machine, mais nous ne pouvons jamais l'accepter. C'est dans notre nature. J'ai visité beaucoup d'époques, la mort est toujours injuste.

– Édouard, annule le confort de la dernière manche, on leur donnera directement de la morphine, implora Fabienne. Il ne servira à rien de toute façon, on n'aura pas besoin de les départager. La seule qui peut gagner est Coline, si elle va jusqu'au bout.

Édouard ne pouvait pas modifier la charte, mais le règlement oui. Il allait fournir à Coline et Lana toute l'aide possible.

– À mi-chemin, on dira aux esclaves de rentrer avec les mulets, décida Coline en calant sa sœur dans un chariot brinquebalant.

Elle avait insisté pour que Yankhoba les accompagne puis avait remercié Balthazar et sa femme pour leur hospitalité. Elle s'exprimait mécaniquement. Son geste d'adieu fut celui d'une poupée télécommandée.

L'équipage traversa la plantation. Coline posa un dernier regard sur les corps noirs prisonniers de l'histoire des Blancs. Une odeur de plante fermentée s'échappait de la purge, comme pour imprégner à jamais ses sens de ce moment.

– J'ai arraché le bracelet de Juliette, avoua enfin Coline à Adem.

Ils n'échangèrent plus une seule parole du trajet. L'étudiant en médecine savait que son sort était scellé.

Dès que Coline les estima assez éloignés, elle ordonna à Yankhoba de faire halte. Il la contempla avec des yeux teintés d'inquiétude. Non, elle n'était pas une femme comme les autres, elle venait d'une dimension différente et possédait le pouvoir de voyager dans le temps. Elle était un esprit de passage.

Ils déposèrent Lana au pied d'un arbre enlacé de lianes. Adem but l'eau de sa gourde, prêt à affronter le mal temporel une ultime fois. Coline appela Yankhoba à l'écart des autres esclaves. Elle avait une dernière mission à mener.

– Tu te souviens de l'arbre aux papillons ?

Il acquiesça sans croiser son regard.

– Un jour, les Nègres ne seront plus les esclaves des Blancs. Quand ce jour viendra, retourne creuser sous les racines et tu pourras acheter ta liberté.

Il leva les yeux, étonné.

– Mon vrai nom est Coline.

Il lui sourit, pour la première fois.

L'Émission

Chapitre 62 – Molécule alcaloïde

Édouard avait exigé qu'une unité médicale réside devant le sas. Emmanuel Ducas en faisait la visite aux téléspectateurs en attendant le retour des candidats.

– J'ai fabriqué une besace étanche avec les restes de peaux données par Geneviève, lui annonça Rémi. Il faut que tu donnes ton accord pour que les filles repartent avec.

Édouard tâta le sac qui ressemblait à un sac à main d'Inuit.

– C'était mon idée, avoua Fabienne. Pour qu'elles puissent transporter des médicaments.

– J'ai fait stériliser les fioles, expliqua le chef décorateur en exposant des bouteilles miniatures qui paraissaient taillées dans de l'os ou du bois.

Édouard hocha la tête.

– Encore faut-il que Coline soit capable de faire des piqûres intraveineuses.

– Pas la peine, on a mis des gélules à libération prolongée.

Édouard n'avait jamais cru que les filles atteindraient la finale. Il n'avait pas imaginé que Lana tienne debout aussi longtemps.

– Ok, mais faites-les valider par Frank et les médecins. Demandez à Vania de faire signer tout le monde au cas où Lana tombe dans le coma.

À peine avait-il fini de parler que le sas s'ouvrit. Adem et Coline soutenaient Lana comme un ange blessé.

Emmanuel Ducas se transforma en grand reporter et leur colla son micro sous le nez. C'était sa zone de guerre à lui, son check point de journaliste en manque d'adrénaline.

Coline ne parvint pas à vomir. Tout se mélangeait dans son ventre : le mal temporel, la peur, le chagrin, la colère. Une intense bouillie qui lui donnait plutôt envie de mordre et de pleurer que de sourire au présentateur. On lui avait demandé gentiment de lâcher la main de sa sœur. Elle ne s'était pas rendu compte qu'elle s'y agrippait.

La petite fée brune s'adressa à elle. Elle ne saisit pas le sens de ses propos, elle n'entendit que leur mélodie telle une rengaine d'une autre époque, un orgue de barbarie jouant un morceau prédécoupé.

On la glissa dans un pyjama de fourrure et on lui attacha une sacoche à l'épaule. Elle ressembla à un Esquimau. La fée lui répéta plusieurs fois : morphine, morphine, morphine… Un assistant lui offrit un verre de cola et des barres vitaminées. Il fallait qu'elle les ingurgite avant de repartir. Froid, froid, froid. Lana la rejoignit aussi bien emmitouflée qu'un ours polaire. Grotte, grotte, grotte. On avait administré à sa sœur un médicament et ses yeux luisaient. Chasseurs, chasseurs, chasseurs. Le sucre de la boisson lui monta violemment à la tête, Coline avala l'en-cas sans salive. Instructions, instructions, instructions…

Le sas se referma et Jeff pianota sur les boutons de la machine. Il portait le même t-shirt depuis deux jours. Subitement, les curseurs et les cadrans s'affolèrent avant de redescendre au point zéro et de s'immobiliser. Jeff tritura le moindre bouton.

– Non, non ! On était en surchauffe, elle n'a pas supporté la pression !

De la sueur perlait à son front. Son maillot se teinta de panique moite.

– Qu'est-ce qui se passe ? intervint Édouard.

Pourquoi on a n'a plus aucun signal ?

– Elle a buggé !

– Impossible.

– Je ne sais pas si je vais pouvoir la relancer.

– Mais les candidates ?

Un silence de mort s'abattit sur le studio. Les techniciens suspendirent leurs gestes et retinrent leurs respirations.

– Elles sont déjà parties… On les a perdues.

L'Émission

Chapitre 63 – Chapelle Sixtine

Elles s'échouèrent dans la neige. Autour d'elles, une épaisse et compacte couche de blanc recouvrait la nature. Il ne s'agissait pas du froid des sports d'hiver et des chocolats chauds, sa morsure était archaïque et tranchante. Un temps de fin d'espèce.

– Tu peux tenir debout ? s'inquiéta Coline.

Elles étaient engluées jusqu'aux cuisses.

– Où est-ce qu'on est ? murmura Lana le souffle court.

– Aucune idée, en Laponie ?

– On dirait une vallée.

Des roches grises et des troncs noirs donnaient des teintes sombres au paysage. Un ruisseau glacé serpentait à leurs pieds.

– On va trouver un abri et attendre le confort de la prod. Je n'ai eu aucune instruction.

Coline inspecta les alentours. Elle devait mettre Lana à couvert avant la nuit. Qui sait quels animaux hantaient l'obscurité de cette contrée.

– Là-haut, lâcha Lana en désignant avec peine une corniche qui semblait rejoindre une cavité.

– Une grotte… Tant qu'à être déguisées en grizzlis.

Pour la première fois depuis longtemps, Lana rit faiblement. Coline s'imprégna de son rire étiolé en refusant la possibilité qu'il n'y en ait pas d'autres.

Atteindre la caverne releva du parcours du combattant. Engluées dans la neige et limitées dans leurs gestes par leurs vêtements de peaux, les deux sœurs peinèrent à rejoindre l'abri naturel. Coline porta sa cadette sur son dos tandis qu'un vent glacial se levait. La nuit et la tempête allaient s'abattre sur elles.

Lorsqu'elles atteignirent la grotte, elles s'effondrèrent à bout de force. Chaque respiration était d'une froideur marmoréenne.

– Si on ne fait pas de feu, on ne survivra pas, décréta Coline. J'espère que la prod va vite nous envoyer le confort.

Une bourrasque poussa des flocons au-delà du seuil de leur nouvel habitat. Coline se redressa et chargea à nouveau Lana derrière elle. L'obscurité les envelopperait bientôt, sans lumière elles seraient la proie de bêtes sauvages.

– Allons à l'intérieur pour nous protéger du vent.

Coline avança prudemment. Il faisait sombre. Elle trébucha soudain contre un objet qui ne ressemblait pas à un caillou ou à une branche. Elle déposa Lana et inspecta ce qu'elle avait écrasé. À ses pieds, elle découvrit une multitude d'outils taillés en pierre ou en os. Ses doigts rencontrèrent une sorte de grande cuillère contenant de la graisse.

– Une lampe, conclut Lana. On est à la préhistoire.

– J'aurai dû t'accompagner au camp Cro-Magnon quand on avait dix ans.

– Cherche des silex.

Coline reprit son exploration aveugle du sol. Il faisait maintenant pratiquement noir. Elle ne distinguerait bientôt plus le visage de sa sœur.

– On dirait les restes d'un feu… des trucs qui ressemblent à des couteaux… Ah, je crois que j'ai trouvé.

Elle tenta de frotter deux cailloux. Une étincelle jaillit. Son cœur se réchauffa aussitôt.

– Regarde Lana ! Regarde Lana !

Quelqu'un avait laissé un kit d'allumage préhistorique complet. Coline déposa une poignée d'herbes sèches sur les restes du foyer. Elle n'était pas sûre d'avoir déjà allumé un seul barbecue de sa vie, elle ne connaissait que les micro-ondes. Elle retenta sa chance. Une nouvelle étincelle fusa. Elle tenait le bon briquet, ne lui restait plus qu'à trouver les bons gestes.

Au bout de plusieurs tentatives, un éclat atteignit la touffe. Avec précipitation, elle souffla dessus pour que le feu prenne. Le miracle eut lieu. Les fagots s'embrasèrent et les braises froides rougirent. Lentement, les flammes illuminèrent et réchauffèrent la caverne.

Coline installa Lana près du foyer. Ses yeux brillaient étrangement. Elle l'aida à avaler un cachet de morphine et la prit dans ses bras. Ce n'est que lorsqu'elle fut certaine qu'elle dormait paisiblement et qu'elle n'avait plus froid qu'elle s'autorisa à inspecter les lieux. Elle dénicha des morceaux de torches et alluma la lampe à graisse. Les parois s'éclairèrent. Au-dessus de leurs têtes, des peintures d'animaux formaient une fresque colorée. Des taureaux chimériques dévalaient les pentes d'un monde minéral. Coline sourit, elles logeaient dans un cinq étoiles préhistorique. Elle contempla la toile de roche telle une cathédrale. Dans le silence de la pierre, une émotion la gagna. À combien de milliers d'années avaient-elles été envoyées ? Elle n'avait jamais voyagé aussi loin de chez elle. Tout lui parut superficiel, sa vie minuscule, son studio microscopique, son ambition étriquée… Elle réalisa qu'allumer un feu dans une caverne des premiers hommes était probablement ce qu'elle avait fait de mieux avec ses mains. Elle remercia Lana en silence. Chaque instant méritait d'être vécu.

L'Émission

Chapitre 64 – Refuge

Le blanc immaculé se métamorphosait en blanc sale. La montagne fondait. L'herbe et la terre reprenaient leurs droits. Jean ferma les yeux et inspira l'air de chez lui. Ici, il faisait corps avec les particules. Il avait quitté Paris sans attendre la fin du programme. Il fallait qu'il claque une porte, n'importe laquelle. Il ne voulait pas contempler Lana mourir et Coline tenter d'aller jusqu'au bout. Il savait qu'elle ne baisserait pas les bras. Il l'avait toujours su. Seulement, il ne supportait pas de la voir pleurer. Il ne voulait pas la voir pleurer sans pouvoir la prendre dans ses bras et la réconforter. Il ne s'était jamais senti aussi impuissant.

La porte de son appartement s'ouvrit et un gaillard à la peau brunie par le soleil entra. Jérémy, avec qui il avait fait ses classes et parcouru tant de fois les massifs.

– Prêt ?

Son sac à dos attendait dans l'entrée.

– En route, si on veut atteindre le refuge avant la nuit.

Jean remonta la fermeture éclair de son blouson et enfila son bonnet. En atteignant des lieux sans télé, il souffrirait moins. Là-haut, il n'aurait pas le choix même si en rentrant, son premier geste serait celui d'attraper sa télécommande.

Son téléphone portable sonna. *Nicole*. Que voulait sa mère ? Il hésita à répondre puis décrocha en se promettant de ne plus y toucher de toute la randonnée.

– Allo, Jean, tu as vu *The Big History Show* ?

– Non, qu'est-ce qui se passe ? répondit-il en se raidissant.

– Il n'y a plus d'images.
– Tu veux dire que tu as un problème avec ta parabole ?
– Mais non, je ne suis pas encore sénile ! La machine est tombée en panne après avoir envoyé les filles pour la dernière manche. On n'a plus de nouvelles d'elles !
– Où est-ce qu'elles sont ?
– À Lascaux, au Paléolithique.
Sans réfléchir, Jean empoigna son sac à dos.
– Dépose-moi à la gare ! ordonna-t-il à Jérémy.
– Et le col ?
– Je retourne à Paris.

Aucun d'entre eux n'avait dormi depuis vingt-quatre heures. Édouard imagina qu'il devait afficher la même mine assiégée par l'inquiétude que le reste de son équipe. Cou mal rasé et haleine de cadavre. Front creusé et cernes mauves.
– Qu'est-ce qu'on fait ? demanda Filipetti dont le dernier neurone avait été moulu par la nuit.
– Il faut la laisser refroidir complètement avant de la relancer, répéta Jeff pour la millième fois.
– Combien de temps ça va prendre ? On ne peut pas accélérer le processus ? s'impatienta Édouard qui savait que France 1er lui ferait porter le chapeau.
– On parle de relativité et d'atomes ! s'écria Jeff. Il ne s'agit pas d'un simple interrupteur !
– On ne va pas faire éternellement des best off, grogna Filipetti qui avait depuis longtemps battu le record mondial d'ingurgitation de café.
La voix de Fabienne résonna.
– Et les filles, personne ne pense aux filles ?
– Elles ont signé les décharges, railla Filipetti.
La directrice des castings eut envie de le gifler. Une bonne claque de *commedia del arte*.

– Même si elle redémarre, je ne sais pas si je pourrai les reconnecter, s'apitoya Jeff. Les bracelets ne marcheront plus.

– On pourra les retrouver ?

– Chaque voyage crée un nouveau trou de ver qui sert pour l'aller et le retour. Le dernier s'est effondré. Il va falloir en reconstruire un, mais impossible de savoir si les candidates seront à l'autre bout.

Si Jeff ne parvenait pas à faire de miracle, fini *The Big History Show*. Édouard se surprit à penser qu'il s'agissait peut-être d'un signe, qu'il fallait raccrocher, que de toute façon il fonçait droit dans le mur.

– Je vais me renseigner auprès des productions étrangères pour voir qui a une machine disponible en état de marche, annonça-t-il en se levant.

– Il nous faut un plan de secours si la nôtre ne redémarre pas, s'énerva Filipetti. On perd déjà assez de temps !

– On sait déjà que celle des Anglais n'est pas utilisable, ils sont en plein tournage.

Autant aller voir chez les Grecs…

L'Émission

Chapitre 65 – Macchiato

Chris alluma la machine à café, mais n'ouvrit pas les rideaux. Encore trop tôt pour voir des clients, pire d'autres humains. Il ne supportait que la présence de Mathilde et elle tenait plus de l'extraterrestre.

Il ne répondait plus à son portable ou à ses mails pris d'assaut par autant d'inconnus que de journalistes. Depuis qu'il était sorti du jeu, on lui demandait tout et n'importe quoi. Des photos dénudées pour *Gay and Sexy*, des parrainages d'associations luttant contre les discriminations sexuelles à l'hôpital, des interviews pour *Cuisinez selon votre groupe sanguin*, un blog pour les bistrots du Marais, une publicité pour une marque de lubrifiant voiture…

Il huma sa tasse. Il pensait avoir anticipé cette notoriété bas de gamme de télé-réalité pourtant… Il ne s'était pas attendu à vouloir qu'on lui fiche la paix comme jamais dans sa vie. Être seul pour qu'on ne la lui vole pas.

La porte d'entrée s'ouvrit précipitamment et se referma aussitôt, autorisant la clameur de la rue à pénétrer le café pendant une seconde.

– Heureusement que j'ai gardé un double ! s'écria Mathilde essoufflée. J'ai dû me battre contre une armée de paparazzi.

– Tu vas faire les couvertures people demain, p'tite mémé.

– Déjà fait… Et puis pour cette fois, c'est de ta faute. Tu ne réponds plus au téléphone, j'ai dû me déplacer.

– Je vais bien, merci, tu aurais pu rester avec Chloé.

– Elle est avec son père.

Chris sourcilla.

– Oui, il veut bien la garder maintenant. De toute façon, il va falloir parce que j'ai eu une promotion. Mon boss m'emmène en voyage d'affaires. Je pars pour la Malaisie à la fin de la semaine et en business en plus !

Elle rayonnait. Ses yeux, ses cheveux, sa peau avaient pris de l'éclat. On aurait dit une autre Mathilde qui n'avait peur de rien.

– Tu n'aimes ni la cuisine asiatique ni les épices !

Elle éclata de rire, refusant sa morosité.

– Jaloux ! Les cappuccinos et les croissants au beurre ne seront jamais meilleurs qu'avec toi.

– Attends de voir quand tu te réveilleras dans le même lit d'hôtel que ton patron et qu'il te fera le coup du peignoir !

– J'en serai bien capable !

Elle cessa de rire subitement et le fixa de ses yeux mordorés.

– Fais quelque chose, Chris.

– Je n'y arrive pas.

– Ça prendra peut-être du temps, mais, tu vas voir, ta vie a changé en mieux. C'est ce que tu cherchais, non ?

– Je ne sais pas comment m'y prendre.

– Reprends depuis le début… Réécris ton histoire.

– Je ne sais pas par où commencer.

– Commence par me faire un café.

Chapitre 66 – Cuisson à l'étouffée

Trois jours. Aucune nouvelle depuis trois interminables jours. Coline n'était sortie affronter la neige et le froid que pour chercher du bois. Impossible de trouver à manger, seule l'eau du ruisseau leur permettait de s'hydrater. Lana ne quittait plus sa place près du foyer. De temps en temps, elle ouvrait un œil, puis retombait aussitôt dans une léthargie inconsciente. Elle mourait à petit feu, bien au chaud dans son pyjama fourré.

Coline luttait pour s'occuper et ne pas céder au désespoir. Ses gestes ralentissaient et son œil n'était plus aussi certain de ce qu'il apercevait. Parfois le soir, elle avait l'impression que les peintures se déplaçaient sur les murs. Elle ne captait plus aucune caméra autour d'elle.

Coline se réveilla avec l'intense sensation qu'il s'agissait du matin. Faute de nourriture, son ventre s'était gonflé de pleurs et de prostration. Elle n'avait plus la force d'alimenter le feu. Elle écouta la respiration lente de Lana puis, rassurée, attrapa la pierre affûtée qui lui permettait de couper du bois. Elle retroussa la manche de Lana en tremblant et trancha son bracelet.

– Pardon, murmura-t-elle.

Ce fut au tour du sien. Elle ferma les yeux, prête à affronter une ultime fois le mal temporel, hélas rien ne se produisit. Lorsqu'elle avait arraché celui de Juliette, celle-ci s'était évanouie en quelques secondes. Que se passait-il ? Le temps défila, pourtant elles demeurèrent dans la grotte. L'angoisse se propagea en elle. Avaient-elles été abandonnées à leur sort ? Cela faisait-il partie du jeu ? Elle ne comprenait plus. Son cerveau n'y voyait plus clair.

Soudain un son retentit à l'entrée de la cavité. Pas un bruit de machine ou de moteur, mais une mélodie claire et haute. Quelqu'un jouait de la flûte. N'ayant pas la force de se mettre debout, Coline demeura assise. La ritournelle se rapprocha tel un chant d'oiseau.

Une silhouette se dessina puis une deuxième, puis une troisième et d'autres encore. Des hommes vêtus comme elles de peaux et de fourrures. La musique cessa. Les visiteurs s'immobilisèrent. L'un d'entre eux s'avança et retira sa cagoule de poil. Un regard clair s'échappa de son visage mat orné de sourcils aussi bruns et épais que sa barbe. Il fit un mouvement pour désigner les braises et sa voix résonna contre les parois. Il attendit une réponse ou un geste de la part de Coline.

– Feu, murmura-t-elle.

Le langage était né quelque part. Les mots avaient évolué, mais ils avaient forcément été prononcés par les premiers hommes.

– Feu, répéta-t-elle en pointant du doigt les flammes.

Son interlocuteur se frappa la poitrine et lança une nouvelle phrase qui ne semblait pas encore constituée de consonnes et de voyelles, seulement de sons. Annonçait-il son nom ou revendiquait-il la propriété des lieux ?

La bouche de Coline s'ouvrit, cependant aucune parole ne vint. À la place, des larmes jaillirent de ses yeux. Elle ne pouvait rien expliquer ni justifier. Elle ne voulait même pas être là… L'expression de l'homme se modifia. Il ordonna à une plus petite silhouette de s'avancer. Une femme de la taille d'un enfant s'agenouilla en face d'elle et lui tira la langue. Coline l'imita en espérant que cette grimace ait plus une signification médicale que de cour de récréation. Les narines de la femme frémirent. Elle évalua son odeur. Puis, elle se recula et sortit une poignée de graines et de noix de la besace accrochée à son dos. Elle les fourra dans la bouche de Coline et fit son rapport à l'homme qui, cela ne faisait maintenant plus de doute, était le chef du clan. La femme rendit également son diagnostic sur Lana tandis que Coline mastiquait tant bien que mal les fruits à coques.

Le reste de la troupe se dispersa dans le refuge et les sœurs furent entourées d'une famille paléolithique. Le feu fut ravivé et de la graisse déposée dans les lampes de grès. Les provisions furent déballées et des pierres rondes jointes à la braise afin de faire office de plaque de cuisson. Une gourde remplie de lait servit de biberon à Lana. De fines tranches de viande séchée fournirent l'apéritif. Un morceau de renne fut découpé à l'aide de lames en pierre et cuit à l'étouffée sous les galets. Une odeur de gibier et d'herbes se répandit dans la caverne comme dans la cuisine d'un grand restaurant.

Coline se réchauffa de l'intérieur au fur et à mesure que son ventre reprenait vie. Dans cette assemblée, nul besoin d'avoir le dernier portable, un job de rêve ou un récit de plongée aux Maldives. Ici, seul être en vie comptait.

Lana s'était trouvé une infirmière. La petite femme lui administra avec douceur une pâte verdâtre de sa composition.

Lorsque le jour tomba, l'assemblée se réunit pour partager le repas. Les hommes furent servis en premiers et les enfants en dernier. Un petit garçon aux joues rosacées et au nez crotté s'installa à côté de Coline. Des plumes ornaient ses cheveux touffus. Il la regarda en mastiquant sa viande.

– Tu manges comme un cochon ! lui lança Coline en souriant.

À quoi servaient les manières…

– Cochon, répéta le garçonnet et Coline éclata de rire.

– Cochon ! Cochon ! Cochon ! scanda-t-il tout fier.

Le numéro sembla amuser le clan. L'enfant attendit un nouveau mot.

– Coline ! articula-t-elle comme une maîtresse.

– Coline ! clama l'élève.

– Lana ! poursuivit-elle en désignant sa sœur à côté d'elle.

Le garçon refusa net de répéter. La tribu les observait. Coline sentit la confusion se répandre.

– Lana, tenta-t-elle à nouveau.

L'enfant détourna les yeux et préféra lui sourire en chantonnant :

– Coline ! Cochon ! Coline ! Cochon !

Une femme, sans doute sa mère, se leva pour mettre en terme au jeu et l'entraîna vers une couche qu'elle avait disposée pour la nuit.

– Je suis déjà morte, murmura faiblement Lana. On ne prononce pas le nom des morts.

Des larmes menacèrent les yeux de Coline.

– Ne dis pas de bêtises !

– Ils savent. Ils pensent qu'on est venu dans la grotte pour ça. C'est un lieu sacré. C'est le bon endroit pour rendre son âme.

– Arrête !

– J'ai besoin de plus de morphine. Je ne suis pas certaine de me réveiller.

Coline eut envie de crier elle aussi « cochon, cochon, cochon ! » en se bouchant les oreilles.

– Ça va aller, enchaîna Lana, tu n'es plus seule. Ils sauront quoi faire.

Coline tendit la main vers la sacoche qui contenait les cachets et s'exécuta à contrecœur. Il n'en restait plus beaucoup, elles étaient arrivées au bout des doses fournies par la production. Avant de les lui administrer, elle les serra dans son poing.

– Je t'aime.

– Moi aussi.

Puis elle la contempla plonger dans ses rêves. Son visage se détendit. La douleur s'éloigna. Elle respira calmement. Coline se blottit contre elle pour qu'elle n'ait pas froid.

L'Émission

Chapitre 67 – Blanche Neige

Lorsqu'elle se réveilla, Coline réalisa qu'elle avait dormi d'une traite et que le clan s'activait déjà. Elle sera Lana contre elle et chercha à entendre sa respiration.

– Lana ?

Elle ne posa pas la question une seconde fois. Un masque blanc figeait le visage de sa sœur. Elle ne dégageait plus de chaleur, n'émettait plus aucun son.

Coline s'agrippa à son corps inerte et cacha ses sanglots dans son cou. Elle respira son odeur une dernière fois. L'odeur de Lana. Le parfum de sa sœur mêlé aux senteurs de peaux de bêtes et de feu de bois. C'était l'arôme de l'enfance et des goûters d'anniversaire, c'était la saveur des pique-niques en Touraine et des secrets de petites filles, c'était la douceur des déguisements de fée et des couettes disputées.

– Coline cochon, entendit-elle en sentant une petite main sur son épaule.

Le garçonnet décrocha une plume de ses cheveux broussailleux et la lui offrit.

Les hommes disposèrent le corps de Lana sur des rondins de bois assemblés en un brancard. Lana avait eu raison, le clan savait quoi faire. Avec des gestes sûrs et délicats, les femmes prirent le relais en l'entourant d'un linceul de peaux qu'elles fixèrent à l'aide de lanières de cuir. Elles entamèrent un chant semblable à une prière amérindienne. Puis avec précaution, Lana fut transportée à l'entrée de la grotte.

Coline aurait voulu la garder près d'elle dans la

chaleur du feu pour garder l'illusion qu'elle était toujours en vie. Maintenant sa petite sœur reposait dans le froid glacial de la vallée. Coline tenta de se rassurer : il n'existait pas de plus belle morgue au monde que la nature intacte et sauvage plutôt que le noir placard frigorifique d'un CHU.

Sagaies et armes à la main, le chef du clan fit signe à la femme médecin de donner sa sacoche à Coline. Interdite, elle se demanda si on l'expulsait. Devait-elle prendre la route ?

Avec tact, la femme la guida par le bras et lui montra comment placer le contenu de la sacoche autour de Lana. Il n'y avait pas grand-chose à disposer. Les mains tremblantes, Coline l'entoura avec les fioles de la production et glissa dans son corsage les bracelets qui ne les avaient pas ramenées chez elles.

Les femmes entamèrent une nouvelle incantation, si belle que Coline éclata en sanglots. C'était ce que Lana aurait voulu. Reposer au grand air des forêts et des montagnes une dernière fois. Mourir au commencement des temps.

Les hommes rentrèrent de la chasse au crépuscule. Les lampes à graisses furent allumées et une délicieuse odeur de viande mijotée se répandit. Coline n'avait pas bougé de la journée. Quelle place trouver ? Quels gestes effectuer ? Elle ne ressentait plus que de l'hébétude.

Le petit garçon revint manger à ses côtés. Il fallait remplir l'espace vide laissé par Lana. Coline ne parvint pas à ingurgiter quoi que ce soit. Elle le contempla mâchouiller sa viande et s'essuyer du revers de la main, les ongles noirs. Il était un enfant de la terre et des cavernes.

Sa mère l'autorisa à se blottir contre Coline pour le

coucher. Elle l'écouta s'endormir et respirer lourdement. Elle ne trouva pas le sommeil et passa la nuit à contempler les fresques au-dessus de sa tête comme les ombres d'une lanterne magique.

Ce n'est qu'au bout de deux jours que le chef ordonna qu'on transporte le corps. Sans doute avait-il trouvé l'endroit approprié en allant chasser le renne. Lana fut transportée dans la forêt et la neige. Il tombait de gros flocons. Coline grelotta, elle n'avait pas fait le moindre mouvement depuis le matin où elle l'avait trouvée sans vie. Marcher entre les troncs sombres et respirer l'air aiguisé lui tournèrent la tête.

Le brancard fut déposé au pied d'une pente, près du cours d'eau. L'endroit n'avait pas été choisi au hasard. Comme la terre gelée était trop dure pour être creusée, les galets du ruisseau constitueraient sa sépulture. Le clan entama un chant et le joueur de flûte laissa échapper une mélodie qui s'éleva vers le ciel blanc. Un à un, hommes, femmes et enfants disposèrent des pierres sur le corps de ce qui avait été trois jours auparavant Lana. Coline se mit à pleurer tandis que la pyramide de cailloux s'élevait. Plus de petite sœur.

Une fois la tâche achevée, les chanteurs se turent. Un moment de silence fut observé puis le clan reprit le chemin de la grotte. Coline resta la dernière. Elle chercha à graver dans son âme le souvenir de cet endroit. Elle fixa dans son esprit la courbe des collines et l'espace qui l'entourait. Il fallait qu'elle puisse se les rappeler dans dix mille ans. Enfin, elle posa sa main sur les roches froides et emboîta le pas à la procession.

L'Émission

Chapitre 68 – Anticonstitutionnellement

La sagaie trancha l'air et transperça le corps de l'oiseau. Le son de la chair perforée résonna et l'animal s'écrasa dans la neige, stoppé net en plein vol. Gov se précipita en hurlant de joie. Coline venait de réaliser un exploit. Pour la première fois, elle atteignait une proie. Ses efforts commençaient à payer. Cela avait été difficile au début parce que l'arme de Gov n'était qu'un jouet d'enfant, une lance d'entraînement.

Avec fierté, son petit ami brandit le paquet de plumes et laissa échapper un cri carnivore. Coline sourit et agita le propulseur comme un drapeau de la victoire. Elle était maintenant une femme chasseresse.

– Merci Gov !

Elle l'avait baptisé ainsi parce qu'il ne répondait à aucun autre son. Elle avait bien tenté de lui apprendre de nouveaux mots, mais leurs échanges demeuraient limités et s'achevaient systématiquement par des grognements d'animaux ou des cris d'oiseau que Gov imitait à la perfection. Pas encore prêt pour anticonstitutionnellement.

Ils retrouvèrent les femmes et la caverne avec satisfaction. Coline pourrait prouver qu'elle savait être utile au clan. Elle s'accroupit près du feu où la mère de Gov s'appliquait à nettoyer une peau à l'aide d'un grattoir en pierre. Son fils parada avec le résultat de leur chasse et désigna Coline. Sentant les regards se poser sur elle, Coline s'empourpra. Heureusement Gov lui plaça l'oiseau entre les mains et elle put s'occuper les doigts en le déplumant comme il le lui avait appris plusieurs jours auparavant. Elle savait maintenant vider les viscères et trancher les os. Ses gestes se précisaient. Les escalopes de dinde sous cellophane ne représentaient qu'un lointain souvenir.

Gov la félicita. Elle s'étonna de la facilité avec laquelle elle le comprenait. Elle ne captait pas ses mots, mais en saisissait le sens.

– Coline cochon ! clama-t-il aux hommes rentrant de la chasse comme si elle venait de remporter la Champions League de la sagaie.

Le chef retira sa cagoule et admira la prise. Coline lut dans ses yeux de l'intérêt. Petit à petit, elle trouvait sa place dans le clan. Elle achetait son titre de séjour. Elle n'avait pas d'autre choix. Elle s'occupait l'âme et l'esprit, apprenant à se débrouiller pour survivre. Survivre au froid, survivre aux prédateurs, survivre au chagrin.

Coline cessa de compter le temps qui passe. Un jour, mille ans, une seconde, plus rien n'avait d'importance. Le futur devint le passé. Imitant sa nouvelle tribu, elle vivait l'instant présent. Sa vie consistait en une succession de rituels quotidiens rythmés par le jour. Elle appliquait à la lettre les consignes des femmes du groupe ne se permettant qu'une seule incartade, rendre visite à la tombe de Lana chaque matin après avoir accompagné Gov chasser des oiseaux.

Un soir, avant le dîner, le chef réunit la tribu autour du feu. Il avait une annonce à faire. Coline s'installa à côté de Gov et se tint immobile. Avec satisfaction, elle capta les mots « peaux » et « sagaie », mais ce dernier signifiait parfois aussi « outil » ou « ustensile ». Elle l'avait déjà entendu dans plusieurs contextes différents. Une fois le discours achevé, chacun s'affaira à ranger son paquetage. Le clan était sur le départ.

Coline dormit mal. Elle n'avait rien à emballer, ce qu'elle possédait se résumait en un sac de peau vide et ce qu'elle aurait voulu emporter reposait sous un amas de pierres. Elle ne pouvait pas rester seule. La survie de l'être humain dépendait du groupe. Mais comment suivre le clan quand Lana était enterrée là et que la vallée constituait le seul lieu qui la reliait à la prod ? Partir signifiait renoncer. Était-elle prête à tout abandonner ? Tout quoi ? Sa vie insipide et vide ? Qu'allait-elle réellement regretter à part le shampoing et la pâte à tartiner ? Une image surgit. Celle de Jean. Son cœur se serra. Des millénaires les séparaient.

À l'aube, avec une efficacité redoutable qui aurait fait se pâmer le plus aguerri des scouts, la communauté se prépara. Chacun possédait un rôle bien défini et les charges furent réparties équitablement sans hésitations. Ces hommes et ces femmes nomades avaient pour supermarché le gibier qu'ils chassaient, ils le suivaient comme on renifle les promotions.

Coline avait fait son choix. Le seul qu'elle ait véritablement fait de toute son existence. Choisir un BTS ou signer un bail n'en était pas. Poser des congés ou décider d'un régime minceur encore moins. Elle passa sa besace sur son épaule et resserra sa capuche en fourrure. Prête pour la marche. Le chef la gratifia d'un signe de tête. Il semblait approuver sa décision.

Ils longèrent la corniche et descendirent dans la vallée. Coline laissa derrière elle le monticule de galets et inspira l'air glacé qui lui piqua les poumons. Marcher. Marcher pour avancer. Un pas après l'autre pour garder l'équilibre et ne pas tomber.

Ils n'eurent pas fait cent mètres qu'un cri éclata. Le clan se figea, aucun animal ne hurlait de cette manière. La voix résonna une seconde fois. Ils reconnurent le timbre d'un être humain. Quelqu'un appelait. Les chasseurs levèrent leurs lances et leurs sagaies tandis que les femmes attrapaient les enfants. Allaient-ils affronter des voleurs de viandes ou des cannibales ? Une troisième fois, la clameur se fit entendre. Plus près cette fois-ci. Les doigts se crispèrent sur les manches des armes. Tous s'immobilisèrent, prêts à en découdre. Seule Coline avança vers le danger. Le chef tenta de la retenir. La voix se rapprocha. Coline se dégagea, elle l'avait reconnue. C'était son nom qui se répercutait contre les roches des gorges.

Ses jambes se mirent à courir sans qu'elle les commande. Elle chuta dans les flocons. Avança à quatre pattes comme un animal et se releva.

– Jean ! Jean !

Elle s'étonna d'entendre sa propre voix. Elle lutta contre la couche de neige qui lui interdisait de le rejoindre. Puis soudain, il se dressa devant elle. D'autres silhouettes l'accompagnaient, mais elle n'y fit pas attention. Seul Jean comptait. Elle se rua dans ses bras. Il la serra comme jamais personne ne l'avait enlacée. Son âme se connecta à la sienne. Quelles que soient les époques, elles s'appartenaient. Elles s'étaient reconnues sur une route de 1940, pour toujours, dans un monde où l'éternité se contorsionnait tel un ADN.

Chapitre 69 – Réchauffement climatique

Coline offrit sa sacoche à Gov qui la remercia d'une moue en agitant sa chevelure de plumes. C'était tout ce qu'elle pouvait offrir en cadeau à ceux qui lui avaient sauvé la vie.

En apercevant Jean et l'équipe de la prod envoyés à sa recherche, le clan avait compris qu'elle venait de retrouver les siens. Sous les caméras invisibles, Coline fit ses adieux. Elle aurait voulu les serrer dans ses bras, mais se retint. Elle connaissait maintenant leurs coutumes. Pour les remercier, elle récita les mots qu'elle connaissait : peau, sagaie, pierre, manger, feu, glace… Lana.

Le chef acquiesça et avec retenue le clan reprit sa marche. Bientôt les traces de leurs pas dans la neige s'effaceraient. Ils n'étaient que de passage. Gov se retourna et le cœur serré, Coline lui adressa un signe de la main. Elle resta ainsi, le bras suspendu aussi longtemps qu'elle put contempler son vieil ancêtre disparaître.

Fabienne essuya une larme sur sa joue sans se préoccuper de ce que pouvait penser Édouard. Elle pleurait à l'instar de tout le monde dans la régie, depuis que le visage de Coline était réapparu sur les écrans.

– Zoom arrière depuis la tombe de Lana, ordonna Filipetti.

La caméra s'éleva dans le ciel donnant un aperçu grandiose de la vallée.

– Activation sas dans quinze secondes, annonça la scripte.

– Décompte lancé, répondit Jeff dans le cockpit de la machine.

Édouard s'échappa de la régie pour se rendre à l'entrée du cylindre temporel. Il était à bout de nerfs et ne se sentait pas soulagé. Depuis le bug, il avait l'humanité sur le dos : France 1er, le CSA, la maison-mère de *The Big History Show*, des assos de consommateurs hystériques et de défense des droits des femmes et surtout… Jean. Jean avait ouvert la porte de son bureau et n'en était plus ressorti jusqu'à ce que la machine fonctionne à nouveau. Impassible, il avait exigé de retourner dans le temps et Édouard avait compris qu'il ne le laisserait pas tranquille tant qu'il n'aurait pas retrouvé Coline même si cela devait prendre cinquante ans et des milliers de voyages.

– Je connais la montagne, la neige, le froid. Je suis plus apte à survivre dans des conditions extrêmes que n'importe lequel de vos techniciens.

Édouard avait finalement accepté. Non pas parce qu'il était un guide de Chamonix expérimenté, mais uniquement parce que Franck Boulard s'était montré enthousiasmé par l'idée du galant désespéré tentant de retrouver son amour perdu.

– Même si on ne récupère pas la fille, ça fera de l'audimat, avait-il tranché. Envoyez-le se les peler pourvu qu'on rattrape le retard du bug ! J'ai des contrats de sponsoring à honorer, moi !

Ainsi, Jean avait signé sa décharge et fait le grand saut dans le grenier de l'histoire.

Édouard grimpa dans sa voiturette de golf et atteignit la machine qui avait bien failli exploser. Il allait avoir besoin de vacances. Des vraies, composées uniquement de plage, de soleil et de caïpirinha.

L'équipe médicale se tenait en position. Édouard avait renvoyé chez eux les infirmiers de la morgue venus récupérer le corps de Lana après que Coline se soit farouchement opposée à son rapatriement. Il n'avait pas pu lui faire signer de papiers, mais les images feraient l'affaire.

La porte du sas s'ouvrit. Elle apparut entourée de Jean et de l'équipe de techniciens envoyés pour donner le change. Sa peau paraissait étrangement blanche, mais elle ne semblait pas en mauvaise santé. Il fit cependant signe au médecin qui avait préparé des perfusions de réhydratation au cas où.

– Elle a surtout besoin d'un bain chaud, commenta Fabienne. Pas d'un arsenal hospitalier.

– C'est pour les assurances, argua-t-il.

– On est obligé de filmer ?

– Il nous manque pas mal d'heures d'antenne et il faut qu'on lui remette son gain. Elle vient de gagner un million d'euros, fit Édouard.

– Maintenant ?

Emmanuel Ducas utilisa le carton géant en forme de chèque dystrophique sur lequel Vania avait tracé un un et six zéros pour se faire une place auprès de Coline. Il transforma une grimace en un sourire de top modèle. Elle sentait l'animal sauvage et le clochard. Un Esquimau en voie de décomposition.

– Bravo Coline ! Vous êtes la grande gagnante de *The Big History Show* ! J'ai l'immense plaisir de vous offrir le million d'euros de la victoire. Félicitations ! Qu'allez-vous faire de tout cet argent ?

La nation entière était réunie devant son écran. Une pluie de confettis leur tomba dessus. Ne manquait qu'une couronne de miss.

– Je… je ne sais pas.

Elle le regardait depuis une autre dimension. Elle ne comprenait pas. Emmanuel Ducas eut envie de grogner primitivement. Elle pourrait au moins le remercier !

Coline éclata subitement en sanglots. Filipetti tenta de les transformer en larmes de joie en lançant une salve d'applaudissements préenregistrée.

– Que d'émotions ! lança Emmanuel Ducas en direction de la caméra.

Il savait qu'il serait filmé en gros plan. Il récita son texte.

– Si vous aussi, vous voulez tenter de gagner un million d'euros et de remporter *The Big History Show*, inscrivez-vous dès à présent à l'adresse qui apparaît au bas de votre écran. Merci d'avoir été si nombreux à nous suivre. Nous vous donnons rendez-vous l'année prochaine !

– Générique ! ordonna la scripte depuis la régie.

Chapitre 70 – The end

– Vous êtes sûre que vous ne voulez pas visiter ? insista le guide devant l'entrée de la caverne.

L'argent offrait des passe-droits tels que privatiser pendant une journée la grotte de Lascaux interdite au public depuis 1963, mais Coline secoua la tête. Elle avait contemplé les fresques en vrai, en connaissait par cœur les tracés et les couleurs. Elle ne venait pas pour cela, elle venait remonter le temps. Quand hier matin appartenait à des milliers d'années.

Coline ferma les yeux et laissa le soleil caresser son visage à travers les branches. Où avaient disparu la neige et le froid ? Le sentier de la chasse et la corniche avait été effacé. Elle se trouvait au milieu d'un bois dans lequel se promenaient les familles au printemps.

Jean la rejoignit et lui prit la main. Elle la serra et ouvrit les paupières.

– Par là…

Elle laissa ses pieds se souvenir. Plus rien n'était comme avant. Elle avança en aveugle guidée par la mémoire de son corps.

Ils écartèrent des buissons et écrasèrent des tapis de feuilles. Ils atteignirent l'orée de la forêt et suivirent une route bitumée entourée de champs et d'habitations. Plus loin, une départementale longeait la rivière de la Vélèze.

Ils atteignirent le cours d'eau et Coline sentit son cœur se fissurer. Elle contempla tristement le bouquet de fleurs qu'elle avait apporté. Nul endroit où le déposer.

– On va longer la berge, proposa Jean.

Lui aussi ne reconnaissait pas le paysage duquel il

avait extrait Coline. Partout où leurs yeux se posaient, les stigmates de l'homme du XXIe siècle s'affichaient. Ils marchèrent jusqu'à un camping et rebroussèrent chemin. Coline se découragea.

– Tout est perdu… Il n'y a plus de traces.

– Coupons à travers champs.

En remontant vers la grotte, un groupe d'arbres cerclés de labours attira l'attention de Coline. Au pied des chênes, un monticule à peine visible formait un dos de terre. Elle s'élança dans sa direction, piétinant les sillons fraîchement tracés. Elle y planta ses mains et ses doigts afin de dégager les touffes d'herbes et creusa avec frénésie. Elle ne mit à longtemps à dégager une première pierre ronde puis une seconde. Le sol se mélangeait sous ses ongles, racines, galets, terre, feuilles en décomposition et organismes grouillants. Jean la rejoignit.

– Coline ! appela-t-il, Coline, elle n'est plus là depuis longtemps ! Il n'y a que les pierres.

Elle s'immobilisa. Pourquoi retournait-elle la terre ainsi ? Elle avait fait le choix de laisser le corps de Lana là-bas.

– Tu n'auras pas de preuves qu'il s'agit de sa tombe.

– C'est le bon endroit.

Elle ne pouvait pas expliquer.

– Alors, ne saccage pas tout. Pas après dix-sept mille ans.

Il souriait tristement. Coline replaça les galets avec tendresse. Lana reposait là, dans l'humus, au pied d'un chêne. Jean lui tendit le bouquet qu'elle délivra de son papier et qu'elle posa délicatement.

Elle demeura un instant immobile, laissant son âme formuler les mots que sa bouche ne parvenait pas à murmurer. Puis elle se redressa et s'accrocha au bras de Jean.

Ils retrouvèrent le guide à la nuit tombée et Coline accepta de descendre dans la grotte. Les explications scientifiques de l'homme paraissaient si éloignées du quotidien qu'elle avait vécu qu'il lui sembla entendre une autre histoire. Ils admirèrent les peintures éclairées à la lumière de leurs torches électriques. Coline regretta la lueur chaude et vacillante des lampes à graisse. Maintenant l'atmosphère paraissait froide. Les odeurs de viande, de bois brûlé et d'êtres vivants s'étaient évanouies. Tandis que leur guide commentait l'art pariétal dans l'abside, Coline nota un nouveau détail dans le puits. Quelqu'un avait tracé un homme avec une tête d'oiseau.

– On ignore la signification de cette représentation, commenta le guide. Elle est très énigmatique. Sans doute faut-il y voir un symbole.

Coline sourit intérieurement et se garda bien de répondre. Il y avait dans ce dessin un message pour elle. Il représentait le lien avec la plume qu'elle emportait partout comme un talisman. Elle y lut que petit Gov avait grandi, petit Gov était devenu homme, petit Gov avait pris son envol. Il était temps qu'elle en fasse de même, qu'elle ouvre ses bras et qu'elle s'élance dans sa vie. Ne plus ramper, rayonner, atteindre le ciel.

– Il est l'heure, murmura-t-elle.

– De rentrer ? demanda Jean.

– De respirer à l'air libre.

L'Émission

Remerciements

Merci à Florence Gindre de Marathon Editions pour son engouement. Étrange hasard, Florence, tu as fini ta lecture du manuscrit la nuit où Stephen Hawking s'en est allé et tu me téléphonais dès le lendemain. Il devait donc en être ainsi : je te confiais *The Big History Show.*

Écrire un diptyque nécessitant des recherches historiques est fastidieux, je n'aurais pas pu le réaliser sans le soutien de ma famille. Merci pour votre amour et le temps que vous me laissez consacrer à l'écriture. Le temps est ce que nous avons de plus précieux. Grâce à vous, je peux le suspendre, le remonter, l'accélérer. Merci de m'avoir aidé à installer un sas temporel à la maison.

Enfin, comme à chaque fois que je tape le point final d'une aventure, je pense aux lecteurs qui m'accompagnent depuis de nombreuses années. Ce livre est pour vous. J'ai hâte de vous revoir en salon et en dédicace pour évoquer le voyage dans le temps. Et vous, si vous pouviez remonter le cours des siècles, dans quelle période de l'Histoire plongeriez-vous ?

À galon,

Jeanne

Et aussi (oui, quelle bavarde !) en attendant le tome 2, rendez-vous sur ma page Facebook ou mon compte Instagram !

L'Émission

Marathon Editions

La maison d'édition a pour objectif de publier des livres à destination des ados et des jeunes adultes.

Nos ouvrages sont réalisés avec le plus grand soin dans le souci de satisfaire les lecteurs.

Si toutefois vous remarquez une erreur quelconque, n'hésitez pas à nous la communiquer par mail (marathoneditions@gmail.com) afin que nous puissions la corriger.

Questions aux auteurs :

Si vous désirez poser une question à un de nos auteurs sur son livre, écrivez-la-nous par mail ou sur nos réseaux sociaux. Nous vous répondrons avec plaisir.

Retrouvez notre catalogue sur notre site Internet : www.marathoneditions.fr

MARATHON
EDITIONS

La collection Marathon Editions propose des livres relevant de la littérature de l'Imaginaire.

La collection Marathon Noir propose des livres relevant de la littérature noire.

À découvrir

The Big History Show – L'Emission, Spéciale Ados
de Jeanne Bocquenet-Carle

Frissonnez avec la nouveauté de *The Big History Show* ! Cette année, le jeu de télé-réalité envoie, non pas des adultes, mais des ados s'affronter dans les couloirs du temps !
De Pauline, Gaétan, Mado ou Miche, qui ira jusqu'au bout et aura une chance de remporter le million d'euros ?

À quatorze ans, Pauline a vu sa vie anéantie par un accident de voiture. Participer à l'émission serait l'occasion d'une renaissance. Le peut-elle ?

Avec son frère jumeau, Gaétan, Mado valse de famille d'accueil en famille d'accueil. Plonger dans le passé est-il aussi facile que fuguer ?
Miche est un doux rêveur nourri par une passion hors norme. Les époques sanglantes dans lesquelles il va être transporté auront-elles raison de lui ?

Jeanne Bocquenet-Carle est née et vit en Bretagne où elle puise une grande part de son inspiration. Après avoir travaillé dans l'audiovisuel, elle est devenue auteure il y a une dizaine d'années.

À découvrir

Le Naufrage du Titan C
de Philippe Aurèle Leroux & Sébastien Louis

En 2412, la Terre est menacée par un astéroïde géant, l'Humanité n'a d'autre recours que l'exode.

Les jumeaux Juliet et Kelvin Jayro, ainsi que de nombreuses personnalités, tel Krys Kart, le célèbre fightballeur, s'apprêtent à embarquer sur le centième vaisseau Titan pour un voyage sans retour vers Proxima du Centaure.
Dans les entrailles du vaisseau, Mertyn, jeune passager clandestin, tente d'échapper à la vigilance du quartier-maître Brett en se cachant parmi les animaux dont la belle Arja et son père sont responsables.
Sur la passerelle, le radio Redjy et le prodige de l'astrogation Dan sont les témoins de la tension qui règne entre le capitaine et sa second.

L'intelligence, l'héroïsme et la bravoure des uns suffiront-ils à compenser l'attitude irresponsable des autres ? Le Titan C atteindra-t-il Proxima du Centaure ?

Achevé d'imprimer en mai 2022
par l'Imprimerie Maury S.A.S. à Millau (12)
N° d'impression : E22/71150T

Imprimé en France